W0174466

Norbert Gstrein

ALS ICH JUNG WAR

Roman

Carl Hanser Verlag

1. Auflage 2019

ISBN 978-3-446-26371-0
© Carl Hanser Verlag München GmbH & Co. KG, München
Umschlag: Peter-Andreas Hassiepen, München
Motiv: Cedar 'n' Roscoe run, 2017 © Stephen Hunt
Satz: Satz für Satz, Wangen im Allgäu
Druck und Bindung: CPI books GmbH, Leck
Printed in Germany

MIX
Papier aus verantwortungs-
vollen Quellen
FSC® C083411

ALS ICH JUNG WAR

A lot remained to be explained.

Louis L'Amour

I

DIESE FREUDEN

Nach dem Unglück, das dort vor dreizehn Jahren passiert ist, hätte ich nie gedacht, dass im Schlossrestaurant jemals wieder Hochzeitsfeiern stattfinden würden, und schon gar nicht, dass ausgerechnet mein Bruder sie von neuem anbieten könnte. Bis dahin und noch ein Jahr darüber hinaus, weil so lange der Vertrag lief, war unser Vater der Pächter gewesen. Danach hatte sich über Monate kein Nachfolger gefunden, und dann fand sich einer, der auf eine ganz andere Klientel aus war, eine Pizzeria eröffnete, im Keller eine Kegelbahn einrichtete, zwei Zielscheiben für Darts aufhängte und darauf setzte, dass die Geschichte mit der toten Braut entweder in Vergessenheit geraten oder im Gegenteil sogar eine makabre Attraktion werden würde. Man hatte meinem Bruder gegenüber mehreren Mitbewerbern den Vorzug gegeben, als die Pacht im vergangenen Jahr erneut ausgeschrieben worden war, und er hatte das Restaurant in kürzester Zeit zu seinem früheren Ruf geführt, ja, sich sogar weit über die Region hinaus Anerkennung erkocht, wie es hieß, und wollte deswegen in Zukunft auch wieder an die alte Tradition mit der Heiraterei anschließen.

In meiner Kindheit hatten wir gewöhnlich zwei oder drei Wochen nach Ostern, wenn die Wintersaison vorbei war, unser Hotel in den Bergen verlassen und das Restaurant bezogen, und dann begann es auch schon mit den Hochzeiten, Wochenende für Wochenende, oft zwei, eine am Freitag, eine am Samstag, bis in den September hinein oder gar bis Anfang Oktober. Das Hotel blieb im Sommer geschlossen, unser Vater fuhr alle paar Tage hin, um nach dem Rechten zu sehen, und erst nach Allerheiligen, wenn es oft schon wieder schneite, packten wir unsere Sachen zusammen, verriegelten alles und kehrten nach Hause zurück. Ich war damit aufgewachsen, im Winter das Hotel und die Skischule, im Sommer die Hochzeitsfabrik, wie zuerst unser Vater sie ironisch nannte, wie sie dann aber von allen ernsthaft tituliert wurde, ohne dass dadurch die Anziehungskraft litt. Man heiratete im Schloss, auch wenn es in Wirklichkeit keines war und nur so hieß, man heiratete bei unserem Vater, der diese Position irgendwann ein für alle Mal besetzt hatte. Kaum jemand aus den umliegenden Dörfern schlug sein Angebot aus, aber die Leute kamen auch aus der Stadt, entschieden sich für eine der drei Möglichkeiten, Standard, Medium oder Extraklasse, und ließen sich von unserem Vater beraten, der für alles garantierte, nur nicht für das Glück. Er warb leicht anzüglich damit, dass er den Brautpaaren an ihrem Freudentag abnehmen würde, was er ihnen abnehmen könne, damit sie für das, was er ihnen nicht abnehmen konnte, Kopf und Hände frei hätten. Dazu versprach er ihnen sogar schönes Wetter oder bei Schlechtwetter einen satten Rabatt, und sie wählten ein oder zwei kleine Extravaganzen, die Fahrt in der offenen Kutsche die Serpentinen zu dem kleinen Plateau herauf, von dem sich der sogenannte Schlossberg mit der Burgruine aus dem vierzehnten Jahrhundert erhebt, das Engelsspalier mit dem geflügelten Kinderchor oder den Schleiertanz. Den hatte unser Vater allerdings erst in den allerletzten Jahren angeboten, und es war ein zweifelhaftes Erlebnis, zuzuschauen, wie sich eine Schauspielerin aus dem Landestheater auf dem Boden wand und räkelte, als hätte sie den Verstand verloren.

Ich war fünfzehn, Internatsschüler, und hatte noch kein Mädchen geküsst, als ich bei den Feiern zu fotografieren begann. Zwei Jahre davor hatte mir unser Vater zum Geburtstag eine Kamera geschenkt, und weil er auf alles mit dem Blick des Geschäftsmannes sah und gleichzeitig keinen falschen Respekt vor den falschen Künsten hatte, wie er sagte, wunderte ich mich nicht, dass er irgendwann mit dem Vorschlag kam, wir könnten das Fotografieren inklusive anbieten, das bisschen Knipserei würde ich schon zustande bringen. Zuerst wehrte ich mich, wie ich mich gewehrt hatte, im Hotel beim Servieren zu helfen oder den Skischülern die ersten Schwünge im Schnee vorzuführen, aber wie auch sonst immer entkam ich unserem Vater nicht. Er setzte seinen Willen durch, und ich hatte neben meinen Tätigkeiten als aushilfsweiser Skilehrer und gelegentlicher Kellner zusätzlich die als Hochzeitsfotograf, für die er mich mit einem dunkelblauen Anzug und einer dezent weiß gepunkteten, dunkelblauen Krawatte verkleidete. Damit hätte ich mich auch bei einem Begräbnis nicht schlecht gemacht, und wenn man mich so ausstaffiert sah, konnte man leicht vergessen, dass ich in Wirklichkeit noch zur Schule ging und in den Unterrichtsstunden am Samstag mit dem Schlaf kämpfte, sooft ich am Freitag engagiert gewesen war und unser Vater mich nicht wieder krank melden konnte, weil er es bereits an so vielen Wochenenden davor getan hatte.

Ich besaß eine Leica, alles, was ich über das Fotografieren wusste, hatte ich mir selber beigebracht, und mein Glück am Anfang war, dass die Paare, die ich vor die Kamera bekam, kaum weniger verlegen waren als ich oder vielleicht auch nur abgelenkt und deshalb gar nicht merkten, dass sie es mit einem zitternden Amateur zu tun hatten. Die ersten Aufnahmen machte ich bei ihrer Ankunft, wenn sie aus dem Auto oder aus der Kutsche stiegen und sich umsahen auf dem Vorplatz, hinauf zur Burgruine blickten und hinunter ins Tal, aus dem sie gekommen waren, und ich einen Eindruck von ihnen zu gewinnen versuchte, in meinem Kopf auf ihr Glück oder ihr Unglück setzte. Auf den letzten Bildern, gewöhnlich lange nach Mitternacht, hatten sich meine Ahnungen in der Regel verfestigt oder waren widerlegt worden. Fast alle heirateten auch kirchlich, und die Zeremonie fand in der Kapelle der Barmherzigen Schwestern statt, die nur ein paar Schritte von unserem Restaurant ihr Mutterhaus hatten. Aus dem kleinen, wie ein Kinderspielzeug in der Landschaft stehenden Kirchlein mit dem Schwesternfriedhof rundum, der mit seinen Reih in Reih ausgerichteten Gräbern nicht zufällig einem Soldatenfriedhof glich, traten sie wie geblendet ins Freie. Mein Standardbild in diesem Augenblick ging haarscharf an den Holzkreuzen vorbei, manchmal so knapp, dass ich nachträglich noch Reste wegschneiden musste, und zeigte sie überrascht und mit nackten Gesichtern in ihrer himmlischen Freude. Dann fotografierte ich sie auf der Wiese daneben, und ich musste ihnen nicht sagen, dass sie sich ins Gras setzen könnten, ich fotografierte sie vor dem Brunnen, der zum Kloster gehörte, und sie spritzten sich ohne ein Wort von mir nass, ich fotografierte sie am Waldrand, und am Ende waren die Motive schnell durchdekliniert. Ob sie einander tief in die Augen blickten oder in die Ferne, ob sie sich küssten oder nicht, ob die Braut ein Bein entblößte oder sich mit einer Hand ins Haar fuhr, ob der Bräutigam sie am Arm fasste, ihren Rücken durchbog wie bei einer Tänzerin oder sie gar hochhob, sie verhielten sich brav wie nach einem unveränderlichen Drehbuch und waren schließlich kaum mehr voneinander unterscheidbar.

Obwohl ich allen vorschlug, zur Ruine hinaufzusteigen und in ihrem Gemäuer Bilder zu machen, gingen die wenigsten darauf ein, weil der Aufstieg zu mühsam war und sie nicht das richtige Schuhwerk dafür hatten und unbewusst wohl auch die düstere Atmosphäre fürchteten. Zuerst nur für die Extraklasse, bald aber schon für alle, hatte unser Vater im ersten Stock über dem Restaurant ein Zimmer eingerichtet, in das sie sich zum Entspannen zurückziehen konnten, wenn sie mit mir im Gelände gewesen waren, und es hatte sich eingebürgert, dass ich sie noch einmal fotografierte, sobald sie wieder daraus hervorkamen. Dann versuchte ich an ihren Mienen abzulesen, was ihr Lächeln bedeutete, oder fragte mich, warum sie mir, einem Fünfzehn-, später Sechzehn-, Siebzehnjährigen, so deutlich zu verstehen gaben, was alles sie in der vergangenen halben Stunde hinter der verschlossenen Tür miteinander getan haben könnten.

Es gab eine Stelle, zu der ich sie danach immer führte. Man ging vom Restaurant nur einen schmalen Weg durch den Wald, und dort tat sich noch einmal eine kleine Lichtung auf. Ich stellte sie alle auf den genau gleichen Platz und fotografierte leicht erhöht von einem Baumstumpf, weil dadurch im Hintergrund des Bildes gut sichtbar die Achterschleife erkennbar war, die Fluss und Autobahn weit unten im Tal bildeten und die mein Markenzeichen wurde, ein Blick in die Unendlichkeit. Sie mussten dazu an den Abgrund herantreten, immer noch weit genug weg, dass es gefahrlos war, aber doch so nah, dass ihnen die mögliche Gefahr nicht entging. Dabei verließen sie gleichzeitig die Stille, die im

Schatten des Schlossbergs herrschte, und wurden mit einem Schlag vom Lärm der in langen Kolonnen nord- und südwärts ziehenden Sattelzüge erfasst. In diesem Moment konnte ich ganze Romane an ihren Augen ablesen, und fast alle äußerten auch etwas, und wenn es nur die Frage an mich war, ob ich sie am schönsten Tag ihres Lebens umbringen wolle.

Als ich jung war, glaubte ich an fast alles, und später an fast gar nichts mehr, und irgendwann in dieser Zeit dürfte mir der Glaube, dürfte mir das Glauben abhanden gekommen sein. Natürlich war es eine Anmaßung, aber als ich zum ersten Mal von einer Braut dachte, sie müsste eigentlich davonlaufen, wenn sie nur einen Augenblick überlegen würde, war ein Damm gebrochen, und ich konnte bei den vielen folgenden Hochzeiten den Gedanken kaum je wieder verscheuchen. Mit einem Mann an ihrer Seite, und es brauchte gar kein schlimmer Zeitgenosse zu sein, sahen die Frauen gleich viel sterblicher aus, und dabei hätten sie alle noch ein paar Jahre haben können, in denen sie nicht so offensichtlich in den Lauf der Zeit verstrickt gewesen wären, wie sie es mit ihren blind oder sehenden Auges eingegangenen Ehen von einem Tag auf den anderen waren.

Gewöhnlich war es auch die Braut, die mit einem schaudernden Blick in die Tiefe zu ihrem Mann sagte: »Du könntest mich immer noch loswerden«, was einiges über die Macht- und Unterwerfungsverhältnisse, die Unterdrückungs- und Überlebensstrategien dieses Paares preisgab, kaum je der Bräutigam, der die Frau aber wie auf Kommando umarmte, als hätte er gerade dasselbe gedacht oder als wäre er zu einfältig für einen solchen Gedanken. Ich beeilte mich dann, möglichst unbeeindruckt meine Bilder zu machen. Später konnte ich auf den Abzügen in den Gesichtern noch einmal alles sehen, Schmerz und Versöhnung, als hätten sie Streit gehabt, Anspannung und Erleichterung, Bedenken und ihr Zerstreutwerden, panische Schicksalsgläubigkeit und ein hilfloses Aufbäumen dagegen. Das Minimalziel verfehlte ich fast nie, sie wollten alle auf den Fotos besser dastehen als in Wirklichkeit, aber dazu brauchte es nicht viel, dazu brauchte ich nur die billigsten Tricks anzuwenden, oder ich fotografierte einfach an ihren Unvollkommenheiten und Menschlichkeiten vorbei.

Die tote Braut wäre mir auch ohne ihr schreckliches Ende allein deshalb in Erinnerung geblieben, weil sie an der Stelle auch etwas sagte, aber etwas ganz anderes als die anderen. Zu der Zeit hatte ich schon lange bei keiner Hochzeit mehr fotografiert und war in diesem Herbst nur für zwei Anlässe wieder eingesprungen, weil der Berufsfotograf, der meine Arbeit übernommen hatte, krank geworden war und sich auf die Schnelle kein Ersatz hatte finden lassen. Ich hatte am Tag meiner Matura zu unserem Vater gesagt, dass er in Zukunft auf meine Dienste verzichten müsse, ich hätte für mein Leben genug Hochzeiten gesehen, und seinem Drängen all die Jahre standgehalten, war aber dann doch weich geworden. Da hatte ich mein Medizinstudium längst abgebrochen gehabt und lustlos mit Germanistik und Anglistik angefangen, weshalb mir die Ablenkung gar nicht ungelegen kam. Es sollte sich auf ein einziges Mal beschränken, aber weil dieses eine Mal wider Erwarten so schön gewesen war und weil ich ganz anders als sonst auch ein richtiges Honorar erhalten hatte, war wenige Wochen später ein zweites Mal dazugekommen, und so war ich der Fotograf bei der Hochzeit der toten Braut geworden.

Selbstverständlich war sie noch am Leben gewesen, als wir auf die Lichtung gingen, um dort meine Unendlichkeitsbilder zu machen, aber sie hatte da nur mehr sechzehn Stunden, vielleicht eine Stunde mehr, vielleicht eine weniger, je nachdem, wie man die späteren Zeugenaussagen und die Befunde des obduzierenden Arztes gewichtete. Sie hatte davor schon mit ihrem Mann gestritten und mich in ihren Streit zu verwickeln versucht, als bereitete es ihr das größte Vergnügen, ihn bloßzustellen, ja, ihn zu demütigen. Ich hatte zum vereinbarten Zeitpunkt vor dem Entspannungszimmer gewartet und von drinnen deutlich ihre Stimmen gehört, und als sie plötzlich herausstürmte, ihr weißes, paillettenbesetztes Kleid mit beiden Händen an den Knien gerafft und die hohen Stöckelschuhe wild in die Luft stoßend, schnappte sie bissig zu ihm zurück: »Wir können es auch überhaupt seinlassen, wenn du willst. Deine Mutter, deine Mutter, deine Mutter. Wenn du sie noch einmal erwähnst ...« Genau in dieser Sekunde fiel ihr Blick auf mich, und sie unterbrach sich. Sie hatte dunkle, fast schwarze Augen und ein Muttermal auf der Oberlippe, das mir wie ein drittes Auge vorkam. Ihr Gesicht war gerötet, die Frisur, ein kompliziertes Gesteck und Gehänge, durcheinandergebracht, und sie lachte, als verwandelte meine Anwesenheit für sie von einem Augenblick auf den anderen alles in eine Komödie.

»Wie oft haben Sie das schon gemacht?« fragte sie mich, während sie sich wieder zu ihrem Mann umdrehte, der ihr zaghaft folgte, mit hilflosen Handbewegungen die Luft zerteilte und mich an einen Dirigenten denken ließ, dem sie die falschen Noten hingelegt hatten. »Ihr verheiratet hier doch alles und jeden.«

Sie hob ihre Stimme, damit ihm ja nichts entging und damit ihm nur nicht entging, dass auch mir nichts entgehen konnte.

»Wie oft ist es vorgekommen, dass eine Frau es sich in letzter Sekunde anders überlegt hat?«

»Nie«, sagte ich. »Kein einziges Mal.«

»Wie oft haben Sie einen Mann gesehen, der seiner Braut an ihrem Hochzeitstag gestanden hat, dass er eigentlich mit seiner Mutter verheiratet ist?«

Sie wollte diese Szene, sie wollte sie so sehr, dass ihr jeder als Publikum recht gewesen wäre, und sie wollte sie um so mehr, je mehr sie ihren Mann damit in Verlegenheit bringen konnte. Ich wusste nicht, was hinter der verschlossenen Tür zwischen ihnen vorgefallen war, aber es musste etwas gewesen sein, durch das sie sich ihm gegenüber zu diesem absurden Verhalten berechtigt fühlte. Als er ihr nachkam und versuchte, sie an der Hand zu fassen, stieß sie ihn zurück. Er war ein feingliedriger Mann mit ausgeprägter Stirnglatze und einem von seiner Weste kaum gebändigten Bäuchlein in seinen späten Vierzigern und damit fünfzehn, vielleicht sogar zwanzig Jahre älter als sie, und er wusste keine andere Methode, sich gegen ihre Grobheiten zu wehren, als ihren Blick zu suchen, sie flehend anzusehen und zu bitten, keinen Skandal zu provozieren.

»Aber Iris!« sagte er ein ums andere Mal mit resignierter, fast lautloser Stimme. »Du hast mir versprochen, dass du dich zusammenreißt.«

Ich schlug vor, die geplanten Bilder später aufzunehmen oder den Termin an meiner Lieblingsstelle ganz ausfallen zu lassen, aber sie bestand darauf, weiter nach Protokoll zu verfahren, wie sie sich ausdrückte, man dürfe nicht davon abweichen, wenn man nicht von Anfang an alles in den Sand setzen wolle.

»Gehen Sie nur voraus«, sagte sie. »Ich folge Ihnen. Mein Mann muss selber die Entscheidung treffen, ob er sich uns anschließen oder sich lieber bei seiner Mutter ausweinen will. Lassen wir uns überraschen.«

Sie sagte das wirklich, während sie irgendwo aus den Falten ihres Kleides ein Päckchen Zigaretten hervornestelte und sich an mich wandte.

»Möchten Sie eine?«

Dabei deutete sie auf ihren Mann.

»Er mag nicht, wenn ich rauche.«

Ich reagierte nicht, und sie hatte sich ihre Zigarette noch gar nicht richtig zwischen die Lippen gesteckt, als ihr Mann auch schon ein Feuerzeug in der Hand hielt, der Reflex eines Kavaliers der alten Schule, der gar nicht anders konnte, als ihr zu Diensten zu stehen.

»Muss das sein, Iris?«

Sie fummelte wieder in ihrem Kleid herum, und im nächsten Augenblick hob sie triumphierend einen kleinen Flachmann in die Höhe und bot mir einen Schluck an.

»Ich habe ihm versprochen, dass ich seiner Mutter nicht den Tag verderbe«, sagte sie über die Einwände ihres Mannes hinweg, als ich ablehnte, und nippte mit geschlossenen Augen an dem Fläschchen. »Selbstverständlich werde ich ein braves Mädchen sein.«

Wir hatten uns indessen in Bewegung gesetzt, und als wir die kleine Lichtung erreichten, trat sie ohne zu zögern ganz vor an den Rand. Es hatte erst vor ein paar Stunden geregnet, die Luft war rein, es roch nach Feuchtigkeit und Moos, und der Lärm, der plötzlich von der Autobahn heraufdrang, schien noch stärker als an anderen Tagen, ein anhaltendes Tosen, in dem man sich halb schreiend verständigen musste. Wind war aufgekommen, der sich zuerst nur in ihrem Haar verfing und gleich darauf in ihr Kleid fuhr und den schweren Stoff ein paarmal hob und wieder fallen ließ, zwei, drei matte

Schläge auf den immer noch nassen Waldboden. Sie schaute in den Abgrund und dann zu ihrem Mann und mir zurück, und ihr Gesicht hatte einen angestrengten Ausdruck angenommen, als würde sie eine schwierige Rechnung anstellen und zu keinem befriedigenden Ergebnis gelangen.

»Sie sind mir einer«, sagte sie, als sie wahrnahm, dass ich sie beobachtete. »Hat Ihnen noch niemand unterstellt, dass mit Ihnen vielleicht etwas nicht in Ordnung ist?«

Dann trat sie zu ihrem Mann und ließ sich von ihm in die Arme nehmen, auf einmal auf übertriebene Weise fügsam, nur um ihn im nächsten Augenblick bereits wieder aufzuziehen.

»Wenn ich dich hier hinunterstoßen würde, würde mich unser Fotograf bestimmt nicht verraten. Ich könnte sagen, du bist zu weit vorgetreten und gestolpert, Schatz, und er würde meine Aussage decken. Dir ist es wahrscheinlich nicht aufgefallen, aber er hat sich ein bisschen in mich verliebt.«

Damit wandte sie sich wieder an mich, ihre Miene plötzlich schalkhaft, das Muttermal auf der Oberlippe mit jedem Zucken der Mundwinkel in Bewegung, die Augen weit offen in gespielter Erwartung.

»Das haben Sie doch, stimmt's?«

Um mich diesen Neckereien nicht länger aussetzen zu müssen, nahm ich nicht mehr als eine Handvoll Bilder auf, und zu meiner Verwunderung war den Ab-

zügen später nicht das geringste von der Szene anzu-
merken. Hatte die Frau gerade noch angriffslustig und
wütend gewirkt, war das wie weggewischt und machte
einer Umgänglichkeit Platz, die mir in ihrem Gesicht
in Wirklichkeit nie aufgefallen war. Sie blickte sanft in
die Kamera, die vollen Wangen gaben ihr einen mäd-
chenhaften Anstrich, und sie fasste nach der Hand ihres
Mannes, der ihr den Arm um die Schultern gelegt hatte,
eine joviale, beinahe kumpelhafte Geste, die auch ihn
sofort aufleben ließ. Er hatte nichts Zerknirschtes mehr
an sich, nichts Zaghaftes, und ich konnte mir erst an-
hand der Bilder vorstellen, dass er überhaupt jemals
für sie in Frage gekommen war. Sie waren zu dunkel
geworden, weil ich nicht genug mitbedacht hatte, dass
von neuem Wolken aufgezogen waren, nachdem es eine
Weile aufgerissen hatte, aber seine Augen strahlten, als
hätte sich alles Licht darin verfangen.

Auf dem Rückweg hatte *sie* ihren Arm um *seine*
Schultern gelegt, und ich hörte hinter ihnen gehend
deutlich, dass sie zu ihm sagte, wie glücklich sie sei, und
das wollte dem ermittelnden Kommissar, der gleich
am nächsten Vormittag auftauchte, nicht in den Kopf.
Weil ich als Student kein eigenes Bett im Haus mehr be-
anspruchen konnte, hatte ich im Entspannungszimmer
übernachtet und war ihm in die Arme gelaufen, als ich
spät zum Frühstück hinunterging und er gerade ankam,
weshalb ich ihm als erster Rede und Antwort stehen
musste. Ich war insgesamt nicht mehr als eine knappe

halbe Stunde mit dem Paar allein gewesen, gerade lange genug für den schrägen Auftritt der Frau, bis wir wieder zur Hochzeitsgesellschaft zurückkehrten, Braut und Bräutigam mit einem lauten Hallo empfangen wurden und ich in den Hintergrund treten und von dort weiter meiner Arbeit nachgehen konnte, aber der Kommissar war überzeugt, dass sich vor meinen Augen Entscheidendes abgespielt hatte und dass er nur den Schlüssel dazu finden musste. Er ging mit mir Minute um Minute durch, am liebsten hätte er gehabt, wenn ich ihm über jede Sekunde Rechenschaft abgelegt hätte, und er hatte recht, wenn er feststellte, es folge keiner Logik, wie die Frau den Mann zuerst vorgeführt und wie sie sich dann buchstäblich wie ein schnurrendes Kätzchen verhalten habe, obwohl dazwischen kaum Zeit vergangen sei.

Ich verschwieg ihm anfangs, dass sie gesagt hatte, ich hätte mich in sie verliebt, weil es mir zu aberwitzig vorkam, und als ich es schließlich doch vorbrachte, nachdem er ein ums andere Mal nachgehakt hatte, ob ich mich nicht an noch etwas erinnerte, ob ich nicht Dinge vergessen hätte, die mir vielleicht unwichtig erschienen, aber womöglich von größter Wichtigkeit seien, musterte er mich und wollte wissen, ob ich den Eindruck gehabt hätte, sie sei betrunken gewesen, unter Drogen oder einfach nur verrückt. In dem Augenblick sah ich ihn selbst zum ersten Mal richtig an, und er erwiderte meinen Blick. Er war ein korpulenter Mann, noch nicht alt, aber mit müden Augen, einer Stirnfransen-Frisur und einem Mund, den er immer wieder zu einem Strich zusammenpresste, damit er ihm nicht in alle Richtungen entglitt, einem enttäuschten Mund, wie ich dachte, dem Mund einer zu lange auf ihr Glück wartenden Frau.

»Sie hat tatsächlich gesagt, Sie könnten sich in sie verliebt haben?« sagte er. »Und sie hat Sie davor noch nie gesehen? Die beiden waren doch keinen Tag verheiratet? Wie soll das gehen?«

Man hatte die Braut erst vor eineinhalb Stunden mit gebrochenem Genick am Fuß des Schlossbergs gefunden, aber er gab sich überzeugt, den Fall noch am selben Tag aufklären zu können. Er würde alles systematisch untersuchen, Schritt für Schritt ermitteln, wer sie zuletzt gesehen hatte und wer zuletzt mit ihr gesehen worden war, und dann die Gästeliste durchgehen und einen nach dem anderen die Eingeladenen ausfindig machen, die in ihren Unterkünften noch schliefen und nicht einmal ahnten, was geschehen war. Auch der Bräutigam wusste noch nichts. Angeblich war er gegen halb vier am Morgen sturzbetrunken in sein Hotel verfrachtet worden und sofort eingeschlafen, ohne die Braut auch nur zu vermissen, und ihn wollte der Kommissar als ersten aufsuchen, wenn alles Erkennungsdienstliche an der Leiche getan war, an der schon die Spezialisten von der Spurensicherung arbeiteten, wollte ihm persönlich die Nachricht überbringen und schauen, wie er darauf reagierte. Er bat mich, ihm alle Filme von der Hochzeit

zu überlassen, und ich händigte sie ihm aus und sah
die Bilder selbst erst zwei Wochen danach, als ich die
Negative zurückbekam. Auf dem ersten, das ich von
dem Paar aufgenommen hatte, ist in Wirklichkeit allein
die Braut zu sehen oder genaugenommen nur ihr Bein
mit dem hohen Stöckelschuh und der wallende Stoff
ihres Kleides beim Aussteigen aus der gerade vorgefah-
renen, blumengeschmückten Limousine, ein Klischee,
gewiss, aber ein immer gern gesehenes. Hingegen sitzt
sie auf dem letzten, Stunden später, lachend neben ihrem Mann, und im Hintergrund drängen die vier Männer ins Bild, die davor schon versucht hatten, sie zu ent-
führen, und jetzt noch einen Versuch unternahmen,
sich diesmal nicht abwimmeln ließen und sie wenige
Minuten später in ihr Auto setzten und in dem offenen Wagen davonfuhren, die Musik so laut gedreht, dass
man sie noch die Serpentinen den Hang hinunter hören konnte.

Das war kurz vor Mitternacht gewesen, und als sie
nach vier Stunden wieder zurückkamen, war ich längst
im Bett und schlief. Sie hatten nicht auf dem großen
Parkplatz vorn geparkt, sondern waren um das Haus
herumgefahren und hatten das Auto hinten abgestellt,
direkt unter dem offenen Fenster des Entspannungs-
zimmers. Die Musik hatten sie leiser gedreht, jedoch
immer noch laut genug, um mich zu wecken, und als
ich mich erhob und hinter dem Vorhang versteckt hin-
ausschaute, sah ich, dass sie das Verdeck geschlossen hat-

ten. Der Morgen war frisch, es regnete wieder, aber über dem Mutterhaus der Barmherzigen Schwestern schien bereits die erste Helligkeit auf.

Das Auto stand eine ganze Weile da, ohne dass etwas geschah, doch konnte ich dem Kommissar beim besten Willen nicht sagen, wie lange. Dann ging die Fahrertür auf, und als die Braut ausstieg, schien das Weiß ihres Kleides in der Dunkelheit zu zerrinnen. Beim Aufbruch war sie nicht am Steuer, sondern hinten gesessen, aber der Wechsel wunderte mich nicht, und jetzt war auch ihre Stimme zu hören und wie sie die anderen auffordernd fragte, ob sie sitzen bleiben wollten. Aus dem Wageninneren schallte ihr Gelächter entgegen, gefolgt von den mühsamen Worten eines Betrunkenen.

»Magst du nicht lieber schauen gehen, ob dein Mann schon im Bett ist, und wir warten so lange hier?«

»Ach was!« sagte sie. »Er wird euch nicht umbringen.«

Sie war ins Licht getreten, das von der Lampe kam, die über dem Hintereingang hing, und im Glitzern der Pailletten sah ich einen Augenblick ihr Gesicht und das Muttermal auf ihrer Oberlippe.

»Wir sagen, wir haben eine Panne gehabt.«

Jetzt ging die Beifahrertür auf, und die betrunkene Stimme war wieder zu hören, schleppend, rauh und mit einem absichtlich vulgären Unterton.

»Eine Panne? Genausogut können wir sagen, deine Großmutter ist gestorben, Iris! Wer soll uns das glauben?«

Die Gestalt arbeitete sich schwerfällig heraus, tat ein paar Schritte auf das Haus zu und stützte sich direkt unter mir, den Arm über dem Kopf, an der Wand ab.

»Besser, wir verziehen uns.«

»Auf keinen Fall«, sagte die Braut. »Ihr bleibt!«

Dann kiekste sie hell auf.

»Was tust du da?«

Ich beugte mich vor, konnte aber nichts erkennen.

»Sag, dass du das nicht tust, Michi!«

Im selben Augenblick hörte ich das Plätschern gegen die Wand, und während mir der Geruch von Urin in die Nase stieg, protestierte sie schrill.

»Das ist eine schöne Sauerei! Wem willst du damit etwas beweisen, Michi? Ich kann nicht glauben, dass du das tust!«

Indessen hatten sich die anderen aus dem Fond gehievt. Sie reihten sich vor dem Auto auf, einer den Arm um die Schultern seines Nebenmannes, standen da wie die Überreste einer geschlagenen Fußballmannschaft nach dem Elfmeterschießen und beobachteten ihren Freund. Ihr Kichern war das Kichern von Flegeln, und während ich instinktiv einen Schritt zurücktrat, fehlte nur, dass sie ihn anfeuerten.

Das Ganze hatte kaum mehr als eine Minute gedauert, aber der Kommissar ließ mich die Worte, die gefallen waren, ein ums andere Mal wiederholen und wollte dann wissen, wie spät es genau gewesen sei.

»Vor oder nach vier?«

»Das kann ich nicht sagen.«

»Herrgott!« sagte er. »Sie haben doch auf die Uhr geschaut. Ungefähr vier reicht nicht. Denken Sie nach.«

Dann erging er sich wieder in der Frage, die er mir schon einmal gestellt hatte und auf die er keine Antwort erwartete.

»Hat das Schwein wirklich vor der Braut gegen die Wand gepinkelt, und die anderen haben ihm lachend zugeschaut?«

Zu diesem Zeitpunkt wusste ich noch nicht, wer sie waren, und wahrscheinlich hatten es auch die wenigsten Hochzeitsgäste gewusst, womöglich nicht einmal der Bräutigam, aber es stellte sich schnell heraus, dass es sich bei allen vieren um ehemalige Verehrer der Braut handelte, wie der gängige Ausdruck war, bei mindestens zweien sogar um Liebhaber. Sie hatte sie eingeladen, und die Herren hatten sich zu einem Club der Abgewiesenen zusammengeschlossen, die derb damit prahlten, dass sie ja nur ihre alten Rechte geltend machten, wenn sie mit ihr in die Nacht entschwanden. Es waren alles Sprösslinge der besseren Gesellschaft, sofern der Begriff noch einen Sinn ergibt oder überhaupt je einen Sinn ergeben hat, Burschen aus gutem oder jedenfalls wohlhabendem Haus, die nach diesen Kategorien als ansprechende Partien durchgehen konnten, und wo auch immer ich sie auf meinen Bildern erfasst hatte, schienen sie das auch auszustrahlen. Darauf standen sie, Champagnergläser in den Händen, in einer Runde, stießen mit dem Bräutigam an, redeten mit der Braut oder tanzten mit ihr, waren hier in einer Gruppe zu entdecken oder dort, junge Männer, die sicher in lautes Lachen ausgebrochen wären, hätte man ihnen gesagt, dass sie wenigstens für ein paar Tage als Hauptverdächtige und später immerhin noch als Beteiligte und wohl nicht ganz Unschuldige in einem Fall galten, der bis heute nicht aufgeklärt wurde.

Die Zeitung brachte in den folgenden beiden Wochen fast täglich Berichte und versuchte nicht nur zu rekonstruieren, was in der Nacht beziehungsweise in den frühen Morgenstunden bei der Hochzeit geschehen war, sondern lieferte auch Hintergründe und Klatsch sowohl über Braut und Bräutigam als auch über die sogenannten Verehrer. Dabei war immer wieder die Rede von einer Traumhochzeit oder sogar der Hochzeit des Jahres, die so schrecklich zu Ende gegangen sei. Die Braut wurde nicht nur einmal als Partygirl bezeichnet, was angesichts ihres Todes etwas Frivoles hatte, ihr Beruf als der einer Eventmanagerin angegeben, was kaum weniger trist klang, der Bräutigam firmierte als Millionenerbe aus Wien, aber auch als Immobilien- und Waldbesitzer in der Steiermark und Enkel eines langjährigen Nationalrats gleichen Namens. Die Verehrer waren ein Professoren- oder Herzchirurgensohn, wie es hieß, der Juniorchef eines europaweit operierenden Transportunternehmens, der Besitzer eines Viersternehotels in bester Lage und Michael »Michi« Mattlinger, Fernsehsprecher, Moderator, Entertainer und, was mir bei der Feier gar nicht aufgefallen war, dem abgedruckten Bild nach zu schließen ein unerträglicher Schönling mit Fönwelle, Grübchen und einem sanft vernebelten Schlafzimmerblick.

Ich musste lachen, wie sehr sich der Kommissar über den Begriff »Jeunesse dorée« ärgerte. Er meinte, kein Mensch verwende ihn mehr ernsthaft und nur die Zeitung glaube, sich damit schmücken zu können. Das allein reichte ihm, um sich über die ganze Berichterstattung zu echauffieren.

»Die lassen immer größere Trottel schreiben«, sagte er. »Je mehr Fremdwörter einer verwendet, um so sicherer können Sie sein, dass er in Wirklichkeit Analphabet ist und seine ganze Arbeit darin besteht, das mühsam zu kaschieren. Dazu dieser widerwärtige Kleinbürgermief und die Bereitschaft, alles, was so einer für oben hält, zu bewundern, bis er die eigene Bewunderung satthat oder sich selbst derart dafür hasst, dass er irgend etwas kaputtschlagen muss.«

Er hatte mich eine Woche nach dem Unglück von neuem aufgesucht und ging alles noch einmal mit mir durch. Da standen die Fakten, soweit sie überhaupt ans Tageslicht kamen, überwiegend bereits fest, und soviel Zeit er danach für seine Ermittlungen auch aufwenden mochte, es kam kaum etwas Neues hinzu. Nicht nur der Bräutigam, auch seine Mutter hatte die Festgesellschaft zu der späten Stunde schon verlassen gehabt,

als die Braut mit den Verehrern wieder im Saal aufgetaucht war. Unser Vater war ihnen entgegengetreten
und hatte die vier Männer hinauskomplimentiert, als
sie auftrumpfend eine Flasche Champagner bestellt
hatten und mit ihm umgesprungen waren, als wäre er
nur der Hausmeister im eigenen Restaurant. Er hatte
gesagt, sie sollten sofort gehen, wenn sie ihn nicht ken-
nenlernen wollten, eine Brautentführung sei ja schön
und gut, aber nicht eine, die sich über vier Stunden
hinziehe, sie hätten mit ihrer Rücksichtslosigkeit die
Hochzeit gesprengt, und damit hatte er angefangen, sie
zu schubsen und zu stoßen, und es wäre fast zu einem
Handgemenge gekommen.

Der Kommissar wollte von mir wissen, ob ich sie
wegfahren gehört hätte, aber ich hatte nach ihrer Ankunft das Fenster geschlossen, und außerdem war der
Regen so stark geworden, dass sein Prasseln den Lärm
des Motors sicher überdeckt hatte. Die Braut war nicht
mit ihnen gegangen, war noch eine Weile am Tisch ihrer Eltern gesessen, die ihr Vorwürfe machten, und hatte
dann ein Taxi genommen. Natürlich hatte der Kommissar den Fahrer ausfindig gemacht, und der hatte ihm
erzählt, ja, hatte ihm Stein und Bein geschworen, er sei
mit ihr nur so weit gefahren, bis sie außer Sichtweite des
Restaurants gewesen seien, und habe sie dort trotz des
Unwetters und trotz ihrer unzureichenden Kleidung in
die Nacht oder vielmehr in den anbrechenden Morgen
hinausstaksen lassen.

»Er dürfte der letzte gewesen sein, der sie lebend gesehen hat«, sagte der Kommissar. »Bis auf vielleicht ihren Mörder.«

Wir saßen uns in meinem WG-Zimmer gegenüber, und er hatte endlich aufgehört, das Bücherregal zu studieren, als könnte er dort eine Antwort auf all die unbeantwortbaren Fragen finden. Ich hatte ihn auf meinen Schreibtischstuhl dirigiert und mich selbst auf das Bett gesetzt und bereute jetzt, dass ich nicht mehr auf Distanz geachtet hatte. So ungestüm, wie er an der Tür gefragt hatte, ob er hereinkommen könne, war ich nicht geistesgegenwärtig genug gewesen, ihm seine Grenzen aufzuzeigen. Er war in Zivil, trug Jeans und Pullover und gab sich Mühe, entspannt zu bleiben, als ich sagte, die Zeitung schreibe, alles deute darauf hin, dass es sich um einen Selbstmord handle.

»Glauben Sie doch nicht, was in der Zeitung steht«, sagte er. »Sie brauchen nur zu schauen, wofür die sich interessieren, und wissen Bescheid. Die Trauringe aus einer Werkstatt in Paris, das paillettenbesetzte Brautkleid mit Swarovski-Klunkern, das silbermetallicfarbene Cabriolet mit über zweihundert PS. Die schaffen es, sogar in einem Bericht über ein Unglück nur über ihre eigene Dummheit zu schreiben.«

Er machte eine Handbewegung, als wollte er nicht allein den Tisch leerfegen, sondern die ganze Welt von allem unnötigen Krempel befreien, und ließ auch weiter kein gutes Haar an den Schreibern.

»So, wie sie heute noch über Selbstmord reden, können sie morgen schon umschwenken, sobald sie nur einen Tropfen Blut geleckt haben. Dann ist es mit dem ekelhaften Geschmiere vorbei, und sie treten die ach so bewunderten Verehrer in die Hölle und hängen ihnen jedes Verbrechen an, das ihnen in den Sinn kommt. Keine Rede mehr davon, dass sie ihnen gerade noch am liebsten die Füße geküsst hätten.«

Er räusperte sich, und ich dachte, wenn wir im Freien gewesen wären, hätte er sich wahrscheinlich herausgenommen, vor mir auf den Boden zu spucken.

»Jeunesse dorée!«

Es hörte sich an, als würde er die Verehrer am liebsten vom Fleck weg verhaften, obwohl er keine Handhabe gegen sie hatte. Sie hatten das Gelände längst verlassen gehabt, als sich die Braut im strömenden Regen auf ihren Weg gemacht hatte. Dabei musste sie durch den Wald gegangen sein, einen Pfad abseits der Straße gewählt und den Parkplatz vor dem Restaurant gemieden haben, sonst hätte sie einer der im Aufbruch begriffenen Gäste sicher gesehen, und wohl nicht nur gesehen, sondern hätte angehalten und gefragt, was mit ihr los sei, wohin sie mitten in der Nacht wolle. Das bedeutete aber auch, dass sie wahrscheinlich noch einmal unter meinem Fenster vorbeigekommen war, weil sie so am leichtesten auf den Steig zum Schlossberg gelangte, und als der Kommissar das sagte, hätte ich ihm gern den Gefallen getan und ihm versichert, dass sie da noch ein letztes Mal in meinen Blick geraten sei, die Haare waschnass an den Kopf geklatscht, ein vorbeihuschender Schatten, ein Gespenst in ihrem weißen, paillettenbesetzten Kleid.

»Der Weg muss vom Regen ein einziger Matsch gewesen sein«, sagte er. »Sie ist ohne Schuhe gegangen. Die Kollegen haben festgestellt, dass sie die ausgezogen hat. Ihre Strümpfe waren an den Sohlen vollkommen durchlöchert, ihre Füße schmutzig vom Schlamm.«

Anders hätte sie den Steig auch gar nicht bewältigen können, und wenn mich etwas wunderte, dann eher, dass die Leiche die Schuhe angehabt hatte. Die Braut musste sie in der Hand getragen und oben wieder angezogen haben, die Riemchen penibel in die Schnallen gesteckt. So war sie gefunden worden, verdreckt und nass zwar im Regen, aber mit allen Kleidungsstücken am Körper und ihren Schuhen an den Füßen.

Am meisten zu denken gab dem Kommissar, dass zwischen dem Augenblick, in dem der Taxifahrer sie hatte aussteigen lassen, und dem Zeitpunkt, den der obduzierende Arzt als wahrscheinlichen Todeszeitpunkt angab, mehr als zwei volle Stunden vergangen waren.

»Das ist eine Ewigkeit für das Stückchen Weg«, sagte er. »In der Zeit wäre sie auf Knien den Berg hinaufgekommen.«

Wenn das eine Anspielung auf die Barmherzigen Schwestern und ihre Nachtwallfahrten war, die sie manchmal hoch zur Ruine unternahmen, schien ihm das nicht bewusst zu sein. Er sah mich verdattert an, als ich ihn fragte, ob er auch mit der Oberin gesprochen habe. Dann erst begriff er und lachte.

»Was soll das bringen?«

»Vielleicht war eine von den Schwestern draußen.«

»Um fünf Uhr am Morgen?«

»Ich weiß nicht, wann die ihren Tag beginnen«, sagte ich. »Aber um die Zeit dürften sie schon auf den Beinen sein und wohl auch ihre ersten Gebete bereits hinter sich haben.«

Er sagte, das möge ja stimmen, bringe ihn aber keinen Schritt weiter, es sei denn, ich wolle damit nahelegen, eine der Schwestern könnte die Braut vom Schlossberg in die Tiefe gestürzt haben, und ihm am besten auch noch ein vernünftiges Motiv dafür liefern.

»Helfen Sie mir lieber zu überlegen, was sie die ganze Zeit gemacht haben könnte. Zwei Stunden draußen im Regen. Das ist mir ein Rätsel. Außerdem hätte sie alles viel einfacher haben können.«

Sein Blick hatte jetzt etwas professionell Gequältes.

»Wenn sie sich schon umbringen wollte, hätte sie sich den mühsamen Aufstieg ersparen können«, sagte er. »Sie hätte nur die paar Schritte vor auf die Lichtung gehen müssen, wo Sie Ihre Fotos gemacht haben. Dort geht es auch ganz schön hinunter. Warum sollte sie da auf den Schlossberg hinauf?«

»Vielleicht wollte sie nur eine Weile allein sein«, sagte

ich. »Vielleicht wollte sie von oben sehen, wie der Tag anbricht.«

»Um diese Uhrzeit, bei strömendem Regen? Ihren Humor möchte ich haben. Sie könnte längst im Bett gelegen sein und nimmt diese Unannehmlichkeiten in Kauf, weil sie hofft, dass es bald aufklart und sie in der Ferne die Morgenröte sieht?«

Ich war zu der Zeit vierundzwanzig, mit meinem verbummelten Studium auf eine Weise jung, wie ich es in keinem anderen Alter gewesen war, und wenn ich später in einer Runde erzählte, ich hätte in einem früheren Leben als Hochzeitsfotograf gearbeitet, und dann gebeten wurde, eine Anekdote zum besten zu geben oder gar das Verrückteste, was ich dabei jemals erlebt hätte, sprach ich nur selten von dem Unglück. Die Erwartung war immer, etwas Exaltiertes oder vielleicht Anrüchiges zu hören zu bekommen, und oft bediente ich sie auch, oft wollte ich die Stimmung nicht mit dieser finsteren Geschichte verderben und verlegte mich auf irgendwelche Missgeschicke, irgendwelche Verwechslungen, aber noch öfter kam ich einfach auf die zweite Feier zu sprechen, eigentlich die erste, ein paar Wochen davor, bei der ich in jenem Jahr fotografiert hatte, weil es da mehr Berechtigung gehabt hätte, zu sagen, dass ich mich verliebt hatte, wenn auch nicht in die Braut, sondern in ihre Cousine. Sie stand vorn in der Kapelle, ein wildes Sommersprossengesicht, die eine Hälfte des Schädels bis zur Schläfe rasiert, die andere ein

Lockengekringel, trug ein knöchellanges, auf den ersten Blick weißes, auf den zweiten Blick hellrosafarbenes Kleid mit einem großen, weißen Spitzenkragen und einer weißen Schürze, wie eher ein Kind sie hätte tragen können, und hob gerade ihre Geige. Ich hatte sie sofort gesehen, meine Kamera mehrfach angesetzt und wieder sinken lassen, sie lange im Sucher behalten, ohne auf den Auslöser zu drücken, und hatte ihr dann untätig zugehört und zugeschaut, wie sie den Bogen über die Saiten führte und anscheinend selbst ins Schwingen geriet, als würde sie ihren eigenen Körper streichen. Sie spielte Schostakowitsch, die Augen geschlossen, mit Bewegungen wie unter Wasser, ohne Angst vor der Hingabe, ohne Angst vor dem Pathos, ohne Angst vor der Unschuld. Davor war ich drei Monate lang jeden Abend wegen einer Kellnerin, ihrem Lachen und der selbstvergessenen Art, wie sie hinter der Theke stand und rauchte, wenn es nichts zu tun gab, in dasselbe Café gegangen, ohne dass ich gewagt hätte, sie anzusprechen, aber jetzt konnte ich nicht erwarten, dass die Trauzeremonie vorbei war, die Leute sich zerstreuten und ich zu dem Mädchen eilen konnte, um ihr zu sagen, dass ich nie etwas Schöneres gehört hätte, und ihren Namen zu erfahren, der Sarah Flarer war.

ZWEITES KAPITEL

Vorausgesetzt, die tote Braut war nicht doch anders ums Leben gekommen, ist der Selbstmord des Professors in Jackson mein zweiter Selbstmord gewesen. Ich weiß, dass mit diesem Satz etwas nicht stimmt, aber in seiner paradoxen Formulierung trifft er meine Empfindungen am genauesten und verbindet die beiden tragischen Ereignisse, die eigentlich unverbunden sind oder nur verbunden durch mich, durch meine Anwesenheit in nächster Nähe, als sie geschahen. Bei dem Professor kommt hinzu, dass ich ihm in den Jahren, die ich ihn kannte, immer wieder einmal von Sarah erzählt hatte, immer wieder einmal von meinen paar Stunden mit ihr, denn mehr waren es nicht, vom ersten Anblick in der Kapelle bis zum Ende unseres Spaziergangs in der Nacht. Er hatte mich irgendwann gefragt, ob ich keine Freundin hätte, und sich, kaum dass ich Sarah erwähnt hatte, für sie in einer Weise interessiert, die auffällig war, die ich aber erst nach seinem Tod verstanden oder zumindest zu verstehen geglaubt habe. Ich hatte aus Verlegenheit von ihr zu sprechen begonnen, geradeso, als wollte ich mich dafür rechtfertigen, dass ich allein lebte, und die Begegnung immerhin so weit ausgeschmückt, dass er annehmen musste, dass ich von einer unerwiderten Liebe sprach. Dabei brachten meine Worte es mit sich, dass ich am Ende selbst mit einem noch wehmütigeren Blick auf die nicht einmal halb angefangene Geschichte sah, als ich es ohnehin schon tat.

Doch ich muss von Anfang an erzählen, wie es dazu gekommen ist. Ich war damals, bloß wenige Wochen nach dem Unglück mit der Braut, nach Amerika gegangen, ohne zu ahnen und ohne mir auch nur vorstellen zu können, dass es dreizehn Jahre werden würden, die ich blieb. Unser Vater hatte gesagt, wenn ich ein bisschen Abstand bräuchte, könnte ich den Winter in Wyoming verbringen und nachher sehen, was ich machen wolle, mit meinem Studium sei es ohnehin nicht weit her, und ich hatte mich auf den Vorschlag gestürzt, als wäre er meine Rettung. Dort hatte einer seiner Jugendfreunde, der in den sechziger Jahren des vergangenen Jahrhunderts ausgewandert war, eine Skischule gegründet, und es bedurfte nur eines Anrufs, um mich ihm zu vermitteln. Dann war ein Winter zum anderen gekommen, Monate um Monate, die ich alle auf den Hängen von Jackson Hole abgedient hatte, und ich konnte mir nichts vormachen, aus mir war das geworden, was ich nie hatte werden wollen, ich war nicht mehr nur aushilfsweise Skilehrer, ich war es ganz und gar.

Der Professor war mein treuester Schüler gewesen. Ich hatte schon von ihm gehört, und wahrscheinlich hatte ich ihn auch schon gesehen, auf der Piste am Stadtrand, im viel größeren Skigebiet des benachbarten Teton Village oder in einer der Bars des überschaubaren Städtchens, bevor er mir in meinem dritten Jahr in den Rocky Mountains schließlich zufiel. Sein Stammskilehrer war krank geworden, und nach unseren ersten gemeinsamen Tagen bestand der Professor darauf, nur mehr mit mir zu fahren, er wolle den Österreicher, rief er zu meiner Beklemmung im Skischulbüro aus. Von da an wurde ich immer für ihn freigestellt, vier bis sechs Stunden Privatunterricht jeden Tag, und wir verbrachten oft auch die Abende zusammen, wenn er mich zu sich ins Hotel zum Essen einlud oder wenn wir zu Kathy hinausfuhren, die in einer Blockhütte außerhalb der Stadtgrenze, schon auf dem Weg zur Passhöhe nach Idaho hinüber, ein Diner und eine Bar betrieb, wo sich besonders im Spätwinter Leute aus der ganzen Umgebung versammelten. Er war einer der alleinreisenden Stammgäste, die gleichermaßen belächelt wie gefürchtet wurden, unkompliziert bis zur Selbstverleugnung, solange alles glattlief, und von einem Augenblick auf den anderen kompliziert wie eine Diva, sobald ihm etwas gegen den Strich ging, mit Sonderwünschen und einem aggressiv peniblen Pochen auf ihre augenblickliche Erfüllung. Sieben Jahre sind es geworden, die wir zusammen hatten, jedes Jahr zwei oder drei Wochen im Februar, manchmal noch eine Woche um Ostern herum, und manchmal kam er nur für ein Wochenende, scheute die lange Anreise nicht, so dass wir uns am Ende tat sächlich fast schon wie ein altes Ehepaar aneinander gewöhnt hatten.

Natürlich wurde gemunkelt, eigentlich von der ersten Woche an, warum er so versessen auf mich sei, ob er mir Avancen mache, aber davon konnte nicht die Rede sein, was jedoch nicht hieß, dass die Sprüche hinter unseren Rücken jemals ganz verstummten. Wir mussten ja auch ein merkwürdiges Bild abgegeben haben, wenn wir zusammen durch den Ort schlenderten, er in seinem roten Overall, der ein wenig schrill für sein Alter war, meistens seinen Helm noch auf dem Kopf und die Skier auf seine Weise geschultert, mit den Spitzen nach hinten, ich so früh wie möglich im Jahr nur im Pullover und, wenn es ging, ohne Mütze. Er ließ mir immer einen halben Schritt Vortritt, und auf der Piste unterwarf er sich wunschlos meinem Regime. Dort fuhr er am liebsten den ganzen Tag ohne viel Worte hinter mir her, wollte weder meine Tips oder Ratschläge hören noch meine Belobigungen, wie gut er sich mache, und sagte nicht nur einmal, er verbringe gern die Zeit mit mir, aber ich dürfe nicht glauben, er habe auch nur den geringsten Ehrgeiz, ein besserer Skifahrer zu werden. Ich sollte eine sichere Linie die Hänge hinunter finden oder eine Abfahrt außerhalb der Markierungen, ich sollte die Lawinengefahr einschätzen und dementsprechend meine erste Spur in den Tiefschnee legen, damit er dann seine parallel dazu ziehen konnte, doch im Grunde genügte es ihm, draußen zu sein, in meiner stillen Gesellschaft.

Er war Raketenphysiker, ursprünglich aus der Tschechoslowakei, arbeitete nach Jahren an verschiedenen Universitäten für eine Firma in Seattle und hätte sich sicher nicht gewehrt, wenn die jemand ungeschminkt als Rüstungsfirma bezeichnet hätte. Als junger Wissenschaftler war er bei seiner ersten Auslandsreise nicht mehr nach Hause zurückgekehrt, und ich hatte einmal erlebt, wie ein anderer Gast in seinem Hotel ihm gegenüber das Wort »Dissident« verwendet und vergeblich auf eine Bestätigung gewartet hatte. Der Professor hatte ihn nur angesehen, nichts erwidert und, als der andere es wiederholt und es schließlich noch mit »Regimegegner« und »Antikommunist« versucht hatte, den Kopf geschüttelt und müde lächelnd gemeint, was ihn hierhergebracht habe, sei einzig und allein die Tatsache gewesen, dass nach Leuten, die etwas von Triebwerken verständen, auf beiden Seiten des Eisernen Vorhangs rege Nachfrage geherrscht habe.

Ich kannte ihn da schon so gut, dass ich seine Reaktion hätte voraussagen können und wusste, dass man nicht jedes seiner Worte auf die Goldwaage legen durfte, weil er sich lieber ins Abseits stellte, als brav allen Erwartungen entsprechend eine heilige Kuh im Zentrum der Aufmerksamkeit abgeben zu müssen. Denn er hasste nichts mehr als das Einvernehmen, das sich ohne Zweifel schnell eingestellt hätte, wäre er zugänglicher gewesen, nichts mehr, als dass er mit seiner Existenz dafür hätte bürgen sollen, dass er einer Hölle entronnen

war und seither im Paradies lebte. Er war der gleiche
Jahrgang wie mein Vater, und als ich ihm sagte, dass ich
mit dessen geradezu närrischem Schwärmen für Amerika aufgewachsen sei, fragte er mich lachend, warum
mich das ausgerechnet nach Wyoming gebracht habe,
als gäbe es zu Hause in Tirol nicht auch Berge und
Schnee und dieselben unverbesserlichen Sturschädel
wie hier. Seine Großeltern hatten vor dem Ersten Weltkrieg in Brünn eine Textilfabrik mit einer Niederlas-
sung in Wien besessen, und das brachte ihn dazu, einmal laut zu proklamieren, wir Österreicher müssten
uns aufeinander verlassen können. Er tat es schnell als
Scherz ab, nur um den Spruch dann doch bei jeder Gelegenheit wieder hervorzukramen, als eine Art Running
Gag, manchmal zu meiner Überraschung sogar in einem rostigen Deutsch.

Für mich waren die Wochen mit dem Professor auch
deshalb immer besondere Wochen, weil er so anders
war als die Schüler, die ich sonst hatte, nicht so for-
dernd, nicht so raumgreifend, nicht so selbstverständlich, geradeso, als könnte er kaum glauben, dass er einen
Körper hatte und nicht nur seinen Verstand, und als
wäre er beim geringsten Verdacht, irgendwo anzuecken,
jederzeit bereit, sich zurückzunehmen. Er hatte nichts
von dem penetranten Erlebnishunger und der manchmal gnadenlosen Spaßbereitschaft der anderen und
begab sich auch abseits der Piste in meine Hände, ließ
mich das Programm bestimmen und sagte zu allem ja,

nicht nur, was die Abfahrten betraf, sondern auch sonst in jeder Kleinigkeit. Ich brachte ihn dazu, dass er sich von seinen viel zu langen Latten trennte, mit denen er kaum um die Kurven kam, und kürzere Skier kaufte, ich wählte die Farbe, als er eine neue Mütze brauchte, ich entschied, ob wir abends auf einen Drink zu Kathy hinausfuhren, woran er immer mehr Gefallen fand, oder ob ich zu ihm zum Kartenspielen ins Hotel kam. Es ging so weit, dass er mich oft bat, ein Gericht für ihn auszusuchen, wenn wir mittags in einer Skihütte saßen und er keine Lust hatte, in die Karte zu schauen. Er hatte etwas von einem Kind, aber selbst ein folgsames Kind wäre aufmüpfiger gewesen, von einem Internatsschüler, aber auch ein Internatsschüler hätte sich nicht in dieser Weise in alles gefügt, und selbstverständlich wusste er um seine Schrulligkeit.

Tatsächlich war mir niemand bekannt, der sich so schwer mit anderen Menschen tat wie er. Wenn er in der Bahn zum Skigebiet hinauf oder am Lift unerwartet angesprochen wurde, wusste er nicht, wie damit umgehen. Entweder antwortete er gar nicht, wandte sich ab, als hätte er nicht hingehört, oder seine Antwort war ein elaborierter Exkurs, und ein angefangenes Gespräch über das Wetter wurde zu einer meteorologischen Abhandlung. Seine Spezialität war, dabei immer weiter zur Seite auszuweichen, sein Gegenüber zum Nachrücken zu zwingen und sich so schließlich mit ihm im Kreis zu drehen. Zugleich räusperte er sich in einem fort, als würde ihm sonst vor Nervosität die Stimme versagen, und vermied es, dem anderen in die Augen sehen zu müssen, oder hatte ohnehin seine Schneebrille auf und nahm sie nicht ab.

In einem Winter hatte er eine Begleiterin dabei, die in ihrem Anorak mit dem glitzernden Kunstfellkragen wie ein Schulmädchen aussah. Er stellte sie überall als seine Nichte vor, und vom ersten Tag an ging unter den Skilehrern das Gerede, dass er sie nur von einem Escortservice haben könne, um davon abzulenken, dass er sich in Wirklichkeit zu Männern hingezogen fühle. Was auch immer es damit auf sich haben mochte, es ließ sich nicht leugnen, dass sie ihm täglich nur für eine genau verabredete Zeit zur Verfügung stand und keine Minute länger, wenn er beim Abendessen auf die Uhr sah und gestelzt und schmerzhaft altmodisch meinte: »Unsere Tischdame bleibt uns nur noch kurz erhalten«, oder wenn sie bei einer gemeinsamen Abfahrt nüchtern feststellte, ihr Dienst sei zu Ende, und fragte, ob er noch eine Stunde dazunehmen wolle, und, je nachdem, bei uns blieb oder winkend davonfuhr. Für mich ging es vor allem darum, ihr nicht zuviel Aufmerksamkeit zu schenken, weil ich merkte, wie er mich beobachtete, wenn ich das Wort direkt an sie richtete. Er verbarg nicht, dass ihm das missfiel, und ließ sich dazu hinreißen, maliziös zu sagen, sie und ich würden ein prächtiges Paar abgeben, wenn es mir dazu nicht am Nötigsten fehlte. Er ließ offen, was er damit andeuten wollte, aber ich bedauerte es nicht, als sie am vierten Morgen nicht mehr am Lift erschien und wir am Abend erfuhren, sie habe in aller Frühe aus dem Hotel ausgecheckt und den ersten Flug nach Denver genommen.

Ich kann nicht einschätzen, ob in der Nacht davor etwas zwischen ihnen vorgefallen war, das sie zu diesem überstürzten Aufbruch gedrängt hatte. Ihre Hotels lagen weit voneinander, als wäre auch das Teil der Vereinbarung gewesen, ein deutlicher Abstand. Er sagte, er habe nach Mitternacht zuletzt mit ihr telefoniert, und schien weder besonders berührt von ihrer Flucht, noch kommentierte er sie groß, konstatierte nur, man müsse den jungen Frauen ihren Willen lassen, was ziemlich zwielichtig klang. Weil er schon den ganzen Tag viel getrunken hatte, konnte ich mir alles mögliche vorstellen, eine ungewollte Liebeserklärung, mit entsprechender Beharrlichkeit und Verzweiflung vorgetragen, eine Totalkapitulation vor Jugend und Schönheit, die bei ihr Panik ausgelöst hatte. Jedenfalls war sie aus den Augen, aus dem Sinn, und ich musste mir selbst einen Reim darauf machen oder die Ungereimtheit einfach hinnehmen.

Am selben Abend aß ich mit ihm, und nach dem Hauptgang faltete er seine Serviette zusammen und sagte, er werde die Familie begrüßen, von der er schon zwei Tage davor gemeint hatte, er kenne sie aus Seattle, Vater, Mutter und zwei Mädchen im Alter von vielleicht vierzehn und sechzehn Jahren, die ein paar Tische weiter saßen und uns eher widerwillig als einladend zuge-

nickt hatten. Es war sonst nicht seine Art, sich aufzu-
drängen, aber noch bevor ich etwas erwidert hatte, war
er aufgestanden und zu ihnen hinübergegangen, und
nicht nur ich wurde Zeuge einer qualvollen Szene, der
ganze Speisesaal schien zuzuschauen. Ich konnte weder
hören, was er sagte, noch die Antwort des Mannes verstehen, der Messer und Gabel in den Händen behielt,
zuerst zu ihm aufblickte und dann seinen Teller fixierte,
aber ich konnte sehen, wie sich sein Rücken versteifte,
und ich konnte im Gesicht der Frau etwas erkennen, für
das ich zuerst keine Bezeichnung hatte, nicht Verachtung, nicht Abscheu, vielleicht eine instinktive Herab-
lassung. Die Kinder merkten nichts und beobachteten
ihn mit verwunderten Augen, und wenn er nach seinen
ersten Worten gleich gegangen wäre, hätte auch sonst
niemandem etwas auffallen müssen, aber er blieb einfach stehen, bis der Mann und die Frau ratlos miteinander zu flüstern begannen. Schon kam er zu mir zurück,
nannte umstandslos ihre Namen, erzählte, was sie machten und dass sie zu Hause seine Lieblingsnachbarn
seien, und winkte noch einmal zu ihnen hinüber, aber
sie reagierten nicht, ein noch jung wirkendes Paar, wie
mir erst da richtig auffiel, er mit einem schmalen, klaren
Gesicht und einer kantigen Stirn, sie ein bisschen ver-
schwommen, mit einem ahnungsvollen Lächeln und
wie im Widerspruch dazu unbesorgten Augen.

Zweimal lud mich der Professor auf eine Ausfahrt
ein, weil er das Skifahren an diesen Tagen satthatte, und

so gelangte ich mit ihm das eine Mal bis Salt Lake City, weil er den Fahrer aufforderte, einfach weiter und weiter zu fahren, das andere Mal in das nur zwei Stunden entfernte Wind River Reservat. Beide Male schien ihm nach der Ankunft nicht richtig klar zu sein, was er dort wollte, und kaum dass wir ausgestiegen waren, meinte er auch schon, es gebe hier eigentlich nichts zu tun und wir könnten genausogut wieder umkehren. In Salt Lake City hatten wir nicht einmal den Temple Square gesehen, ein mögliches Ziel, und im Reservat erschloss sich mir nicht, was das Ziel gewesen sein könnte.

Da war es schon greifbarer, dass er in den letzten beiden Jahren vor seinem Tod jeweils für einen Tag einen Helikopter mietete und wir uns für sieben oder acht Abfahrten an sonst unerreichbare Stellen weit weg von den präparierten Pisten und begehbaren Routen in die Wildnis bringen ließen, was zwei, drei Monatslöhne kostete, ihn aber nicht weiter zu berühren schien. Ich wusste nicht, ob er sich das jeweils so gewünscht hatte oder ob es Zufall war, aber beide Male flog uns eine junge Frau, und statt das Panorama zu genießen, wartete er nur auf den Moment, in dem sie uns auf einer winzigen Plattform in der Nähe eines Gipfels absetzte oder den Hubschrauber so dicht an einen Kamm steuerte, dass wir hinausspringen konnten, ohne dass sie zu landen brauchte. Dann stand er im aufgewirbelten Schnee, während das Flappen und Tosen der Propeller die Stille zerriss, und hob seinen Daumen, und sie wartete ein paar Augenblicke, nur wenige Meter entfernt in ihrer verglasten Kuppel, in der sich die Sonne spiegelte, bevor sie es ihm gleichtat, ein breites Lächeln im Gesicht, und in der nächsten Sekunde die Maschine nach hinten wegsacken ließ, abdrehte und auf das Blau des Himmels zuhielt.

Ich hatte da längst schon meine Kamera in der Hand und machte Fotos, und auf vielen dieser Bilder hatte er die Augen unter seinem Helm zu schmalen Schlitzen zusammengekniffen wie vor einer Erscheinung. Als wäre er unverwundbar, stürzte er sich danach in die steilsten Rinnen, und ich konnte ihn kaum bremsen, konnte ihn kaum zurückhalten, was auch immer er sich in den Kopf gesetzt hatte. Es war reine Mutwilligkeit, wenn er plötzlich mit einem langen Schwung aus der Falllinie ausscherte und einen Hang querte, von dem ich gerade noch gesagt hatte, es bestehe zwar keine akute Lawinengefahr, aber wir sollten angesichts der Sonneneinstrahlung und der Steigung trotzdem Respekt haben vor den schieren Schneemassen und uns bloß keine Leichtsinnigkeiten erlauben.

Kathy war von allen diejenige, die in ihrer unverstellten Art am besten mit ihm umzugehen wusste. Manchmal hatte ich den Eindruck, dass wir nur zu ihr hinausfuhren, damit er sich von ihr umarmen lassen, sein Gesicht in ihre Locken drücken und so etwas von ihrer Zuversicht, ihrem Glauben an die Welt und ihrem Strahlen einatmen konnte. Sie schenkte ihm diese Zuwendung, als gehörte er zu ihren engsten Vertrauten, und er schien sich nicht oft genug beweisen zu können, dass sie ihn genauso behandelte wie die anderen, die sich dort einfanden, fast ausschließlich Einheimische, die auf ihrem Heimweg von der Arbeit einkehrten oder zum Kartenspielen aus den umliegenden Dörfern und manchmal sogar von Idaho herüberkamen. An der Theke versammelte sich meistens eine absurde Partie von Verehrern, die sich gegenseitig belauerten und sofort einschritten, nahm sich einer ihr gegenüber etwas heraus. Dann taten sich die anderen zusammen und spielten sich als ihre Beschützer auf, und wenn alle zwei Wochen Kathys Freund aus Montana auftauchte, konnten und wollten sie nicht glauben, dass das ihr Auserwählter war, ein ziegenbärtiger Englischdozent aus Missoula, der zu allem Überfluss auch noch Yoga unterrichtete, seinen alten Toyota zwischen ihren Pick-ups parkte, sich auf einen Barhocker schwang und sie lachend fragte, ob sie in seiner Abwesenheit gut auf seine Liebste achtgegeben hätten.

Ausgerechnet Kathy hatte einmal zu mir gesagt, der Professor sei für sie der traurigste Mann auf der Welt, und dazu passend war dann auch sie es, die in seinem letzten Jahr schon bei seiner Ankunft meinte, dass er sich nicht nur merkwürdig aufführe, sondern dass mit ihm etwas nicht stimme. Ich hatte ihn selbst am Flughafen abgeholt, sein Flug war zuerst wegen eines Schneesturms umgeleitet worden und zu guter Letzt mit fast

vierstündiger Verspätung doch noch gelandet, und wir
waren nicht gleich ins Hotel, sondern auf seinen
Wunsch zuerst zu Kathy hinausgefahren. Mir war auf
der Fahrt nichts Besonderes aufgefallen, aber als er vor
ihr stand und »Kathy, Kathy, Kathy« sagte und dass es
ein langes Jahr gewesen sei, seit sie sich das letzte Mal
gesehen hätten, sah sie ihn an wie einen der Stammgäste, deren Einsamkeit ihr angst machte. Er setzte sich
auch an die Theke, nicht wie sonst immer an eines der
Tischchen, und beobachtete sie, wie sie Bier zapfte und
Whiskey ausschenkte, seine Augen wässrig vor plötzli-
cher Sentimentalität. Draußen hatte es wieder heftig zu
schneien begonnen, und man konnte durch die nied-
rigen Fenster der Blockhütte buchstäblich zusehen, wie
die Schneedecke Zentimeter um Zentimeter wuchs,
während er eine Runde um die andere bestellte und
sich von mir nicht bewegen ließ, aufzubrechen und
endlich sein Zimmer zu beziehen, solange die Straßen
noch passierbar waren, so sehr fühlte er sich auf seinem
Hocker am richtigen Ort.

Wir hatten am ersten Tag jedes Jahres das gleiche
Gespräch darüber, wie es uns in den vergangenen Monaten ergangen war, und dazu gehörte immer auch, dass
er mich nach Sarah fragte und wissen wollte, ob ich endlich Kontakt zu ihr aufgenommen hätte, wenn ich überhaupt in Tirol gewesen war, ob ich versucht hätte, sie zu
erreichen, oder ob wieder ein Sommer ungenutzt verstrichen sei. Gewöhnlich gab er sich mit meinen ab-

schlägigen Antworten zufrieden, aber diesmal beharrte er nicht nur darauf, dass er mich nicht verstehe, sondern bezog auch Kathy mit ein. Er beugte sich immer wieder mit kleinen Bemerkungen über die Theke und erkundigte sich schließlich, ob sie überhaupt wisse, wer Sarah sei, und ob ich ihr meine Geschichte mit dem Mädchen erzählt hätte oder ob ich vor ihr ein Geheimnis daraus machte.

»Unser Freund hier ist nämlich schon seit Jahren in ein Phantom verliebt«, sagte er. »Er hat in Österreich eine Flamme, und statt endlich zu ihr hinzugehen und mit ihr zu reden, himmelt er sie lieber aus der Ferne an.«

Das war sein Wort, »Flamme«, und Kathy, die zu tun hatte und nicht recht wusste, wie sie darauf reagieren sollte, warf mir einen genervten Blick zu, während er fortfuhr, das gehe schon so, seit wir uns kennen würden, und sich schließlich an mich wandte.

»Wie lange kennen wir uns, Franz?«

»Sechs Jahre, bald sieben.«

Das wiederholte er, als hätte Kathy meine Antwort nicht gehört oder als würde sie erst durch seine Beglaubigung wahr.

»Eine ganz schön lange Zeit für nichts und wieder nichts«, sagte er lachend. »Sechs Jahre Daumen drehen. Sechs Jahre sublimieren. Sechs Jahre seine Verklemmtheit pflegen.«

Für seine sonstige Zurückhaltung war das eine richtige Rede mit unerwarteter Forschheit, und er sah Kathy an, bis ihr nichts anderes übrigblieb, als seinen Blick zu erwidern. Sie hatte ihm den Rücken zugekehrt, sich bis dahin nur über die Schulter nach ihm umgesehen und drehte sich jetzt zu ihm, verschränkte zuerst versuchsweise die Arme, legte sie dann aber auf die Theke und lehnte sich vor. In ihr Gesicht war eine Mischung aus Belustigung und Unmut getreten, und sie schenkte ihm dieses Lächeln, das ihr Markenzeichen war und das sie millimetergenau zwischen Wohlwollen und Warnung zu plazieren vermochte, ihre Lippen nur leicht geöffnet mit den weit auseinanderstehenden Schneidezähnen dahinter.

»Ich sehe nicht, was daran verkehrt sein soll«, sagte sie. »Vielleicht sind die Österreicher einfach hoffnungslose Romantiker und machen das auf ihre Weise. Hast du ein Problem damit, Professor? Fast hört es sich so an.«

»Ich bin selber Österreicher.«

»Was bist du, Professor?«

»Du hast schon richtig gehört, Kathy«, sagte er. »Ich kann es nicht leugnen. Im Grunde meines Herzens bin ich Österreicher und müsste also Bescheid wissen. Bekomme ich trotzdem noch ein Bier von dir, oder schmeißt du mich nach diesem Bekenntnis hinaus?«

Am Ende war es ein Thekengespräch wie viele andere, dem man keine weitere Bedeutung beimessen musste, und als wir später im immer noch kräftigen Schneefall hinter dem Pflug her zu seinem Hotel fuhren, sprachen wir schon nicht mehr darüber. Kathy hatte ihm tatsächlich kein Bier mehr ausgeschenkt und mich beiseite gezogen und gesagt, ich solle ihn ihr aus den Augen schaffen. Der Wetterbericht für die nächsten vierundzwanzig Stunden war katastrophal, und ich schlug ihm vor, erst am übernächsten Morgen mit dem Skifahren zu beginnen, aber er bestand darauf, dass wir uns Punkt neun an der Piste am Stadtrand träfen, als müsste er sich für die Eskapaden des Abends bestrafen.

Es wurde eine furchtbare Quälerei, die ganze Zeit draußen, obwohl es nie richtig hell wurde und in einem fort vor sich hin graupelte, und die wenigen Stunden Schlaf und der Alkohol halfen auch nicht, die Welt besser zu machen, als sie war. Dann hatten wir zwei Tage, wie sie schöner nicht sein konnten, der Himmel von einem stählernen Blau, die Sicht weit über das Hochtal, in dem das Städtchen lag, und über die Berge, und wir ergingen uns in den Ritualen all der Jahre. Wir machten unsere Einstandsbesuche in den Skihütten und im Lager der Pistenpatrouille, wir blieben bei den anderen Skilehrern für einen kurzen Schwatz stehen, und alle ließen ihn hochleben, alle gaben ihm das Gefühl, er sei vom vergangenen Winter direkt in den jetzigen gerutscht und es habe die Jahreszeiten dazwischen gar nicht gegeben.

Trotz der anfänglichen Irritationen schien damit alles wie immer, und ich konnte mir später nicht vorwerfen, dass ich nichts geahnt hatte. Er riss sich vielleicht

schwerer von den Leuten los, ja, war gründlicher, seine
Lieblingsorte abzuklappern und bloß keinen auszulas-
sen, er äußerte Sätze, die womöglich mehr bedeuteten,
als ich im jeweiligen Augenblick wahrnahm, und eine
Situation gab es ganz sicher, in der er drauf und dran
war, mehr von sich zu erzählen, und ich es vermasselte
und nichts Besseres zu tun wusste, als sofort von mir zu
sprechen, statt ihm einfach zuzuhören. Denn da sagte er
wie aus dem Nichts, er sei überzeugt, dass jeder Mensch
wenigstens eine Geschichte in seinem Leben habe, von
der er nicht wolle, dass jemand anderer sie zu hören
bekomme, und unterbrach mich nicht, als ich ihm das
Wort aus dem Mund nahm, stellte zwar Fragen, gab aber
nichts weiter von sich preis.

Einordnen ließ sich das alles erst im nachhinein,
aber wenn mich etwas wirklich stutzig hätte machen
müssen, dann am ehesten die pompöse Überreichung
der Uhr, mit der er mir seine Verbundenheit zeigen
wollte. Er veranstaltete ein richtiges Trara darum, dass
ihm aufgegangen sei, dass wir insgesamt schon weit
mehr als hundert Tage zusammen auf Skiern verbracht
hätten und dass das ein Grund sei zu feiern. Damit ver-
stummte er, um gleich darauf zu verkünden, ich solle
mich festhalten, denn er müsse mir sagen, wie wenig er
sich in all den Jahren ein Leben ohne mich und diese
Freuden habe vorstellen können.

Wir saßen wie so oft zusammen beim Abendessen
in seinem Hotel, und es war vor dem Dessert, als er das

Geschenk auf den Tisch stellte, in Goldpapier verpackt, mit einer silbernen Schleife, und sich nicht im geringsten um die anderen Gäste scherte. Es gibt beileibe Schlimmeres, als angestarrt zu werden wie ein Paradiesvogel, der sich in den falschen Käfig verirrt hat, aber ich verstand die Geste trotzdem nicht, ich verstand nicht, warum der sonst so reservierte Mann, der vor Diskretion fast verging, diese öffentliche Prozedur wählte. Ich blickte mich um, als er sagte, ich solle das Päckchen öffnen, aber kaum dass ich die Hülle entfernt hatte und das Etui aufmachen wollte, nahm er es an sich, schob meine Manschette zurück und legte mir die Uhr um. Sie war groß, mit einem nachtblauen Zifferblatt und goldenen Zeigern, und als er mich abwartend ansah, ergriff ich seine Hand und bedankte mich, entschuldigte mich jedoch schon ein paar Minuten später und sah zu, dass ich nach Hause kam. Dort streifte ich sie ab, und erst am Tag darauf, dem Tag seines Todes, zu einem Zeitpunkt, als er noch lebte, las ich die eingravierte Inschrift auf dem unteren Deckel: »Für unsere gemeinsamen Tage, für alles«, gefolgt von seinem Vornamen, den ich selbstverständlich kannte, aber nie verwendet hatte und der mir hilflos und nackt vorkam mit seinem »J«, seinem »A« und seinem »N«.

Natürlich hätten wir auch an dem Morgen zusammen skifahren sollen, aber er rief mich vor dem Frühstück an und sagte, ich könne mir freinehmen, ihm sei nicht nach Rausgehen, und wenn er später vielleicht doch noch Lust habe, ziehe er allein ein paar Schwünge. Das war in den vergangenen Jahren immer wieder einmal vorgekommen und also nichts Besonderes, und obwohl es erneut einer dieser klaren Tage zu werden versprach, von denen es so viele gab und von denen man doch jeden für einzigartig hielt, wenn man im Schnee war, bevor das Wetter am Nachmittag jäh schlechter wurde, entschied ich mich, in meinem Zimmer zu bleiben und zu lesen. Mittags ging ich hinaus, um etwas zu essen, kehrte aber gleich wieder zurück und legte mich auf das Bett. Dann dürfte ich eingeschlafen sein, und als ich wach wurde, hatte ich es schon eine Weile im Traum klopfen gehört und musste die Kollegin, die hereinstürmte, kaum dass ich öffnete, bitten, alles, was sie gesagt hatte, noch einmal zu wiederholen.

Es war eine der Studentinnen, die in der Hochsaison aushalfen und deren Namen ich immer durcheinanderbrachte, weil sie sich für mich ähnelten, nicht so sehr in ihrem Aussehen als in ihrer forcierten Umgänglichkeit, für die es gewöhnlich kein Problem zu geben schien. Bleich unter ihrer Bräune und wie aufgelöst, sagte sie jetzt aber, es tue ihr leid, und ich beeilte mich, meine Skischuhe anzuziehen, und folgte ihr hinaus in den Nachmittag, an dem die Sonne noch am Himmel stand, aber nichts mehr von ihrer Wärme zu spüren war. Sie hatte ihr Auto vor dem Haus stehenlassen, wartete kaum, bis ich eingestiegen war, startete den Motor und trat auf das Gas. Um die Ampeln kümmerte sie sich nicht, und wir waren in wenigen Minuten aus dem Städtchen hinaus und an der Talstation der Bahn im Nachbarort, auch wenn ich vor Ungeduld kaum zu halten war und am liebsten zu Fuß den Berg hinaufgelaufen wäre.

In der Gondel sah ich sofort den Sheriff, der mit mir eingestiegen war, einen Mann mit schwerem Oberkörper und wuchtigem Schnurrbart, der telefonierte und dabei die Augen geschlossen hielt. Allem Anschein nach sprach er mit seiner Frau, aber aus den Wortfetzen, die ich aufschnappte, konnte ich nicht schließen, ob er sie beschwichtigte oder sie ihn. Ich kannte ihn, und auch er musste mich erkennen, wir hatten uns schon mehrfach unterhalten, aber als er in meine Richtung sah, nahm er mich nicht wahr. Die Gondel hatte sich in Bewegung gesetzt, und mit jedem Meter, den wir zurücklegten, wurde die Landschaft unter uns größer, mit so viel Weiß darin und von einer solchen Reinheit, wie es das eigentlich gar nicht geben konnte.

Zuerst fiel mir der Hubschrauber auf, und dass sich seine Propeller nicht bewegten, war kein gutes Zeichen. Er war an einem Platz im Hang abgestellt, wo man mit freiem Auge gar keine Landemöglichkeit erkennen konnte. Kaum einen Steinwurf unter ihm befand sich eine Baumgruppe, und ich ahnte sogleich, was sie verbarg, während wir immer noch an Höhe gewannen und dann mit einem Schlag der Blick darauf frei wurde. Dort standen wohl zwei Dutzend Männer im Kreis, in einer Haltung, die mir sagte, dass nichts mehr zu machen war. Die roten Anoraks der Pistenpatrouille mit ihren weißen Kreuzen vervollständigten nur die Vergeblichkeit. Es waren keine hundert Meter Luftlinie aus der schwebenden Gondel, aber ich musste noch den ganzen Weg zur Bergstation hinauf und mit den Skiern wieder hinunter, bis ich an Ort und Stelle war.

Der Professor war mit dem Kopf voraus gegen einen Baum gefahren, und er hatte alles getan, dass es niemand für einen Unfall halten konnte. Er hatte vorher seinen Helm abgelegt und war in geduckter Schussfahrt den Hang hinuntergerast. Es gab Zeugen, die gesehen haben wollten, wie er im letzten Augenblick sogar die gerade noch vor dem Kinn geballten Fäuste wie ein Skispringer im Anlauf an das Becken zurückgenommen habe, damit ihn der Aufprall ungebremst und mit der ganzen Wucht im Gesicht erwischte. Das ging gegen jede Wahrscheinlichkeit, gegen die vernünftige Annahme, dass selbst einer, der seine Entscheidung getroffen hatte, zuletzt doch versuchte, sich zu schützen, ja, gar nicht anders konnte, aber wenn ich es jemandem zutraute, dass er am Ende auch noch seine Reflexe besiegt hatte, dann meinem Professor. Jan Moravec war sein voller Name, geboren 1941 in einem Dorf in Mähren, nicht weit von der österreichischen Grenze, gestorben 2005 in Jackson oder genaugenommen in Teton Village, Wyoming, und natürlich konnte ich zu der Zeit nicht wissen, dass ich von allen Menschen auf der Welt angeblich derjenige war, der ihm am nächsten stand.

DRITTES KAPITEL

Nach so vielen Jahren wieder am selben Ort zu sein, wenn man sich geschworen hatte, alles für immer hinter sich zu lassen, fühlte sich nicht unwirklich, es fühlte sich nur allzu wirklich an, und unwirklich schien allein, wie die Zeit hatte vergehen können. Ich war seither nie für länger zu Hause gewesen als für eine einzige Nacht und hatte mir eine Rückkehr immer weniger vorzustellen vermocht, bis es dann ganz anders kam. Denn erst vor dreieinhalb Monaten hatte ich in Jackson meinen zweiten Unfall gehabt, und die Ärzte ließen keinen Zweifel, sie könnten mich zwar wieder zusammenflicken, aber mit meinem Dasein als Skilehrer sei es vorbei, wenn ich nicht in ein, zwei Jahren im Rollstuhl landen wolle.

Ich hatte mir erst im vorigen Winter bei einem Sprung das rechte Knie ins Auge gerammt und die Knochen rundherum zertrümmert, und man konnte in meinem Gesicht unter der Haut an den Stellen der entfernten Schrauben immer noch Unebenheiten spüren. Diesmal war ich beim Tiefschneefahren an einem zugeschneiten Fels hängengeblieben und hatte mir das linke Knie zerschlagen und darin alle Bänder gerissen, die man sich nur reißen konnte. Das Bein war vor zwei Monaten noch geschient gewesen, ich ging auf Krücken, und in meinem lädierten Zustand und buchstäblich ohne einen Cent in der Tasche, weil mein letztes Geld, das mir nicht die Ärzte abgenommen hatten, für das Ticket draufgegangen war, stieg ich aus dem Taxi, bat den Fahrer zu warten, ich würde jemanden schicken, der ihn bezahle, und hievte mich unangemeldet auf das Schlossrestaurant zu. Vor vierundzwanzig Stunden war ich noch in Denver gewesen, vor achtundvierzig Stunden hatte ich mir in einem letzten Aufbäumen überlegt, ob ich mir nicht doch einen Job suchen solle, der mich wenigstens über den Sommer bringen würde, und war jetzt direkt vom Flughafen gekommen. Meine amerikanischen Jahre waren vorbei, und auch wenn ich mir das in seiner ganzen Bedeutung nicht eingestehen wollte, musste ich mir sagen, dass ich mit siebenunddreißig Jahren auf der Straße stand und nicht wusste, wo ich sonst hätte hinsollen, wenn nicht mein Bruder mir seine Tür geöffnet hätte.

Wir hatten seit dem Tod unseres Vaters vor fünf Jahren nicht mehr miteinander gesprochen. Damals war mein Bruder hinter die monatlichen Überweisungen an mich gekommen, ohne die ich in Amerika nicht hätte überleben können, wenn dort die Wintersaison vorbei war, und er hatte sie nicht nur sofort eingestellt, sondern mir den Vorwurf gemacht, ich irrte blind in der Welt umher und führte ein Leben in Saus und Braus, während er sich zu Hause abrackere, so dass ich jetzt nur froh sein konnte, dass er mich mir nichts, dir nichts bei sich aufnahm. Ich hatte ihm gesagt, es sei nur für ein paar Wochen, bis ich etwas gefunden hätte, ich sei mit mehreren Schulen im Gespräch, wo ich vielleicht Englisch unterrichten könne, und auch wenn er mir wahrscheinlich nicht glaubte, stellte er mir immerhin keine Fragen und versuchte, sich nichts anmerken zu lassen, vermochte seine skeptischen Blicke aber nicht zu verbergen.

Dabei hatte er am Morgen nach dem Begräbnis unseres Vaters noch so getan, als existierte ich nicht mehr für ihn. Wir hatten die halbe Nacht gestritten, und als ich mich von ihm verabschieden wollte, hatte er mich nicht zu Wort kommen lassen. Es hatte geschneit, und er war schon mit der Schneefräse zugange gewesen, hatte sie vor dem Hotel auf und ab geschoben und zuerst die Straße und dann die Parkplätze freigeräumt und meine Bitten, den Motor nur für eine Minute abzustellen, ignoriert. Ich war im knatternden Lärm wohl eine geschlagene Viertelstunde lang neben ihm hergegangen und hatte wieder und wieder gesagt, wenn wir jetzt nicht miteinander redeten, würden wir es vielleicht unser ganzes Leben nicht mehr tun. Er hatte nur einen Schritt vor den anderen gesetzt und seinen Blick auf die Schneefontäne vor sich gerichtet, als wäre sie ein Kometenschweif, dem er folgen müsste, komme, was da wolle, und wenn ich später daran dachte, war jedes Geräusch aus der Erinnerung verflogen, und wir stapften in der Januarstille wie zwei erbarmungswürdige Kreaturen durch den lautlosen Schnee.

Das Hotel in den Bergen, unser Zuhause im Winter, aus dem wir für die Sommer immer in das Hochzeitsrestaurant übersiedelt waren, existierte nicht mehr. Es war im Jahr darauf bis auf die Grundmauern niedergebrannt, und mein Bruder schlug sich immer noch mit der Versicherung wegen der Entschädigung herum. Die Brandursache war nie eindeutig festgestellt worden, aber weil unser Vater sich bei seinem letzten Umbau mächtig übernommen hatte und die Bilanzen längst nicht mehr stimmten, trug der glückliche Umstand, dass zur Zeit des Brandes keine Gäste im Haus gewesen waren, nur dazu bei, dass mein Bruder den Verdacht nie mehr loswurde, er könnte das Feuer selbst gelegt haben. Es wäre nicht der erste Gastbetrieb in der Gegend gewesen, der von den Besitzern angezündet worden war, denen die Schulden über den Kopf wuchsen, entweder fand man einen Käufer, einen Russen oder sonst einen Ganoven, der Geld zum Verbrennen hatte, oder man trug die Bude warm ab, wie die saloppe Wendung dafür lautete, und ging ein paar Jahre in den Knast, falls es aufflog, oder nahm den Strick, wenn die Schande zu groß war. Die Frau meines Bruders hatte vorher als Finanzprüferin gearbeitet, und es hieß, wenn er selbst nicht klug genug gewesen wäre, zwei und zwei zusammenzuzählen, hätte er mit ihr eine Expertin an seiner Seite

gehabt, die ihm bis auf den letzten Cent habe ausrechnen können, wie es stehe und wann der richtige Zeitpunkt gekommen sei, die Verluste in Rauch aufgehen
zu lassen.

Erklärung konnte ich von ihm keine verlangen, wie
er auch von mir keine verlangte und nur mit der größten Selbstverständlichkeit sagte, er könne mir das Entspannungszimmer über dem Gastraum im Restaurant
anbieten, wenn ich damit zufrieden sei. Ich wunderte
mich nicht, dass er immer noch die alte Bezeichnung
gebrauchte, aber ich wunderte mich schon, es nach all
der Zeit im alten Zustand wiederzufinden, denn weder der vorhergehende Pächter, der es als Personalzim-
mer genutzt hatte, noch mein Bruder hatte etwas daran
geändert, und ich bezog mit meinen zwei Koffern den
kleinen Raum, in den sich in meiner Jugend die Hoch-
zeitspaare zurückgezogen hatten und in dem ich zum
letzten Mal in jener schicksalhaften Nacht geschlafen
hatte, in der die Braut ums Leben gekommen war. Es
war immer noch dasselbe Bett, wenn auch mit frischen
Bezügen, wahrscheinlich dieselbe Matratze, dasselbe
Bettzeug, aber ich ekelte mich nicht, wie ich mich
manchmal in Hotelzimmern ekelte, wenn ich mir überlegte, wer vorher dort geschlafen hatte. Dann warf ich
das Kissen auf den Boden und bettete meinen Kopf an
das Fußende, um mich gegen die Angst und die Alp-
träume der anderen zu wappnen.

Ich war genau drei Wochen zurück, als mein Bruder

die Ankündigung machte, er überlege sich, demnächst eine Hochzeit auszurichten und, wenn es gutgehe, das Geschäft überhaupt wiederzubeleben. Wir sprachen gewöhnlich nicht viel, aber er bestand darauf, mich an den beiden Wochentagen, an denen das Restaurant geschlossen hatte, in großem Stil zu bekochen. Ich musste mich an den Küchentisch setzen und durfte keinen Finger rühren, und er stand mit seiner Schürze am Herd und bereitete mir all die Gerichte zu, die ich als Kind nie gegessen hatte, Rührei mit Hirn, Kalbsniere oder Kalbsleber, und die ich jetzt aß und die mir noch dazu schmeckten, wenn ich sah, welche Freude es meinem Bruder machte, mich essen zu sehen. Einmal servierte er mir sogar Stierhoden, die er weiße Nieren nannte und die ich aus Jackson als Rocky Mountain Oysters kannte, und nur der Schweinskopf, von dem er immer sprach, stand noch aus, aber so, wie er davon redete, gab es wenig Zweifel, dass seine Zuwendung alles gleichzeitig war, Fürsorge, Überwältigung, ja, vielleicht ein richtiger Akt der Gewalt, als würde er mich jedesmal wieder niederringen und in den Schwitzkasten seiner unverdienten Freundlichkeit drücken. Selbst nahm er bei diesen Gelegenheiten kaum etwas zu sich, blieb neben dem Tisch stehen oder setzte sich nur kurz zu mir, bis er den nächsten Gang auftragen konnte. Er war in den Jahren seit dem Tod unseres Vaters fülliger geworden, hatte dessen Statur angenommen, trug das Haar wie er und seine unvermeidlichen Anzüge, wie auch immer die das

Feuer überstanden hatten, altmodische Dreiteiler mit breiten Aufschlägen, von denen unser Vater einen ganzen Schrank voll besessen hatte, um bei den Hochzeiten repräsentieren zu können und für alle sichtbar ein Mann von Welt und nicht der Hinterwäldler zu sein, der er war.

Es war bei einem dieser Anlässe, und mein Bruder brachte die Idee vor, als würde er mich nach meiner Meinung fragen. Dabei hatte er es längst schon beschlossen und wollte, wenn überhaupt, nur Zustimmung hören. Ein befreundeter Anwalt, der zwei- oder dreimal im Monat zum Abendessen kam und der die Geschichte des Unglücks kannte, hatte ihn für die Feier seiner Tochter gefragt und die Bedenken zerstreut, es sei alles lange genug her, von wegen ein Fluch, was für ein absurder Aberglaube, das Schloss sei weitum der schönste Ort, er, mein Bruder, gelte als ausgezeichneter Koch, wenn er sich nur einmal dazu bemühte, selbst am Herd zu stehen, und könne ihm diese Bitte nicht abschlagen. Der Anwalt war auch Scheidungsanwalt und hatte ihm witzelnd angeboten, sie könnten langfristig eine Kooperation eingehen, mein Bruder könnte die Hochzeitsfabrik wieder in Schwung bringen, und schon fünf oder sechs Jahre später, um vom verflixten siebten Jahr gar nicht zu reden, würden die meisten Klienten jemanden brauchen, der etwas von Paragraphen verstehe, et voilà, alle wären zufrieden. Mein Bruder hatte schließlich eingewilligt und fragte jetzt mich, ob ich meine Kamera noch hätte, ich könnte ja die Fotos machen und wir würden dort wieder anfangen, wo wir oder vielmehr unsere Eltern vor dreizehn Jahren aufgehört hätten.

»Du wirst es nicht glauben, aber die Leute sprechen immer noch von deinen Bildern«, sagte er. »Genaugenommen von deinem sanften Blick. Die Bräute haben bei dir ausgesehen, als würdest du sie lieber ins Kloster stecken, als sie ihren Männern zu überlassen, und das am schönsten Tag ihres Lebens. Du musst ja nicht gleich wieder Heilige aus ihnen machen, aber es ist doch nicht zuviel verlangt, wenn ich dich um den Gefallen bitte.«

Er lachte ein kleines, schmutziges Lachen.

»Selbstverständlich kannst du mir eine Rechnung stellen.«

»Aber Viktor.«

»Ich weiß, was du sagen willst.«

»Das können wir nicht machen, Viktor«, sagte ich. »Alle werden nur von der alten Geschichte sprechen.«

Ich hatte ihn bis dahin kaum je bei seinem Namen genannt, nicht einmal in der Kindheit, und jetzt gleich zweimal hintereinander. Er war drei Jahre jünger als ich und lief seit seiner Geburt als Viktor herum, als hätten unsere Eltern da schon gefürchtet, ich könnte mich als Enttäuschung herausstellen, und mir mit diesem von allem Anfang an proklamierten Sieger eine verspätete Mahnung hinterhergeschickt. Jedenfalls hatte er kaum gehen können, als er mir schon als Vorbild hingestellt worden war, und genauso trat er jetzt auf.

»Mach dir nicht in die Hosen, Franz«, sagte er. »Wenn wir zusammenhalten, können wir auf die Vergangenheit pfeifen und eine große Sache aufziehen.«

Ernst meinen konnte er das nicht, und tatsächlich blickte er mich so an, als erinnerte er sich im selben Augenblick an all die Hochzeiten, die wir erlebt hatten, als wir noch Kinder waren, und könnte selbst nicht glauben, dass er sich noch einmal freiwillig darauf einlassen wollte. Ich sah ihn plötzlich wieder vor mir, wie er, noch nicht einmal sechsjährig, mit seinen dicken Brillengläsern und einer knielangen Schürze in der Küche stand und die Spülmaschine vollräumte, von allen mit einem scheelen Blick auf mich, den Älteren, für seine Verständigkeit und Reife gelobt, und wie er später in dem unteren Bett des um neunzig Grad versetzten Stockbettes zu mir heraufsah und kaum die Augen offen zu halten vermochte, während ich noch zu lesen versuchte. Unser Zimmer grenzte an den Rückzugsraum unserer Eltern, ein fensterloses Kabinett mit einem furnierten Einbauschrank, einem klobigen Tisch mit einer abwaschbaren Platte aus Porzellanfliesen und ein paar Stühlen, in das sie sich bei jedem Festessen mehrmals am Abend zurückzogen, um die Lage zu besprechen, um Strategien auszuhecken oder auch nur ein paar Minuten zu verschnaufen. Dort landeten sie oft noch zu später Stunde zu einem letzten Austausch, der in aller Regel in einem lauten Streit endete, bei dem sie sich gegenseitig ein ums andere Mal aufforderten, leiser zu sein, wir Kinder könnten sie hören. Ich war dann meistens schon eine Weile wach gelegen, hatte gelauscht, was sie sich an den Kopf warfen, und zwischendurch immer wieder zu meinem Bruder hinuntergehorcht, ob auch er alles mitbekam. Selbst hatte ich immer getan, als würde ich schlafen, und konnte nicht sagen, ob er atmete oder den Atem anhielt, wenn unser Vater unsere Mutter fragte, ob sie wieder im Keller gewesen sei. Sie arbeitete in der Küche, sie kochte bei den Feiern, und natürlich war sie im Keller gewesen, ich verstand lange nicht, was er meinte, bis ich ihr eines Tages folgte und beobachtete, wie sie hinter den Dosen in den Vorratsregalen eine Flasche hervorholte, sie an den Mund setzte und trank. Da hatte ich von all den jungen Bräuten, die ich Wochenende für Wochenende zu Gesicht bekam und die fast ihr ganzes Leben noch vor sich hatten, schon zu denken begonnen, sie hätten ihr Leben hinter sich, wenn sie an der Hand ihrer Bräutigame bei uns auftauchten. Ich hätte es vielleicht nicht so ausgedrückt, eher war es ein Gefühl, aber das einzige Paar, das ich aus der Nähe kannte, waren unsere Eltern, und wenn unsere Mutter sich gar nicht mehr zu wehren wusste, drohte sie immer, sie gehe ins Wasser, worauf unser Vater erwiderte, sie solle tun, was sie wolle, er habe nichts damit zu schaffen und könne sich jederzeit von uns lossagen. Am Ende war ich an vielen Samstagen und vielen Sonntagen meiner Kindheit beim ersten Hellwerden aufgestanden und in die Küche geschlichen, um zu schauen, ob sie es diesmal nicht doch getan hatte, aber sie war immer schon in einer ihrer Kittelschürzen vor der Anrichte zugange gewesen und hatte das Frühstück gemacht.

Ich wusste nicht, ob Viktor auch daran dachte, aber wenn er gerade noch den Mund voll genommen hatte, war er auf einmal kleinlaut geworden. Er saß mir gegenüber, und ich mühte mich mit dem Hirschragout ab, das nicht unbedingt zur Jahreszeit passte und das er mir diesmal mit den Worten »Selbst geschossen, selbst ausgeblutet, selbst zerlegt, selbst eingefroren, selbst aufgetaut und zubereitet« aufgetischt hatte. Der Jagdschein war sein ganzer Stolz, und er hatte nicht nur in den heimischen Wäldern Wild erlegt, sondern war mit seinem Gewehr um die halbe Welt gekommen wie noch zwei Generationen davor unsere Leute nur im Krieg. Also bestand er darauf, das Tier in vollem Lauf erwischt zu haben, als könnte das tote Fleisch damit die Kraft des Lebens bewahren. Es war ein heißer Julitag gewesen, und das letzte Licht fiel noch in den Gastraum, in dem die Tische schon für die Wochenendgäste aufgedeckt waren. Einmal mehr hatte er nichts gegessen und mich nur angeschaut, als wollte er für seine Kochkünste gelobt werden oder als wartete er darauf, dass das Gift endlich wirkte, das er mir bei diesen Essen womöglich in immer größeren Dosen verabreichte. Er hatte damals in der Unglücksnacht unserer Mutter in der Küche geholfen und entsprechend wenig von dem Fest mitbekommen und sagte jetzt, der Fall sei doch längst abgeschlossen, die Akten seien vielleicht schon geschreddert, was solle man überhaupt noch dazu sagen, es sei Gras darüber gewachsen, ein tragisches Unglück.

»Weißt du, wer hier einer der ersten Gäste war, als ich im vergangenen Jahr das Restaurant wieder aufgesperrt habe?«

»Nein«, sagte ich. »Woher sollte ich?«

»Der Kommissar, der damals die Untersuchung geleitet hat. Ich habe ihn auf ein Glas Wein eingeladen und zu ihm gesagt, wenn er wissen wolle, was es an dem Unglückstag für ein Menü gegeben habe, könne ich ihm einen Gang nach dem anderen aufzählen, aber wonach auch immer er suche, viel helfen würde ihm das sicher nicht. Zwei Wochen später ist er wiedergekommen und hat das Hochzeitsessen verlangt, aber ohne allen Firlefanz, ohne Vorspeise und Nachspeise, nur den Hauptgang.«

»Bœuf Stroganoff.«

»Das weißt du noch?«

Ich nickte, und er sah mich jetzt mit diesem Blick an, der wie geschient in seinen Bahnen wirkte. Als Kind hatte er seine Anfälle bekommen, wenn es ihm nicht gelungen war, seinen Willen durchzusetzen, hatte sich auf den Boden geworfen, zu atmen aufgehört, geschielt und in den abenteuerlichsten Winkeln an einem vorbeigeschaut, bis ihm jemand auf den Rücken geklopft hatte, und in der Erinnerung daran schien er immer noch jede Abweichung korrigieren zu wollen. Bei der geringsten

Anstrengung konnten seine Augen Glasaugen gleichen wie kurz vor dem Zerspringen.

»Ob du es glaubst oder nicht, er hat sich nach dir erkundigt«, sagte er. »Er hat wissen wollen, wie es dir in Amerika ergeht, und ich habe ihm gesagt, dass du in den Rocky Mountains eine richtige Berühmtheit geworden bist und die Leute Schlange stehen, um bei dir Skiunterricht zu bekommen. Ihm ist immer noch im Kopf herumgespukt, dass die Braut damals gesagt hat, du hättest dich in sie verliebt. Er hat gemeint, wenn es nur irgendeinen Grund gegeben hätte, dich zu verdächtigen, man hätte es für eine Flucht halten müssen, so schnell, wie du seinerzeit das Weite gesucht hast.«

Das war die Art zu sprechen, die er kultivierte, versteckter und offener Spott, Ziellosigkeit, die sich auf ihr Ziel erst einschießen musste, aber ich war dann doch überrascht, als er sagte, unser Vater habe ihm auf dem Sterbebett erzählt, er habe mich in der Nacht des Unglücks noch im Freien angetroffen. Das erklärte einiges. Es erklärte, warum mein Bruder bei unserem Streit nach dem Begräbnis unseres Vaters immer wieder gesagt hatte, es sei besser, wenn wir nur über Geld sprächen, sonst müsste er mit ganz anderen Dingen kommen, und es erklärte wohl auch, warum er meinte, mich jetzt alle paar Tage bekochen zu müssen. Vielleicht war es ihm nur um eine Gelegenheit gegangen, endlich das anzusprechen, was er jetzt angesprochen hatte.

»Ehrlich gesagt hat der Kommissar ganz schön gestaunt, das zu hören«, sagte er. »Ich habe selbstverständlich angenommen, dass er es wusste, sonst wäre ich vorsichtiger gewesen. Du hast doch damals zweimal mit ihm gesprochen. Hast du ihm nichts davon erzählt?«

Ich wich seinem Blick aus, weil ich nicht sehen wollte, wie er mich anstarrte, und sagte, das hätte die Sache nur komplizierter gemacht.

»Komplizierter?«

»Natürlich«, sagte ich. »Er hätte nicht anders gekonnt, als zwei und zwei zusammenzuzählen, und ich hätte ihm erklären müssen, dass nichts weiter daraus folgt, wenn dabei vier herauskommt.«

Es stimmte, ich hatte mich in jener Nacht noch draußen herumgetrieben. Nachdem ich durch das zurückkommende Auto mit der Braut und den Verehrern, das direkt unter meinem Fenster gehalten hatte, aus dem Schlaf geschreckt war, war ich im wieder einsetzenden Regen noch einmal eingenickt und erst eine Weile später von neuem wach geworden. Es war längst hell gewesen und hatte kaum noch genieselt, und ich war aufgestanden und über den Parkplatz vor dem Restaurant gegangen, wo nur mehr vier, nein, fünf fremde Wagen gestanden waren. Dann hatte ich von außen durch die beschlagenen Scheiben einen Blick in den Gastraum geworfen. Dort hatten die letzten Gäste, die mit gelösten Krawatten an der Theke gehangen waren, aneinander vorbeigestiert, als registrierte keiner die Anwesenheit der anderen. Dahinter hatte die Kellnerin die Stellung gehalten, die alle paar Wochen zu kündigen drohte oder tatsächlich kündigte und wenige Tage später ihre Kündigung zurückzog. Eine Frau, die über dem Tisch eingeschlafen war, hatte die Arme weit vor ihren Kopf gestreckt gehabt, ihr Haar über das Tischtuch gebreitet, aber weder Braut noch Bräutigam noch einer der Verehrer war zu sehen gewesen. Ich hatte überlegt hineinzugehen, obwohl ich wusste, in einer Stunde würde unsere Mutter schon wieder mit den beiden Aushilfsmädchen die Spuren des vergangenen Abends zu beseitigen beginnen, bei sperrangelweit geöffneten Fenstern Teller und Gläser abräumen, den Abfall in großen, schwarzen Plastiksäcken sammeln, die Tischtücher wechseln und die Tische für die nächste Feier am Nachmittag aufdecken. Es war keine gute Idee, ihr um diese Zeit über den Weg zu laufen, weshalb ich mich entschieden hatte, lieber ein paar Schritte in der kalten Luft zu tun und zur Lichtung zu schlendern, und als ich von dort zurückgekommen war, hatte ich unseren Vater hinter dem Haus gesehen, was ich meinem Bruder mit Vergnügen unter die Nase rieb.

»Hat er dir auch gesagt, was *er* zu der Zeit draußen gemacht hat, wenn ihr euch schon so freizügig über mich unterhalten habt?«

Es war nichts leichter, als den Spieß umzudrehen, und als er sich verlegen zu entschuldigen begann, ich solle ihn nicht missverstehen, er habe mir nichts unterstellen wollen, fiel ich ihm ins Wort.

»Ich kann es dir sagen.«

Es machte mir jetzt das größte Vergnügen, ihn vor den Kopf zu stoßen, und ich nahm keine Rücksicht mehr.

»Er ist vor den Mülltonnen gekniet und hat auf dem Boden in einem Haufen Abfall gewühlt. Ein grotesker Anblick in seinem Impresario-Anzug. Er hat den ganzen Dreck nach dem Ehering des Bräutigams durchsucht.«

Dazu musste man wissen, dass es laut mehreren Zeugen, die das gesehen und gehört hatten, zu einer Szene mit der Mutter des Bräutigams gekommen war. Es war nach drei am Morgen gewesen, und sie hatte nicht länger warten wollen, ob die Braut noch auftauchen würde, und ihren Sohn unmittelbar vor ihrem polternden Aufbruch aufgefordert, ihr den Ring zu übergeben, und hatte diesen in eine Serviette gewickelt und eingesteckt. Damit hatte sie stampfend den Saal verlassen, war am Tisch der Braueltern stehengeblieben und hatte zu ihnen gesagt, sie werde noch an diesem Tag alles in Gang setzen, den Humbug so schnell wie möglich wieder aufzulösen. Dann hatte sie überwacht, wie die Trauzeugen ihren schwer angetrunkenen, ja, halb besinnungslosen Sohn in ein Auto bugsiert hatten, und schrill angekündigt, die Serviette mit dem Ring dorthin zu befördern, wohin sie gehöre, um sie danach demonstrativ in eine der Mülltonnen zu werfen. Sie war kaum abgefahren gewesen, als sie ihre Impulsivität schon bereut hatte, und sie hatte als erstes, kaum dass sie in ihrem Hotel angelangt war, nach der Nummer gesucht, unseren Vater angerufen und ihn gebeten, in den Abfall zu schauen.

»Kannst du dir die Schweinerei vorstellen?«

Ich musste lachen, als ich den entsetzten Blick meines Bruders bemerkte, der immer gebannter zugehört hatte und jetzt abwechselnd nickte und den Kopf schüttelte.

»Es kommt ganz auf die Perspektive an, wer da wen gesehen hat«, sagte ich. »Hat unser Vater mich bei einer unguten Sache oder habe in Wirklichkeit nicht viel eher ich ihn in einer zwielichtigen Situation angetroffen?«

»Bei einer unguten Sache?«

»Du hast Andeutungen gemacht.«

»Aber doch nicht, um dir etwas anzuhängen«, sagte er. »Das hast du falsch verstanden. Um Himmels willen, Franz! Ich habe nur gedacht, wenn du schon das Entspannungszimmer in Anspruch nimmst, sollte es keine Geheimnisse zwischen uns geben.«

Ich ging nicht darauf ein, aber ich ließ die letzten Bissen des Hirschragouts stehen und schob den Teller weit von mir weg. Er hatte drei Wochen gebraucht, um überhaupt mit mir zu reden, und saß jetzt da und wollte, kaum dass er endlich etwas hervorgebracht hatte, gleich wieder nichts gesagt haben. Dabei musste er ganz genau wissen, dass er allein mit der Wendung, unser Vater habe ihm auf dem Sterbebett erzählt, er habe mich in der Nacht des Unglücks noch im Freien angetroffen, dem Umstand ein Gewicht verlieh, das wenigstens erklärungsbedürftig war, weil etwas auf dem Sterbebett Erzähltes nicht nur beanspruchte, die Wahrheit zu sein, sondern eine bis dahin nicht bekannte Tatsache von Bedeutung, die nicht grundlos zeit des Lebens verschwiegen worden war.

Es gab nichts weiter zu reden, und ich weiß nicht, warum ich noch einmal damit anfing, dass unser Vater, wie er bei den Mülltonnen vor dem Abfall gekniet sei, zuerst so getan habe, als würde er mich nicht sehen, oder mich wirklich nicht gesehen habe. Dann sei er auf mich aufmerksam geworden, habe sich aber nicht bewegt, solange ich zu ihm hinübergeschaut hätte, habe mich nur im Blick behalten und mir deutlich gezeigt, dass er darauf warte, dass ich verschwände. Wenn ich mich später an seinen Gesichtsausdruck zu erinnern versuchte, konnte ich mich noch so sehr bemühen, es war nichts, was mir einfallen wollte, nichts Auffälliges, nicht einmal, dass er über die Maßen abweisend gewesen wäre, und genau das gab ich Viktor zu verstehen, als ich sagte, dass es sieben oder höchstens vielleicht Viertel nach sieben gewesen sei.

»Um diese Zeit schon auf den Beinen zu sein ist ganz und gar gegen seine Gewohnheit gegangen«, sagte ich. »Er ist in der Regel bis nach Mitternacht bei den Feiern geblieben und hat sich dann in aller Form von Braut und Bräutigam verabschiedet und bis in den Vormittag hinein geschlafen.«

Ich hatte ihn bei den Mülltonnen schließlich gefragt,

warum er schon wach sei, und er hatte gesagt, er sei noch gar nicht im Bett gewesen, mir aber keine weitere Erklärung gegeben und stattdessen wieder in dem Abfall vor sich herumzuwühlen begonnen. Wenn man dem obduzierenden Arzt glauben wollte, hatte die Braut in diesen Sekunden entweder noch gelebt, wenn auch nicht mehr lange, oder das Unglück geschah gerade oder war gerade geschehen. Die Fundstelle der Leiche lag auf der anderen Seite des Berges, so dass wir weder einen etwaigen Schrei noch den Sturz oder den Aufschlag im Gras gehört hätten. Nichts konnte für unseren Vater darauf hindeuten, dass ich soeben von oben heruntergekommen sein könnte, und nichts deutete für mich darauf hin, dass er sich auch nur vom Haus wegbewegt hatte.

Beim Gedanken an die Gleichzeitigkeit schauderte es mich dennoch, und ich sah meinen Bruder an, der jetzt mit Unbehagen lachte. Ich hätte sagen können, dass alles nur ein blöder Zufall war, aber weil ich mich über seine Andeutungen immer noch ärgerte, ließ ich es nicht dabei bewenden und trieb mein eigenes Spiel. Was er in seiner vagen Art konnte, konnte ich schon lange, nur dass ich es direkter machte.

»Wenn man gemächlich geht, braucht man eine Viertelstunde, bis man auf dem Berg ist«, sagte ich sarkastisch. »Man kann jedoch ohne Zweifel auch in fünf Minuten hinauf- und in weniger als fünf Minuten wieder herunterlaufen, muss dafür aber trainiert sein.«

»Was willst du damit sagen?«

»Theoretisch käme ich in Frage.«

»Das ist doch Unsinn.«

»Hat unser Vater gesagt, dass ich außer Atem war?«

»Hör doch auf, Franz!«

»Habe ich vor Anstrengung gekeucht und gehustet? Ist ihm meine Blässe aufgefallen? Habe ich mir den Schweiß aus dem Gesicht gewischt?«

Ich hatte in den vergangenen Jahren immer wieder einmal über diese merkwürdige Begegnung mit unserem Vater nachgedacht und hatte jetzt meinen makaberen Spaß. Wir hatten sie bei der Befragung durch den Kommissar beide für uns behalten, und das war das eigentlich Seltsame, dass wir uns nicht hatten absprechen müssen und auch nicht abgesprochen hatten, um doch instinktiv einer den anderen in Schutz zu nehmen. Aber in Schutz wovor? Ich hatte nicht eine Sekunde gedacht, unser Vater könnte etwas mit dem Tod der Braut zu tun haben, nur weil er zur falschen Zeit noch unterwegs gewesen war, und ich hatte mir auch nie richtig vorstellen können, dass er mich damit in Zusammenhang gebracht, dass er wirklich gedacht hatte, ich könnte gerade vom Schlossberg heruntergekommen sein.

Mit Viktor war es eine andere Sache. Hatte er vielleicht allen Ernstes die ganze Zeit geglaubt, ich hätte keine reine Weste, seit ihn unser Vater auf dem Sterbebett ins Vertrauen gezogen hatte? Hatte er seine Entdeckung der monatlichen Zahlungen an mich und die Worte unseres Vaters, er habe mich in jener Unglücksnacht im Freien angetroffen, in dieselbe falsche Kehle bekommen? Es brauchte schon eine stark verkürzende Phantasie, wenn er womöglich gar so weit ging zu denken, ich hätte die väterlichen Zuwendungen dafür erhalten, dass ich nach dem Tod der Braut so schnell wie möglich das Land verließ und all die Jahre außer Landes blieb, weil ich kein richtiges Alibi hatte.

Ich sah Viktor an, als fürchtete ich, er könne meine Gedanken lesen, und wehrte mich gegen den Impuls, ihn grob anzupacken, als mir wieder einfiel, wie er gesagt hatte, es sei besser, wenn wir nur über Geld sprächen, sonst müsste er mit ganz anderen Dingen kommen. Hatte er damit gemeint, ich hätte tatsächlich etwas zu verschweigen? Er konnte doch nicht ernsthaft glauben, dass ich mich die ganze Zeit in Amerika nur *versteckt* hatte, und mir deshalb einen Pakt anbieten, nichts Genaueres darüber wissen zu wollen, solange ich ihn nicht herausforderte.

Mit unserem Vater hatte ich noch ein weiteres Geheimnis gehabt, von dem Viktor offensichtlich nichts ahnte. Es betraf die andere Hochzeit in jenem Jahr, schon früher, bei der ich auch fotografiert hatte, mit Sarah, der Cousine der Braut, und ihrem Geigenspiel in der Kapelle, an dem ich so gehangen war. Unser Vater hatte von dem Plan gewusst, nach dem Essen am Abend zusammen spazieren zu gehen, und ihm konnte auch nicht entgangen sein, wohin wir losgezogen waren.

Ich hatte Sarah nach ihrer Vorführung so forsch angesprochen, dass es den Umstehenden auffiel und mich vor mir selbst erschrecken ließ, als ich ihre Blicke wahrnahm. Danach hatte ich den ganzen Nachmittag das Fotografieren vernachlässigt, hatte gerade noch Braut und Bräutigam wie verabredet vor dem Entspannungszimmer in Empfang genommen und für meine Unendlichkeitsbilder auf die Lichtung geführt und sonst die Zeit mit ihr verbracht. Sie hatte ihren Geigenkoffer nicht aus der Hand gelassen und, noch bevor wir richtig angefangen hatten zu reden, erzählt, sie wolle möglichst bald mit ihrem Studium am Konservatorium beginnen, und mit einem Blick auf die Hochzeitsgesellschaft gesagt, ihr wäre es lieber, wenn es diese ganze Heiraterei nicht gäbe, und außerdem machte ich ihr angst, so wie ich sie anschaute. Es war schon am Dunkelwerden gewesen, als wir uns davongestohlen hatten, um auf den Schlossberg hinaufzusteigen, und wir waren noch keine hundert Meter weit gekommen, hatten den Lärm der nach einer Pause gerade wieder einsetzenden Musik hinter uns gelassen, als mir aufgefallen war, dass sie hinkte und ihr Hinken zu verbergen versuchte. Wir waren an einer Abzweigung stehengeblieben, und sie hatte meinen Blick gesehen und mich lange angeschaut, als erwartete sie einen Kommentar von mir, und dann von einem Augenblick auf den anderen gefragt, ob ich an Gott glaubte.

VIERTES KAPITEL

Es vergingen zwei Tage, bis auch nur annähernd ein Grund dafür gefunden wurde, warum der Professor auf derart brutale Weise seinem Leben ein Ende gesetzt hatte, aber dann war der Grund so stark, dass er alle anderen möglichen Gründe für immer überdeckte. Ich bekam schon eine Ahnung davon, als ich am Unglückstag bei meiner Heimkehr spät in der Nacht vor der Tür ein Päckchen vorfand und, als ich es öffnete, sah, dass es sich um E-Mail- und SMS-Ausdrucke handelte, mit einem Begleitschreiben von ihm: »Lieber Franz, Du wirst nach meinem Tod unschöne Dinge über mich zu hören bekommen. Wenn Du diese Korrespondenz liest, kannst Du vielleicht erkennen, dass ich kein Tier war. Ein anderer Mensch wäre ich trotzdem gern gewesen. Ich danke Dir noch einmal für alles. Lebe wohl, Dein Jan.«

Das Päckchen war offenbar schon am Nachmittag, keine Stunde nach dem Unglück, von einem Boten aus dem Hotel gebracht worden, aber ich war zu müde, um die Papiere gleich gründlich zu studieren. Es war lange nach Mitternacht, und ich blätterte nur mehr ein paar Minuten darin, bevor ich einschlief, gerade lange genug, um festzustellen, dass es ein Hin und Her mit einer Frau war, wahrscheinlich mit einer jüngeren und womöglich sogar viel jüngeren Frau. Sie hieß Aura, und sie begann den Dialog mit einer einzigen Zeile: »Lieber Professor, ich vermisse Sie.« Zwar war das auf englisch, aber ich hatte keinen Zweifel, dass »Sie« die richtige Übersetzung sein musste. Er antwortete prompt, und es endete nach vierhundertsiebenundsechzig ausgedruckten Seiten mit manchmal nur ein paar Sekunden zwischen Nachricht und Nachricht und etwas mehr als eineinhalb Jahren in seinen immer flehenderen, immer drängenderen und nicht mehr beantworteten Aufforderungen, ihm doch zu schreiben: »Aura, ich bitte Dich, Aura, mach das nicht, Aura, ich überlebe es nicht, wenn Du nicht mit mir sprichst.«

Auf der Piste war ich nicht bis zur Unglücksstelle vorgedrungen. Zwei von den jüngeren Skilehrern waren mir entgegengetreten, als ich den Hang herunterkam, und hatten gesagt, ich solle mir das lieber nicht antun. Sie hielten mir eine Thermoskanne hin, und das hochprozentige Tee-und-Alkohol-Gebräu brannte in meiner Kehle. Ich setzte mich in den Schnee und schaute zu, wie die im Halbkreis stehende Gruppe den Sheriff durchließ, der mir auf seinen Skiern gefolgt war, mich im Vorbeifahren auf der Schulter antippte und meinte, es sei niemandem geholfen, wenn ich auch noch versuchte, mir das Genick zu brechen. Bis auf ein gelegentliches Murmeln, ein paar gedämpfte Worte und das leise Summen, das von der Bahn kam, war kein Laut zu hören, und ich beobachtete einen Raben, der eine Weile über den plötzlich wie für ein Gebet Zusammenstehenden kreiste, schließlich aber abdrehte und mit einem wischenden Flappen in Kopfhöhe an mir vorbeiflog. Dann sah ich, wie vier Männer der Pistenpatrouille einen schwarzen Sack zum Hubschrauber trugen und wie der Pilot in seinem gelben Overall ungeschickt die paar Meter in einer festgetretenen Spur hinauftrippelte und einstieg. Unter der aufheulenden Turbine setzten sich die Propeller mit schleppender Trägheit in Bewegung, und ich wandte meinen Blick ab, als die Maschine sich vor dem gerade noch blauen, jetzt aber wolkenbedeckten Himmel in die Lüfte erhob.

Die Helfer wollten sich in einem Restaurant bei der Talstation treffen, um etwas zu essen, aber ich ging nicht mit. Ich ließ mich von der Kollegin, die mich hergebracht hatte, zurückbringen, wechselte, ohne die Skischuhe auszuziehen, in mein eigenes Auto und fuhr über die Passhöhe weit nach Idaho hinein, Richtung Norden. Erst als die ersten Schilder die Grenze zu Montana ankündigten, merkte ich, wie lange ich schon unterwegs gewesen war, und drehte wieder um. Von dem Sturm vier Tage davor standen links und rechts am Straßenrand noch meterhohe Wälle des zur Seite geräumten, schmutzigen Schnees, und es schneite jetzt von neuem, leichte, wie gewichtslose Flocken, die nicht fielen, sondern aus dem Himmel herabschwebten und auf der Fahrbahn einen schmierigen Film bildeten. Ich hatte das Städtchen fast schon wieder erreicht, als ein ins Rutschen geratener Truck die Durchfahrt blockierte, und dort stand ich dann und hörte im Radio die Nachricht von dem Unglück. Der Professor wurde ein langjähriger Stammgast und eine Koryphäe in seinem Fach genannt, es hieß, die Untersuchungen der Polizei dauerten an, aber es war mit keinem Wort die Rede davon, dass er absichtlich gegen den Baum gerast war, noch gar von einem Grund, warum er das getan haben könnte.

Die Straße war erst nach knapp zwei Stunden wieder frei, und es ging schon gegen Mitternacht, als ich bei Kathy eintraf. An der Theke saßen nur drei Männer, und kaum hatte ich die Tür gegen den Wind zugedrückt, der kalt in den Raum wehte, forderte sie diese Unentwegten mit einem Blick auf zu gehen. Sie murrten nicht einmal, und während draußen die Lichter der Pick-ups angingen und ihre Motoren mit diesem typischen nass dumpfen Geräusch aufheulten, als tropfte ein Teil des Benzins unverbrannt aus den Auspuffen, sperrte sie ab, zog mich an ein Tischchen und setzte sich mir gegenüber.

Sie war im Jahr davor dabeigewesen, als der Professor mir angeboten hatte, mich zu adoptieren, und vielleicht behandelte sie mich deswegen jetzt wie einen Angehörigen. Ich hatte es mit einem Lachen abgetan, aber er hatte nicht aufgehört, mich zu fragen, was mich daran hindere, wenn mir an meinen Bindungen zu Österreich so wenig liege, er selbst habe keine Nachkommen, er würde mich zu seinem Alleinerben machen und verlange von mir nur, seinen Namen anzunehmen und in Seattle zu leben. Er hatte es halb als Witz vorgebracht, wahrscheinlich um sich zu schützen, aber der ernste Kern war unüberhörbar gewesen, und Kathy hatte meine zunehmende Beklommenheit wahrgenommen und war ihm schließlich ins Wort gefallen, er solle aufhören, mich zu bedrängen, ich sei viel zu stolz für einen solchen Deal, und das Geld lieber ihr überlassen oder ihr am besten gleich einen Heiratsantrag machen, damit sie ihn ohne Wenn und Aber für verrückt erklären könne.

Jetzt war sie in der einen Sekunde aufgebracht, in der nächsten niedergeschlagen. Sie schenkte mir Whiskey aus der Flasche ein, die sie nur in ganz speziellen Stunden aus dem Regal holte. Es hatte eine eigene Bewandtnis damit, aber ich hatte schon so viele Geschichten gehört, woher die Kostbarkeit komme, aus welchen besonderen Beständen, dass ich nicht einmal protestierte, als sie sagte, sie sei vor über hundert Jahren in den Bighorns bei einem gefallenen Soldaten gefunden worden. Dabei nahm sie meine Hand in ihre beiden Hände und sah mich an, und ich wartete darauf, dass sich ihre Lippen voneinander lösten und der Spalt zwischen ihren Schneidezähnen sichtbar wurde.

»Warum hat er das nur getan, der Idiot?«

Sie suchte die Weihnachtskarten hervor, die der Professor ihr in den letzten drei Jahren geschrieben hatte und die sie tatsächlich unter der Theke verwahrte. Es

waren die immer gleichen schneebedeckten Tannen-
bäume mit zwei oder drei ebenso nichtssagenden wie
herzlich gemeinten Zeilen, und sie hielt sie mir hin, als
könnte niemand, der sich für derartigen Klimbim er-
wärmte, zu einem solchen Schritt imstande sein. Vielleicht war es aber auch genau umgekehrt, und gerade
jemand, der sich eine naive Kindlichkeit bewahrt hatte,
war zum Äußersten fähig. Die Schwester einer Freundin
zu Hause war ohne ein Wort vom Mittagessen mit ihrem Mann und den Kindern aufgestanden und in den
Keller gegangen und hatte sich dort erhängt, als wäre
das nur eine der Möglichkeiten, die sie hatte, und nicht
weniger schlüssig, als wenn sie sitzen geblieben wäre
und weitergegessen hätte.

»Warum?«

Der starre Günther, an den der Professor mich
manchmal erinnert hatte, war in unserem Hotel in
Tirol Stammgast gewesen, und ich konnte mich keiner
Zeit vor seiner Zeit entsinnen. Wir hatten ihn so genannt, weil er beim Skifahren seine Knie nicht und auch
sonst nichts gebeugt hatte und in dieser unerschütterli-
chen Haltung stocksteif über die Pisten gebrettert war.
Er war zwanzig Jahre für jeweils drei Wochen bei uns
abgestiegen, Winter um Winter, immer ohne jeglichen
Anhang, und ob bei Wind und Wetter oder Sonnen-
schein mit der ersten Bahn ins Skigebiet hinauf- und
mit der letzten heruntergefahren. Zuerst hatte er mit
niemandem gesprochen, dann hatten sich alle gefürch-

tet, von ihm in ein Gespräch gezogen zu werden, und waren ihm ausgewichen, weil er nicht mehr aufhören konnte zu reden, wenn er einmal angefangen hatte, und in einem Spätherbst schließlich, einen Monat bevor er wiederkommen sollte, hatte es geheißen, er habe sich vor einen Zug geworfen.

»Warum? Warum? Warum?«

Ich hätte genausogut »Warum nicht?« sagen können und schwieg, während ich Kathy ansah, als wollte ich damit alle zusätzlichen Fragen abblocken, die sich daran anschlossen, und genau in diesem Augenblick sprach sie das aus, was ich dann nie mehr loswurde.

»Tut mir leid, dir das sagen zu müssen, aber du bist der nächste Mensch, den der Professor gehabt hat, Franz.«

Ich erschrak und konnte meinen Schreck nicht verbergen, merkte selbst, wie von einer Sekunde auf die andere meine Augen hin und her irrten, als würden sie nach einem Ausweg suchen.

»Nein«, sagte ich abwehrend. »Wie kommst du darauf?«

»Er hat es mir selbst gesagt, Franz.«

»Dass ich sein nächster Mensch bin?«

»Ja«, sagte sie. »Damit musst du wohl leben.«

Wir unterhielten uns lange, die Flasche zwischen uns auf dem Tischchen, aus der sie großzügig nachschenkte, aber es waren diese paar Worte, die mir in Erinnerung blieben und von denen ich mir gleichzeitig wünschte, sie hätte sie nicht ausgesprochen, weil ich dann vielleicht die ganze Geschichte leichter hätte von mir weghalten können. Ich sagte hilflos, dass ich da auch gern ein Wörtchen mitgeredet hätte, aber sie lachte nur. Später gingen wir noch hinaus, im gleichmäßigen Schneefall schweigend ein Stück den zugeschneiten Weg hinter der Blockhütte hinunter, und sie hängte sich bei mir ein, machte sich ein paar Schritte leicht und ließ mich gleich darauf wieder ihr Gewicht spüren.

Kathy war für mich von Anfang an die Gradmesserin gewesen, die mir nahelegte, dass ich in Jackson vielleicht nicht am richtigen Ort sei, um dann, als sie mich anders einschätzte, geradezu eine Garantin für das Gegenteil zu werden. Es begann im ersten Winter mit der Frage, was mich in dieses Nest verschlagen habe, die ich parieren konnte, aber ihr späteres »Immer noch da?« und ihr »Was machst du wieder hier?« im Winter darauf waren Stachel, die mich daran erinnerten, dass mein Leben vielleicht irgendwo anders auf mich wartete. Die jungen Leute verließen das Städtchen, gingen zum Studieren nach New York oder sonstwohin, und ich kam Winter für Winter zurück und wurde nur älter. Ich hatte nichts, womit ich meine Trägheit rechtfertigen konnte, aber Kathys Spott schwächte sich ab, ihre Späße auf meine Kosten blieben mehr und mehr aus, und schließlich gehörte ich wenigstens soweit dazu, dass sie eines Tages sagte, die Skisaison könne ohne mich nicht beginnen, sie könne ihre Bar in meiner Abwesenheit unmöglich aufsperren und manchmal habe sie den Eindruck, dass es auch gar nicht richtig schneie, wenn ich nicht dasei.

Jetzt bot sie mir an, auf ihrer Couch zu schlafen, aber ich wollte unbedingt in mein Zimmer zurück und war auf der gerade noch befahrbaren Straße keine drei Kilometer gekommen, als ich das irrlichternde Geflacker eines Polizeiwagens im Rückspiegel hatte. Ich hielt am Straßenrand, und der Hilfssheriff, den ich erkannte, schoss an mir vorbei und riss zwanzig Meter vor mir auf der glatten Fahrbahn seinen Wagen herum, Volleinschlagen des Lenkrads bei gleichzeitigem Ziehen der Handbremse, als hätte er sein Pferd brutal gezügelt und auf den Hinterbeinen in eine abrupte Drehung gezwungen. Sie konnten es nicht lassen, den harten Kerl hervorzukehren, und schon traf mich das aufgeblendete Licht in die Augen, und ich sah nur schemenhaft, wie er ausstieg, eine Hand an der Hüfte. Der Professor hatte es sarkastisch eine der großen Errungenschaften des Landes genannt, dass man gar nicht viel tun müsse, wenn man lebensmüde sei, eine falsche Bewegung nur, ja, wenn man dazu noch die falsche Hautfarbe habe, brauche man nicht einmal die, und einer dieser hochnervösen Gesetzesvertreter würde einem die Arbeit schon abnehmen und einen über den Haufen ballern.

Ich wartete, bis der Hilfssheriff ganz herangekommen war, bevor ich das Seitenfenster einen Spalt öffnete. Die Hand auf dem Griff des Revolvers, beugte er sich zu mir. Seine Großeltern stammten aus Japan und waren während des Zweiten Weltkriegs in einem Camp nördlich von Cody interniert gewesen. Als Student hatte er sich auf ihre Spuren begeben und war in Wyoming hängengeblieben. Wenn er gefragt wurde, warum, sagte er, er habe in der Weite der Landschaft seine Bestimmung gefunden, und setzte ein entschuldigendes Lächeln auf, als würde er damit einen Defekt zugeben. Dann konnte er aus einem berühmten Haiku zitieren, »Sogar in Kyoto Sehnsucht nach Kyoto«, und fortfahren: »Kyoto ist hier.« Jetzt roch er nach Tabak und Pfefferminz und entblößte mit den Zähnen das Zahnfleisch, was ihm das Aussehen eines bleckenden Esels verlieh.

»Du, Franz?« sagte er. »Du fährst ja wie der blutigste Anfänger. Was hast du getrunken? Du weißt, dass ich dich mitnehmen müsste.«

Er war vor zwei Jahren selbst noch Skilehrer gewesen, und ich wusste, dass ich von ihm nichts zu befürchten hatte, auch wenn er jetzt mit dem Gesetz drohte und es ihm offenbar die größte Freude bereitete, mir zu erklären, was er mir alles aufbrummen könnte, nur um dann gleich zu sagen, wenn ich das Auto stehenließe, würde er ein Auge zudrücken.

»Ich bin ja nicht so, dass ich einen Freund an den Galgen wünsche, aber wir müssen wenigstens den Anschein wahren.«

Er forderte mich auf auszusteigen, setzte sich selbst in meinen Wagen und lenkte ihn demonstrativ einhändig in eine Ausweiche, wo der sonst durchgehende Schneewall am Straßenrand durchbrochen war. Dann hieß er mich, bei sich einzusteigen, und brachte mich zu meinem Zimmer, und die ganze Fahrt über klagte er, was für eine schreckliche Geschichte das mit dem Professor sei, und meinte prophetisch, er würde sich nicht wundern, wenn da eine Frau dahintersteckte. Ich fragte ihn, ob er mehr dazu wisse, aber er schüttelte den Kopf und erwiderte, es sei bloß so ein Gefühl, sagte, das sei doch nicht nur ein Selbstmord, sondern offensichtlich auch eine Botschaft gewesen, und hörte die ganze Zeit nicht mit dem Kopfschütteln und immer neuen Mutmaßungen auf.

»Ich glaube nicht, dass es Zufall ist, dass er sich das Gesicht zermatscht hat«, sagte er schließlich. »Was er selbst ausradiert, kann er nicht mehr verlieren.«

Das erste, was ich am Tag darauf zu tun hatte, war, mein Auto zu bergen. Ich ließ mich in aller Frühe, noch bevor die Lifte in Betrieb waren, von einem jüngeren Kollegen zu der Stelle bringen, wo es der Hilfssheriff geparkt hatte. Der Pflug war schon gefahren, aber es hatte über Nacht wieder so viel geschneit, dass unter der Schneedecke gerade noch die Form des Wagens erkennbar war, zumindest wenn man wusste, was sich darunter verbarg, und weil wir keine Schaufel mitgenommen hatten, blieb uns nur der zusammenklappbare Spaten, den ich im Kofferraum mitführte, und wir hatten eine Weile zu tun. Es schneite jetzt nicht mehr, aber die Wolken hingen tief, und die Berge, die nach allen Seiten die Hochtalebene begrenzten, waren nebelverhangen.

Ich war durchgefroren, als ich in mein Zimmer zurückkam, und wollte mich ins Bett legen und mir endlich die Korrespondenz des Professors genauer ansehen, aber da klopfte es an der Tür, und noch bevor ich etwas gesagt hatte, war der Sheriff eingetreten, stand mit der ganzen Wucht seines massigen Oberkörpers, den Schnurrbart aufgezwirbelt, als wollte er sich über sich selbst lustig machen, mitten im Raum. Er hatte erst im vergangenen Jahr über die Grenzen des Staates hinaus eine gewisse Berühmtheit erlangt, weil er seinen Truck mit einem soeben geschossenen Puma auf der Ladefläche ausgerechnet vor einem der beliebtesten Touristenlokale geparkt hatte. Es war nichts Illegales daran, es war in der Abschusszeit gewesen, und er hatte einen Jagdschein gehabt, aber es war ihm als Provokation ausgelegt worden, weil dort gerade eine Gruppe von akademischen Elchbeobachtern den Abschluss ihrer einwöchigen Foto-Safari gefeiert hatte und er nur hingefahren war, weil die Veranstalter sich damit brüsteten, dass sie ein Gewehr unter keinen Umständen anrühren würden. In der Lokalzeitung war er mit dem Spruch zitiert worden, er müsse sich erst an die modernen Zeiten gewöhnen, und etwas von dieser Bärbeißigkeit trug er auch jetzt vor sich her. Sein Blick brauchte keine Sekunde, um über mein Interieur zu fliegen. Er registrierte die zwei hintereinander an der Wand ste-

henden Betten, eines davon unbezogen, den grob ge-
zimmerten Schrank, das Tischchen mit dem kleinen
Fernseher darauf und den Stuhl sowie die beiden über-
einanderliegenden Koffer aus Pappkarton, mit denen
meine Mutter als Dienstmädchen in das Hotel meines
Großvaters gekommen war und die mir inzwischen als
Ablage dienten. Dabei nickte er, als hätte er das alles
schon gesehen, und nicht einmal die Bücherstapel auf
dem Boden schienen ihn sonderlich zu irritieren.

»Hier also leben Sie?«

Es war seit meinem ersten Jahr in Wyoming mein
Zimmer gewesen, und ich hatte nie einen Gedanken
daran verschwendet, etwas zu ändern, aber natürlich
konnte ich mir vorstellen, wie es auf einen Besucher
wirken musste. Für mich zählte vor allem, dass es einen
eigenen Eingang hatte. Ich konnte es direkt vom Parkplatz betreten, wenn ich nach Hause kam, und brauchte
an niemandem vorbeizugehen. Es gehörte zu einem
Motel, und wenn es sehr kalt war, kam es vor, dass am
Morgen vor den anderen Türen eine ganze Reihe von
Pick-ups mit laufenden Motoren stand und eine stinkende Abgaswolke in der Luft hing, weil das für die
meisten Gäste eine selbstverständliche Art war, ihre
Scheiben zu enteisen.

»Mir reicht es«, sagte ich. »Ich habe keine Ansprüche.«

Der Sheriff sah mich mitleidig an, und ich stammelte.

»Es ist immer nur für ein paar Monate.«

»So kann man es auch sehen«, sagte er. »Am Ende kommt ein ganzer Winter zusammen. Im Sommer werden Sie auch kaum in einem Schloss wohnen. Zahlt Sie die Skischule nicht besser?«

Ich antwortete nicht, und er begann geräuschvoll die Luft einzuziehen. Er hatte mit seinen Stiefeln Schnee hereingetragen, der sich in kleinen Klümpchen auf dem Flickenteppich verteilte. Solange er genug Abstand von meinen Büchern hielt, war mir das egal, aber er achtete gar nicht darauf.

»Wir müssen reden«, sagte er, während er auf die elektrische Herdplatte auf dem Boden starrte, auf der ich mir manchmal Teewasser heiß machte und auch schon Eier gekocht hatte. »Ist es Ihnen lieber hier, oder sollen wir uns in zehn Minuten in einer Bar treffen?«

Ich war froh, ein bisschen Luft zu bekommen, aber das Gespräch, das wir in dem gerade erst geöffneten und noch nach Bier und Erbrochenem von der vergangenen Nacht riechenden Lokal hatten, raubte mir meine Gelassenheit. Der Boden entlang der Theke war mit einem Streifen Sägemehl bedeckt, und während wir dort Platz nahmen und Kaffee bestellten, sah der Sheriff zu, nicht damit in Berührung zu geraten, weil die Streu ohne Zweifel mit noch ganz anderen Säften getränkt war. Offenbar hatte er von meinem Abendessen mit dem Professor gehört und wollte jetzt mehr darüber wissen. Er sagte, ihm sei erzählt worden, dass eine nachgerade feierliche Atmosphäre geherrscht habe, und das scheine ihm nur einen Tag vor dem so spektakulär inszenierten Tod auf jeden Fall bemerkenswert. Erst am Morgen hatte ich die Uhr, die ich eigentlich gar nicht tragen wollte, in einer sentimentalen Geste angelegt, und als er auf mein Handgelenk starrte und darauf zeigte, brauchte er gar nichts zu sagen, dass ich sie abnahm und ihm hinhielt. Ich beobachtete, wie er sie umdrehte und die Inschrift inspizierte und wie dabei unter seinem Schnurrbart ein wissendes Lächeln erschien, das er gleich wieder einzufangen versuchte, indem er konzentriert an seinen Mundwinkeln kaute.

»Ein Verlegenheitsgeschenk würde ich das nicht nennen«, sagte er. »Ich will Ihnen nicht zu nahe treten, aber anders geht es wohl nicht. Hat sein Tod etwas mit Ihrem gemeinsamen Abend zu tun? Die Kellner sagen, es hat ausgesehen, als hätte er Ihnen einen Antrag gemacht und Sie hätten ihn abblitzen lassen.«

Ich lachte angespannt, und er räusperte sich.

»War der Professor …?«

Er ruderte mit einer Hand leer in der Luft, während er seinen Blick zum Fenster richtete, als könnte er es selbst nicht erwarten, diese Situation so schnell wie möglich aufzulösen und ins Freie hinauszukommen.

»Sie wissen, was ich meine.«

Es half nichts, er brachte das Wort nicht hervor.

»Hat er Gefühle für Sie entwickelt?«

Als ich nein sagte, las er noch einmal die Inschrift,

diesmal laut und Silbe für Silbe betonend, hielt sich die Uhr wie begriffsstutzig dicht vor die Augen, dicht vor die Ohren und schlenkerte sie an ihrem Band vor meinem Gesicht hin und her.

»Was hat das dann zu bedeuten?«

Ich gab mir keine Mühe, seinen Blick zu erwidern, und jetzt gelang es ihm nicht mehr, sich zurückzuhalten, und er sprach es auf seine Weise aus.

»Sie sind doch kein Mädchen, oder?«

Ich dachte daran, wie Kathy gesagt hatte, dass ich der nächste Mensch war, den der Professor gehabt habe, aber ich behielt es für mich. Schließlich wusste ich, wie schmal für viele der Grat zwischen einer mühsam aufrechterhaltenen Normalität und ihren Sehnsüchten war. Ich hatte im Hotel zu Hause an einem Samstag Paare ankommen sehen, die seit Jahren verheiratet waren und alles voneinander zu wissen glaubten und die sich am Samstag darauf, wenn sie wieder abreisten, nicht mehr kannten oder nicht mehr kennen wollten, die ihr gemeinsames Leben für ein paar Augenblicke Irrationalität aufs Spiel setzten, für ein paar Stunden mit einem Skilehrer, der im Sommer Stallbursche war, und die jetzt aussahen wie für immer Geschlagene. Selbst war ich in der Regel von allen Begehrlichkeiten verschont geblieben, aber mein Bruder mit seinem Lockenkopf, der schon als Siebzehnjähriger nachts hinter der Bar stand, hatte seine Erfahrungen gemacht. Ich war dabei-gewesen, wie er an ein und demselben Abend zuerst von einer angetrunkenen Ehefrau in Anwesenheit ihres Mannes angebaggert worden war und dann, als sie nicht mehr weitertrinken konnte und sich torkelnd und lallend in ihr Bett verzogen hatte, von dem Mann selbst, der am Ende nicht davor zurückschreckte, ihm Geld anzubieten. Gut, das waren Leute im Frühherbst ihres Lebens gewesen, um es einmal so zu sagen, ein Anwaltspaar zu allem Überfluss auch noch, nicht mehr ganz frisch und schon von der Panik erfasst, dass sie das Beste wohl bereits hinter sich hatten, eine besonders unglückliche Spezies, aber seither wunderte mich nichts mehr, seither hielt ich alles für möglich, wenn Menschen beteiligt waren.

»Vielleicht hat der Professor mich einfach gemocht«, sagte ich nach einer Weile, in der ich überlegte, ob ich das Gespräch nicht besser abbrach. »So etwas soll vorkommen.«

Der Sheriff lachte, aber er hatte verstanden und verzichtete im weiteren auf seine Sprüche. Er hatte seine Hausaufgaben gemacht und Informationen eingeholt und fragte mich jetzt, ob ich mehr über den tschechischen Hintergrund des Professors und seinen Beruf als Raketenphysiker wisse, ob es da vielleicht etwas gebe. Der Kalte Krieg war vorbei, doch er sprach davon, als hoffte er, dass er ausgerechnet in diesem Nest in den Rocky Mountains noch einmal aufflackern könnte. Denn das würde ihm die Gelegenheit bieten, die Welt vor dem Untergang zu retten, und vielleicht träumte er schon von wilden Verfolgungsjagden, bei denen der Sheriff von Jackson, Wyoming, die Hauptrolle spielte, mit den unglaublichsten Vehikeln zu Land, zu Wasser und in der Luft, einem Ruf als unwiderstehlicher Herzensbrecher und einer Lizenz zum Töten.

»Habe ich richtig in Erinnerung, dass Sie aus Österreich stammen?« sagte er. »Das liegt doch irgendwo dazwischen?«

Er machte eine separierende Handbewegung, hier links, dort rechts, als hätte er sich gegen einen Andrang sowohl von da als auch von dort zu wehren.

»Welcher Seite würden Sie es zuschlagen?«

»Das müssen Sie mir schon genauer erklären.«

»Na ja«, sagte er. »Dem Osten oder dem Westen?«

Um seiner Phantasie nicht noch mehr Auftrieb zu geben, verschwieg ich ihm, dass der Professor erst im Sommer davor nach Prag geflogen und von dort nach Mähren gefahren war, und sagte stattdessen, dass er meines Wissens keine Verbindung in seine alte Heimat gehabt habe und dass auch seine Arbeit für die Firma in Seattle viel profaner gewesen sei, als sie sich vielleicht anhöre.

»Wenn Sie sich ein geheimnisvolles Leben dahinter vorstellen, könnten Sie gar nicht weiter danebenliegen«, sagte ich. »Er war ein in jeder Beziehung unauffälliger Mann.«

Ich hatte damals in der Abwesenheit des Professors auf sein Haus in Seattle aufgepasst und konnte ein Lied von seiner Normalität singen. Dort hatte mich die Atmosphäre so sehr bedrückt, dass ich schon nach dem dritten Tag in Absprache mit ihm und auf seine Rechnung in ein Hotel umgezogen war, und hätte ich nicht die Katze zu hüten gehabt, wäre ich gar nicht mehr hingegangen. Es war ein kleines, zweistöckiges Haus in einer ruhigen, mit Kastanien- und Ahornbäumen gesäumten Vorstadtstraße und ähnlichen Häusern in der Nachbarschaft, und ich war den Anblick des Regenschirms, der auf einem Kleiderbügel säuberlich aufgehängten Regenjacke und der anscheinend kaum getragenen Budapester auf dem Boden, die mich beim ersten Eintreten in der Diele empfangen hatten, nicht mehr losgeworden. Auch in den anderen Räumen war alles wie nicht richtig bewohnt oder für einen plötzlichen Aufbruch bereit gewesen, nach dem er nie mehr zurückkommen würde. Außerdem hatte ich mich gerade erst umzuschauen begonnen und die paar Fotos auf der Kommode im Wohnzimmer wahrgenommen, da rief er mich schon an und fragte, ob er mich beim Schnüffeln ertappt habe, als wäre ihm nicht klar, dass sich nichts finden würde, wonach sich zu suchen lohnte, selbst wenn ich alles auf den Kopf stellen sollte.

Der Sheriff hatte begonnen, von anderen Selbstmorden zu sprechen, und ich hörte ihm nur halb zu, als er sagte, er habe in seinem Leben noch gar nicht so viele Kandidaten vom Seil schneiden müssen, die Lebensmüden hier im County nähmen offensichtlich auf seine

Dienstzeiten Rücksicht, aber manche Leute zögen so etwas an, er habe einen Kollegen gehabt, der es innerhalb von nur vierzehn Tagen mit gleich drei Fällen zu tun bekommen habe, und als er versetzt worden sei, habe es am neuen Ort in der ersten Woche gleich wieder begonnen. Sein Reden konnte nicht auf mich gemünzt sein, er wusste nichts von der Braut zu Hause, und zwei Vorkommnisse in mehr als zehn Jahren waren wahrlich keine Epidemie, aber ich sah ihn an, als hätte er mich bei meinen schlimmsten Befürchtungen ertappt. Er legte mir eine Hand auf die Schulter und meinte, er könne sich vorstellen, dass es an einem nage, wenn man als letzter mit jemandem gesprochen habe, der sich wenig später das Leben nahm.

»Es geht gar nicht anders, als dass man sich fragt, ob man zu unaufmerksam gewesen ist und ob vielleicht nur das richtige Wort zur richtigen Stunde gefehlt hat, um alles zu verhindern«, sagte er. »Aber wenn man damit anfängt, die Leute daraufhin anzusehen, ob sie sich im nächsten Augenblick umbringen könnten, ist man am Ende zu keiner Lebensregung mehr fähig.«

Die Welt war kein schöner Ort, wenn sich jetzt auch schon die Sheriffs ans Psychologisieren machten, und ich war froh, als ich ihm entwischte. Ich überlegte, ins Skigebiet hinaufzufahren, weil ich dort vielleicht mehr in Erfahrung bringen würde, aber mir widerstrebte allein schon die Vorstellung, mir die Skischuhe anzuziehen, die ich am Vortag gar nicht erst ausgezogen hatte, und mich auf meine Skier zu stellen. Dabei ging mir unaufhörlich durch den Kopf, wo die Leiche des Professors jetzt wohl war und ob man sie aus dem schwarzen Sack herausgeholt oder sie darin gelassen und mitsamt der Plastikhülle in einem Keller des Krankenhauses in ein Kühlfach geschoben hatte. Jemand musste ihr zumindest die Skischuhe ausgezogen haben und würde sie später aus dem roten Overall schälen und in einen schwarzen Anzug stecken. Der Sheriff sagte, er habe den Helm an sich genommen, denn dort, wo der Professor jetzt hingehe, werde er keinen Kopfschutz brauchen und müsse auf andere Art zusehen, eine gute Figur abzugeben, wenn er mit seinem zerschmetterten Schädel am Himmelstor oder vor den Toren der Hölle erscheine.

Ich ging in sein Hotel, weil ich vage dachte, ich könnte dort gebraucht werden, aber als ich mich nach dem Boten erkundigte, der die Korrespondenz des Professors in meine Unterkunft gebracht hatte, schlug mir Misstrauen entgegen. Der Rezeptionist entschuldigte sich, er müsse sich erkundigen, und während er einen jungen Mann rief, der im Service arbeitete, ließ er mich nicht aus den Augen. Der Professor hatte diesem am Morgen des Unglückstages das Päckchen mit einem Trinkgeld übergeben und ihn gebeten, es zwischen fünfzehn und sechzehn Uhr bei mir abzuliefern.

»Das habe ich getan«, sagte er, als gäbe es auch nur den geringsten Zweifel an seiner Unschuld. »Ich habe es vor Ihre Tür gelegt und zu der Zeit noch nicht gewusst, was geschehen ist.«

Bevor ich ihm Fragen stellen konnte, entließ der Rezeptionist ihn, und dann meinte er zu allem Überfluss, der Sheriff habe das Zimmer des Professors versiegeln lassen, und überwachte mich, als könnte ich im Ernst versuchen, unbemerkt in die oberen Stockwerke vorzudringen.

»Haben Sie gewusst, dass der Professor Russe war?« sagte er. »Steigt mehr als zehn Jahre hier ab, und kein Mensch ahnt etwas.«

Ich korrigierte ihn nicht. Der Sheriff hatte offensichtlich gründliche Arbeit geleistet. Ich fragte ihn auch nicht, ob es etwas geändert hätte, wenn er es die ganze Zeit gewusst hätte, so sehr ergötzte er sich an der Vorstellung.

»Ein Russe!«

Dabei senkte er den Blick und hob ihn wieder.

»Vielleicht hätte es uns auffallen müssen.«

Ich fragte ihn, warum, und er antwortete trocken.

»Seine Schweigsamkeit«, sagte er. »Seine Kälte.«

Ich hätte ihm mit anderen Klischees helfen können. Der Professor hatte für seinen Geburtstag im Februar immer Kaviar vorbestellt, den wir im Restaurant des Hotels nicht zu einer Flasche Wodka, sondern zu einer Flasche Champagner verspeist hatten, aber das ließ ich unerwähnt. Stattdessen lachte ich nur und mokierte mich über ihn.

»Sie sind das beste Hotel in der Stadt und beherbergen mehr als zehn Jahre einen Russen«, sagte ich. »Wenn das nur nicht nach hinten losgeht!«

Am Nachmittag wurde ich in der Skischule gebraucht. Zwar musste ich nicht auf die Piste, aber ich sprang im Büro für einen Kollegen ein, der schon am Morgen unentschuldigt ferngeblieben war, wie es bei den Aushilfskräften immer wieder einmal vorkam und auch geduldet wurde, wenn sie am Vortag mit ihren Gästen unterwegs gewesen waren und die Uhrzeit übersehen hatten. So wurde es Abend, bis ich in mein Zimmer zurückkehrte und mit dem Lesen der Papiere beginnen konnte.

Der erste Eindruck, den ich bereits in der Nacht davor nach wenigen Zeilen bekommen hatte, verstärkte sich jetzt nur. Was sich vor mir ausbreitete, war eine Verrücktheit. Das schrittweise Sich-aneinander-Herantasten, das plötzliche Voneinander-abgestoßen-Werden und wieder Herantasten der zwei Schreibpartner Schritt für Schritt nachvollziehen zu müssen, empfand ich als Qual. Ich wurde Zeuge einer Amour fou, und je mehr ich in sie hineingezogen wurde, um so mehr hatte ich die Gewissheit, dass alles nicht für mich bestimmt war, obwohl der Professor selbst dafür gesorgt hatte, dass das Konvolut in meine Hände gelangte, es ging niemand anderen etwas an als die beiden. Längst wollte ich mit dem Lesen aufhören und auf einen anderen Tag warten, an dem ich vielleicht mehr Geduld hätte, als ich merkte, dass ich selbst vorkam, und nicht nur ich, sondern auch Sarah, was Grund genug war, bis zum Ende durchzuhalten.

Denn niemand anders konnte mit dem österreichischen Freund und seiner großen Liebe gemeint sein, die der Professor ungeniert als Beispiel dafür hernahm, wie es gehen könnte, auch wenn zwischen den Liebenden ein Meer und zwei halbe Kontinente lägen. Es war eine gespenstische Erfahrung, zu sehen, was er aus dem wenigen, das ich ihm erzählt hatte, machte, wie er meine kaum existierende Geschichte mit Sarah ins Existentielle vergrößerte und immer wieder einmal, wenn er der Frau etwas erklären wollte, das für ihn anders nicht erklärbar war, mich ins Spiel brachte. Dann beschwor er sie, sie müssten doch auch so etwas zustande bringen, wenn es sogar einem Tiroler Skilehrer gelinge, sie müssten es zumindest schaffen, auch aus der Ferne aneinander zu glauben, wenn selbst einer wie ich meinte, er könne es sich leisten, seine Zeit in einem Kaff in den Rocky Mountains zu vertun, statt so schnell wie möglich nach Hause zurückzukehren und um die Hand seiner Angebeteten anzuhalten.

Ich konnte es drehen und wenden, wie ich wollte, es stand genauso da, in genau der altbackenen Formulierung. Dass er mich umstandslos herabsetzte, störte mich nicht, es war wahrscheinlich nur eine Gedankenlosigkeit, aber er nannte Sarah mit einer Selbstverständlichkeit bei ihrem Namen, wie ich es selbst nie getan hatte, und das irritierte mich. Er schrieb an die mir unbekannte Frau, sie solle sich ein Beispiel an Sarah nehmen, ohne dass klar wurde, was er damit meinte, er schrieb, Sarah spare sich für mich auf, was grober Unfug war, er schrieb, Sarah würde alles für mich tun und gar nicht auf die Idee kommen, nach dem Sinn zu fragen, wenn ich sie um etwas Unsinniges bäte, was nicht weniger verrückt klang, und jede Erwähnung von ihr diente nur dazu, diesen absonderlichen Katalog mit noch absonderlicheren Phantasmen zu ergänzen, mit immer abstruseren Forderungen, welche Bedingungen die Frau zu erfüllen habe, wenn sie ihn wirklich liebe.

Bis zum nächsten Morgen hatte ich den Packen Blätter im wesentlichen durchgelesen. Ich hatte die besonders redundanten Stellen überflogen, die mysteriöseren genauer in den Blick genommen und da und dort sogar ein paar Sätze unterstrichen, als ich auf die Straße hinaustrat und mir die Zeitung kaufte. Bereits etwas über den Tod des Professors darin zu finden hatte ich halb erwartet, jedoch sicher nicht, dass es einen richtigen Hintergrundbericht geben könnte, und schon gar nicht die Fakten, mit denen ich konfrontiert wurde. Der Professor war vor zwei Monaten von seiner Firma in Seattle freigestellt worden und hätte sich in den kommenden Wochen vor Gericht verantworten müssen. Die Anschuldigung stellte sich später zwar als falsch heraus, legte aber eine eindeutige Richtung fest, und so vage formuliert war, was ihm vorgeworfen wurde, musste ich doch nicht lange überlegen und wusste, dass es um die Frau ging. Ich las den Artikel ein zweites Mal, aber bis auf die dürren Angaben gab er keine weitere Auskunft, und saß dann in der Ecke des Cafés, in dem ich gewöhnlich frühstückte, und versuchte die spärlichen Informationen mit den Erinnerungen zusammenzubringen, die mich plötzlich überfielen und in denen ich es immer nur mit einem sanften, zurückhaltenden, ja, sich in allem selbst im Weg stehenden Mann zu tun gehabt hatte, der jetzt ein anderes Gesicht bekommen sollte.

FÜNFTES KAPITEL

Nur ein paar Tage nach unserem Gespräch verreiste Viktor. Er hatte mich zwar vorbereitet, aber ich hatte ihm entweder nicht richtig zugehört oder das Datum durcheinandergebracht, weil ich mir nicht vorstellen konnte, dass er seine Frau mitten in der Saison mit dem Restaurant allein ließ. Es gab unter der Woche zwar oft nur wenige Gäste, aber an den Wochenenden, die ich miterlebt hatte, seit ich zurück war, herrschte viel Betrieb, und es war ausgerechnet ein Samstag, an dem er sich aufmachte. Er fuhr mit zwei seiner Jagdkameraden schon seit Jahren an die Adria, am liebsten in der ersten Augustwoche, weil sie da immer ihre italienischen Kollegen trafen, mit denen sie später im Jahr auf die Pirsch gingen. Ich konnte mir meinen Bruder nicht als Urlauber an einem Strand vorstellen, aber er trug an dem Morgen kurze Hosen und ein Hawaiihemd, auch wenn das für mich die ganze Aktion nur noch unechter machte, und verabschiedete sich mit den Worten von mir, ich solle seiner Frau auf die Finger schauen, dass unter ihrer Obhut nach dem Hotel jetzt nicht auch noch das Restaurant abbrenne. Damit stieg er in sein Auto und fuhr davon, als ginge ihn alles nichts weiter an.

Ich hatte mit Johanna bis dahin kaum zwei Worte gewechselt. An den Tagen, an denen das Restaurant geschlossen war und Viktor mich bekochte, war sie immer ihrer Wege gegangen, und an den anderen Tagen hatte ich mein Frühstück im Entspannungszimmer zu mir genommen und war zum Mittag- und Abendessen bei den Restaurantgästen gesessen und nicht mit den beiden zusammen. Einmal hatte ich sie am Fenster entdeckt, als ich meine Wäsche aufgehängt hatte, ich hatte mich mit meinen Krücken nicht sehr geschickt angestellt, und sie hatte mir zugeschaut, wie ich mich abmühte, das Gleichgewicht zu wahren, während ich die tropfnassen Teile an den Leinen befestigte. Auch ihr konnte ich nichts vormachen, wenn ich mich für meine kurzen Auftritte im Gastraum notdürftig herausputzte und versuchte, mir einen anderen Anschein zu geben, als dass mir der Boden unter den Füßen wegbrach, wenn ich meine Schritte nicht vorsichtig setzte.

Johanna hatte das Entspannungszimmer, seit ich darin untergekommen war, vermutlich nie betreten, aber ich war sicher, dass ihr die Putzfrau, die sie mir alle paar Tage schickte und die ich schlecht abweisen konnte, Bericht erstattete und sie allein aus meinen Besitztümern alles schließen konnte. Geblieben waren mir sechs Hemden, Unterwäsche, zwei Hosen, zwei Paar Schuhe, Bücher, die Leica, mein Bowie-Messer und zum Glück auch mein Computer, den ich behalten hatte, als ich in einem Pfandhaus in Denver meine letzten Wertgegenstände zu Geld gemacht hatte. Dort hatte ich alles versetzt, was ich nicht dringend brauchte, das Goldkettchen mit dem Schutzengel, das sie mir bei meiner Taufe umgehängt hatten und das ich bis dahin an jedem Tag meines Lebens getragen hatte, die Uhr unseres Vaters, die mir seit seinem Tod die Zeit anzeigte, genauso wie die Uhr des Professors, sein übertriebenes Geschenk. Zurückgelassen hatte ich auch die Schreibmaschine, die in Jackson beim Umzug des Skischulbüros an mich gefallen war und auf der ich manchmal ein bisschen geschrieben hatte, nachdem ich zuvor stundenlang im Auto herumgefahren sein konnte und nicht mehr gewusst hatte, wo ich sonst noch hätte hinsollen als in alle Richtungen ein paar Kilometer aus dem Städtchen hinaus in die Wildnis und wieder zurück.

Nicht nur das Gespräch mit Viktor, sondern auch die Tatsache, dass ich im Entspannungszimmer schlief, hatte mir den Tag, an dem die Braut ums Leben gekommen war, wieder auf eine Weise gegenwärtig gemacht, die mich erschreckte. Ich hatte den ganzen Raum nach Spuren abgesucht, als könnte sich dort nach all der Zeit noch etwas finden und als hätten nicht in den Jahren seither Kellnerinnen und Kellner dort geschlafen, Abwäscherinnen und Köche, die ihre eigenen Geschichten mitgebracht hatten. Es war ein karger Unterschlupf, kaum anders als mein Zimmer in Wyoming, ein Bett, ein Tisch, ein Stuhl, ein Waschbecken an der Wand, die Dusche befand sich auf dem Gang, und wären nicht

die beiden Bilder gewesen, auf Spanplatten aufgezoge-
ne Fotos mit austauschbaren Bergmotiven, hätte es eine
Klosterzelle sein können, aber genausogut auch eine
Kammer in einem Bordell. Ich hatte die ersten Nächte
fast schlaflos verbracht, und immer, wenn ich ans Fenster getreten war und hinausgeschaut hatte, war mir klar
das Bild vor Augen gestanden, wie die Braut in jener
Nacht mit ihren Verehrern vorgefahren war, nur jetzt
mit dem Wissen verbunden, dass sie keine vier Stunden
mehr zu leben gehabt hatte. Die Fotos, die ich von der
Hochzeit gemacht hatte, hatte ich mir zuvor lange nicht
angeschaut. Ich hatte sie digitalisiert, nicht nur die von
dieser Unglückshochzeit, sondern auch die von allen
anderen Feiern, gespeichert in meinem Computer, aber
wenn ich in Jackson auf dem Bett gelegen war und mich
durch die Bilder geklickt hatte, hatte ich das Gefühl gehabt, dass ich etwas Unerlaubtes tat, etwas Perverses, ein
Gefühl, das nur um so stärker wurde, als ich nun wieder
damit anfing.

Trotz meiner Krücken war ich mehrfach auf dem
Schlossberg gewesen. Der Aufstieg war mühsam für
mich, aber ich hatte nichts zu tun, wuchtete mich hinauf und blieb eine Stunde oder zwei im Schatten der
Burgruine. Allein im Wald mit der Erinnerung an die
zertrümmerten Knochen rund um mein Auge kam ich
mir vor wie das Gespenst, mit dem sie uns als Kinder
geschreckt hatten. Mehr als ein halbes Jahrhundert davor, in der Zeit nach dem Ersten Weltkrieg, war an der

Stelle des Restaurants eine baufällige, kaum bewohnbare Villa im Besitz einer Wiener Industriellenfamilie gestanden, und ein paar Jahre lang war dort, von den Barmherzigen Schwestern betreut und vor der Öffentlichkeit versteckt, ein Kriegsverletzter untergebracht gewesen. Wir hatten als Kinder zu hören bekommen, er habe kein Gesicht mehr gehabt, es sei ihm weggeschossen worden, ratzfatz, und wenn wir nicht brav wären, würde uns das Ungeheuer holen, und für uns spukte es nach all der Zeit immer noch in unseren Träumen herum. Ein lokaler Autor hatte einen finsteren Roman darüber geschrieben, und der Mythos, dass die Gegend unheimlich sei und über dem Schlossberg ein Fluch liege, hatte schon vor dem Tod der Braut seine abergläubischen Anhänger gehabt.

Es war auch oben, am Fuß der Burgruine, wo ich das erste längere Gespräch mit Johanna hatte und ausgerechnet ihr von Sarah erzählte. Dass sie zufällig dort aufgetaucht war, konnte ich mir nicht vorstellen, sie musste mich das Haus verlassen sehen haben und mir nachgegangen sein. Ich saß mit geschlossenen Augen im Gras und hörte hinter mir ihre Schritte, bevor sie fragte, ob sie sich zu mir setzen dürfe. Sie schien sich beeilt zu haben, jedenfalls gelang es ihr kaum, ihr Keuchen zu unterdrücken, während sie neben mir Platz nahm. Zuerst sagte sie dann nichts weiter, schloss nur selbst die Augen und ließ sich die Sonne ins Gesicht scheinen wie ich, während sie langsam wieder zu Atem kam. Das Restaurant hatte an dem Tag geschlossen, und der Koch, die Küchenhilfe und die Kellnerinnen waren in die Stadt gefahren, so dass ich außer den Barmherzigen Schwestern, von denen immer irgendwo eine herumgeistern konnte, allein mit ihr war.

»Schön hier«, sagte sie schließlich. »Kommst du oft herauf?«

Für mich war kein Hintergedanke herauszuhören.

»Wenn mir danach zumute ist.«

»Ist es wegen der Braut, die sich umgebracht hat?«

»Nein«, sagte ich. »Ich mag den Blick ins Tal.«

Sie trug ein ärmelloses Kleid und schwere Schuhe. Ich wusste nicht, wie ehemalige Finanzprüferinnen aussahen, aber in meiner Vorstellung sicher anders. Blass, brünett, halb anämisch wie ein Kind, bei dem man fürchtete, dass es nicht richtig auf die Beine kommen würde, und das man deshalb im Sommer ans Meer schickte, hatte sie gleichzeitig einen festen Ausdruck in den Augen, als wollte sie einen warnen, bloß nicht den Fehler zu begehen, sie zu unterschätzen.

»Bist du mit ihr hier gewesen?«

Sie erkundigte sich ganz selbstverständlich. Viktor musste ihr erzählt haben, dass ich mich in der Nacht damals, als die Braut ums Leben gekommen war, draußen aufgehalten hatte, und vielleicht erklärte das ihre merkwürdige Zutraulichkeit und außerdem, warum sie erpicht darauf war, mehr zu erfahren. Ich rückte ein Stück von ihr ab, und sie, ob bewusst oder unbewusst, rückte sogleich wieder auf, so dass ich mit der kleinsten Bewegung ihr Bein berührt hätte. Dabei fragte ich mich, was Viktor ihr wohl sonst noch alles über mich anvertraut hatte. Denn dafür, dass wir uns bisher gegenseitig immer ausgewichen waren, tat sie auffällig so, als würde sie mich oder wenigstens die Geschichten, die über mich in Umlauf waren, eine halbe Ewigkeit kennen und deshalb so drängen.

»Also nein?« sagte sie. »Alles Gerede?«

Das war der Augenblick, in dem ich Sarah erwähnte.

»Ich bin einmal mit einem Mädchen hier gewesen«, sagte ich. »Das war ein paar Wochen vor dem Unglück. Es klingt verrückt, aber in gewisser Weise hat sie das Ganze vorweggenommen. Sie war die Cousine einer Braut und gleichzeitig ihre beste Freundin und wollte nicht, dass sie heiratet.«

Sarah war damals in der Dunkelheit nur ein paar Schritte weiter gesessen, ihren Geigenkoffer neben sich, und ich sah sie jetzt wieder vor mir in ihrem hellrosafarbenen Kleid mit dem großen, weißen Spitzenkragen und der weißen Schürze, die ihr Hinken verbergen sollte, und hatte deutlich ihre Worte im Ohr. Der Bräutigam an diesem Tag war der ehemalige Deutschlehrer ihrer Cousine gewesen, und sie hatte gesagt, was für eine Peinlichkeit und was für eine Verschwendung, dass ihre Herzensschwester an diesem Jammerlappen klebengeblieben sei. Dann war sie so weit gegangen hinzuzufügen, ihretwegen hätte sie genausogut in den Abgrund springen können, statt sich auf ein solches Trauerspiel einzulassen.

»Sie ist so eifersüchtig gewesen, dass sie ihr lieber den Tod gewünscht hätte als ein Leben mit ihrem zukünftigen Mann.«

Johanna sagte, das müsse nicht viel bedeuten, und ich stimmte ihr einerseits zu, widersprach ihr andererseits aber auch, weil Sarahs Wut eine solche Wucht gehabt hatte.

»Sie hat geredet, als hätte sie über die Erfahrungen eines ganzen Lebens verfügt und beileibe nicht über die besten«, sagte ich. »Sie hat gesagt, die Liebe zwischen Mann und Frau werde überschätzt. Dabei ist sie noch keine sechzehn gewesen. Behauptet hat sie, sie werde in ein paar Monaten siebzehn.«

Johanna sah mich mit einem Blick an, als versuchte sie herauszufinden, was exakt ich damit sagen wollte, und tastete sich selbst ins Vage vor.

»Genau das Alter für die ersten Welterklärungen.«

Sie lachte, sichtlich erfreut über den eigenen Zynismus.

»Auf jeden Fall kannst du davon ausgehen, dass sie jünger war«, sagte sie. »Wer will schon für ein Kind gehalten werden?«

»Sie hat mich gefragt, ob ich an Gott glaube.«

»Und was hast du gesagt?«

»Ich habe ihr die Frage zurückgegeben, und obwohl

es ihr offensichtlich peinlich war und sie errötet ist, hat sie ja gesagt.«

»O weh, die Arme!«

»Das hat sie sicher anders empfunden.«

»Eine richtige Bekennerin also?«

Ich hob die Schultern, und Johanna lachte wieder.

»Hoffentlich hast du die Finger von ihr gelassen.«

Ich sagte ihr nicht, dass ich Sarah geküsst hatte, aber ich erinnerte mich, dass die Zunge in ihrem Mund wie ein kleines, ängstliches Tier gewesen war, das in einer viel zu engen Höhle hin und her jagte und vergeblich nach einem Versteck suchte.

»Wir sind fast bis Mitternacht auf dem Schlossberg geblieben und haben uns dann erst wieder zur Hochzeitsgesellschaft geschlagen«, sagte ich stattdessen und ließ mich zu einer Detailseligkeit hinreißen, die für sich allein schon verdächtig wirken musste. »Sie ist vor mir hergegangen, ohne sich auch nur einmal umzudrehen, ihren Geigenkoffer an die Brust gedrückt und auf eine Weise hinkend, als kümmerte sie nicht mehr im geringsten, ob ich es wahrnahm. Merkwürdigerweise hat uns niemand vermisst. Aber als ich wenige Tage später bei ihr angerufen habe, hat ihre Mutter sie verleugnet.«

Ich konnte nicht sagen, ob Johanna meine Auslassungen auffielen, aber sonderlich aufzuhorchen schien sie nicht, so gelangweilt, wie sie reagierte.

»Du wirst schon wissen, warum.«

»Ich weiß gar nichts.«

»Schon gut«, sagte sie. »Reg dich nicht auf.«

Damit drückte sie meine Hand, und ich zuckte zurück.

»Ich weiß nur, dass beim nächsten Mal ein paar Wochen danach ihr Vater ans Telefon gegangen ist«, sagte ich. »Er hat mich ohne Umschweife gefragt, wie ich es nur wagen könne, bei ihnen anzurufen. Die andere Hochzeit, bei der die Braut ums Leben gekommen ist, war erst wenige Tage her. Er hat mich nicht ausreden lassen und mir an den Kopf geworfen, ob mir *eine* Tote nicht genug sei und ob ich auch seine Tochter umbringen wolle. Dann hat er gesagt, wenn ich ihr noch einmal nachstellte, würde er die Polizei verständigen und ich könnte denen erklären, was ich allein mit ihr auf dem Schlossberg zu suchen gehabt hätte.«

Johanna hielt sich immer noch so dicht neben mir, dass ich beim Ein- und Ausatmen das Gefühl hatte, ihren Körper zu spüren, doch sie regte sich nicht. Ein paar Augenblicke sagte ich nichts und dachte nur, dass Sarah genauso dagesessen war, nachdem ich sie geküsst hatte, wie sie jetzt dasaß. Dann war die Spannung nicht mehr auszuhalten, und ich sah Johanna verlegen an.

»Willst du lieber gehen?«

Sie erwiderte meinen Blick und lachte.

»Nein«, sagte sie. »Warum?«

Erst im nächsten Augenblick schien sie zu begreifen.

»Du bildest dir doch nicht ein, ich hätte Angst vor dir.«

Sie blickte mich jetzt von unten her an, als wäre sie doch nicht sicher und wartete auf eine Reaktion, die alle Zweifel beseitigte. Dann sagte sie witzelnd, wenn schon, müsse ich Angst vor ihr haben, weil sie als ehemalige Finanzprüferin immer noch über Mittel verfüge, mein Leben zur Hölle auf Erden zu machen, ob ich nun pleite sei oder auch nicht. Im nächsten Augenblick sprang sie auf und ging ganz vor bis an den Rand des kleinen Wiesenstücks, als wollte sie sich nicht länger ablenken lassen und wieder ihre eigene Mission verfolgen.

»Glaubst du, es war hier?«

Sie deutete hinter sich in den Abgrund, und als ich nicht antwortete, tappte sie ein paar Schritte weiter und vollführte dort das Spektakel noch einmal, und es war klar, dass es jetzt wieder um die tote Braut ging.

»Oder eher hier?«

Ich antwortete wieder nicht, und sie steigerte sich in ihre Rolle hinein, wie um den Schreck, der sie womöglich doch gepackt hatte, zu bannen, indem sie sich ihm ganz und gar auslieferte.

»Hier, hier oder hier muss es gewesen sein«, sagte sie und zeigte ein paar Schritte links, ein paar Schritte rechts und wieder ein paar Schritte links von sich. »Achtzig Meter im freien Fall. Da bleibt wahrscheinlich kein Knochen heil. Hast du die Tote zu sehen bekommen?«

Sie hatte sich mit ihrem Gehampel verausgabt, und ich forderte sie auf, sich wieder zu setzen. Hüpfend kam sie die paar Schritte zurück, blieb aber vor mir stehen und ging in die Hocke. Ich hatte auf den Boden geblickt, und sie wartete, dass ich den Kopf hob.

»Bist du deswegen nach Amerika gegangen?«

Ich bemühte mich, keine Regung zu zeigen.

»Wegen der toten Braut?«

Ich zuckte nur mit den Schultern.

»Wegen dem Mädchen?«

Ich sah sie starr an. Wenn ich schon die ganze Zeit gedacht hatte, dass vielleicht Viktor sie auf mich angesetzt hatte, dachte ich es jetzt nur noch mehr, sagte mir aber auch, dass es eine Verrücktheit sei, so verquer zu denken. Er konnte doch nicht von seiner eigenen Frau verlangen, dass sie mich aushorchte und etwas aus mir herauszubringen versuchte, das ich ihm seiner Meinung nach vorenthielt.

»Ich habe die Bilder gesehen, die du in Amerika gemacht hast«, sagte sie. »Sie sind beeindruckend, aber sie haben alle den gleichen Mangel.«

Offenbar hatte sie ein paar von den Fotos in die Hand bekommen, die ich unserem Vater in den ersten Jahren geschickt hatte. Auf ihnen war fast immer ein und dasselbe Motiv zu sehen, die Prärie, am liebsten fein mit Schnee bestäubt, und eine Straße, die sich in der Ferne verlor, manchmal ein paar Rinder, ein paar Pferde, darüber der Himmel. Auch ich hatte am Anfang nicht genug kriegen können von diesen immer gleichen Blicken in die Ferne, und sie waren die Gegenleistung an unseren Vater für seine monatlichen Überweisungen gewesen, geradeso, als wollte ich ihm damit jedesmal wieder sagen, sein Geld sei gut investiert, ich sei auf dem Weg, ich sei auf der Flucht, und ihn gleichzeitig an seine eigene Sehnsucht erinnern, die eine Sehnsucht nach Amerika gewesen war, seit ich denken konnte, oder zumindest nach der Idee von Amerika, danach, immer noch einen anderen Ort auf der Welt zu haben, immer noch weggehen und neu anfangen zu können, wenn es an dem Ort, an dem man lebte, nicht mehr ging. Viel brauchte es nicht, um da etwas hinein-, etwas herauszulesen, und das war genau das, was Johanna jetzt tat.

»Du zelebrierst deine Einsamkeit«, sagte sie. »Es ist doch kein Zufall, dass auf keinem einzigen Bild ein Mensch zu sehen ist und man beim Blick darauf zu spüren glaubt, welches Glück dir das bereitet hat.«

Ich wusste, was sie meinte, und hätte ihr die Worte, die sie folgen ließ, auch vorsagen können.

»Dieses Nichts, diese Leere.«

Sie zögerte, bevor sie weitersprach.

»Diese Sehnsucht nach dem Nichts und nach der Leere sagt doch etwas über dich.«

»Ich sehe das nicht ganz so dramatisch«, sagte ich. »Schließlich habe ich in meinem Leben genug Bilder von Menschen gemacht, und irgendwann ist einfach Schluss damit.«

Der Wind schien gedreht zu haben, weil ich plötzlich von der Autobahn herauf ein Rauschen hörte, das an der Stelle nur bei Nordwind laut anschwoll, und ich wurde das ganze Gespräch leid und sah Johanna müde an.

»Wenn du meine Hochzeitsbilder gesehen hättest, wüsstest du, wovon ich rede, und ich müsste dir nichts erklären.«

»Ich kann es mir vorstellen«, sagte sie. »Es gibt eines von Viktor und mir, auf dem wir beide, die Arme hoch in den Himmel gereckt, mit angezogenen Beinen in die Luft springen. Der Fotograf hat gesagt, wir sollen es tun, und wir haben es getan. Was kann ich dazu sagen? Wir haben den Spuk überlebt. Ich weiß, dass deine Spezialität die Unendlichkeitsbilder waren. Hast du wirklich alle an dieselbe Stelle geführt und dort aufgenommen?«

Sarah hatte mich genau das gleiche gefragt, und einen Augenblick wurde mir schwindlig von der Überblendung, und ich kam wieder nicht gegen den Gedanken an, dass ich ebensogut neben ihr sitzen könnte. Sie hatte noch einmal gesagt, ihre Cousine habe den Fehler ihres Lebens begangen, und mir das Gefühl gegeben, als trüge ich mit meinen Fotos einen Teil der Schuld daran. Ich hatte nur resigniert die Arme gehoben, und das tat ich auch jetzt, während ich versuchte, mich wieder zu fassen.

»Die Bilder auf der Lichtung haben sich bewährt«, sagte ich. »Warum hätte ich etwas anders machen sollen?«

Johanna sah mich ungläubig an.

»Niemand hat protestiert?«

»Sie sind nicht einmal auf die Idee gekommen.«

»Alle sind damit zufrieden gewesen, dass es bei ihnen genau gleich war wie bei allen anderen?« sagte sie. »Auch die tote Braut hat sich nichts Besseres gewünscht? Das kann doch nicht sein. Hast du die Fotos noch, die du damals von ihr gemacht hast?«

Es hörte sich an, als müsste ich über das Archiv eines Serienmörders verfügen, der seine Schreckenstaten penibel dokumentiert hatte, aber ich ließ mich überreden, und fünfzehn Minuten später saßen wir im Entspannungszimmer Seite an Seite auf dem Bett und klickten uns auf meinem Computer durch die Bilder. Natürlich musste sie wissen, dass sich die Brautpaare immer für eine halbe Stunde hierher zurückgezogen hatten, bevor sie mit mir auf die Lichtung gegangen waren, und sie musste auch wissen, welche Phantasien das beförderte. Sie hatte sich eine Jacke um die Schultern gelegt und saß wieder so nah bei mir, dass sich Berührungen kaum vermeiden ließen.

Angesichts der Bilder hatte ich von neuem die Empfindung, etwas Verbotenes zu tun, jetzt um so mehr, als ich nicht allein war. Die ältesten waren über zwanzig Jahre alt, und Johanna hinderte mich, gleich zur toten Braut überzugehen, sie wollte im Schnelldurchlauf auch ein paar andere Bräute sehen. Manchmal bat sie mich, kurz innezuhalten, und sie schaute für Sekunden auf eine Aufnahme, etwas hatte sie gepackt, etwas hatte sie an etwas anderes erinnert, ein Gesichtsausdruck, eine

Frisur, der Faltenwurf eines Kleides, aber schon klickte ich auch diese Bilder weg und mit ihnen so viel Bemühen, so viel Zukunftsglauben, so viel Tapferkeit und so viel Vergeblichkeit, so viel blinde Hoffnung, den Augenblick einfrieren zu können. Dann konnte sie mir ihre Hand auf den Arm legen, eine Geste, als wollte sie mich bitten, die Prozedur endlich zu stoppen, und würde es gleichzeitig nicht ertragen, machte ich nicht doch weiter.

Die tote Braut stand ganz vorn am Abgrund. Gerade hatte sie ihre halb gerauchte Zigarette, bereits die zweite oder dritte, auf dem nassen Waldboden ausgetreten und einen letzten Schluck aus dem Flachmann genommen, ihn wieder unter ihrem Kleid verstaut, mit beiden Händen an ihrem Haar herumgenestelt und war nun bereit. Ich war wie jedesmal überrascht, dass auf dem Bild nichts von der Angespanntheit zu sehen war, die sie im Augenblick davor noch ausgestrahlt hatte, wie jedesmal überrumpelt von ihrer Präsenz, als hätte ich die Aufnahme nicht viele hundert Male gesehen, und auch Johanna sagte jetzt, sie finde nichts von dem, was sie über die Arme gehört habe, nichts von der ganzen Verdrehtheit der Hochzeit in dem Bild, es sei denn, der Bräutigam hätte etwas allzu Glückspilzhaftes, als dass man ihm glauben könne. Sie nahm mir den Computer aus der Hand, plazierte ihn in ihrem Schoß und manipulierte an dem Bild herum, vergrößerte es so lange, bis sie ein Auge isoliert hatte, und dieses Auge sprach eine andere Sprache, es blickte kindlich, ja, aber mit kindlichem Schrecken in die Welt.

Für die Bilder der Verehrer interessierte sie sich nicht, sie sah sich andere Männer an, nahm am liebsten die Schnappschüsse, auf denen die Braut in einer Gruppe von Leuten stand, nach der Ankunft, vor der Kapelle, im Restaurant, auf der Tanzfläche, und fand fast immer einen am Rand des Bildes, der sich unbeobachtet wähnte und sie ansah. Man konnte in die Blicke der so in den Fokus Geratenen alles hineininterpretieren, aber wie ertappt sah schnell einmal einer aus, abwesend oder in Gedanken, die ihm vielleicht selbst kaum bewusst waren. Johanna tippte auf einen wie auf den Zehenspitzen Stehenden, der die Augen zusammengekniffen hatte, als wäre er der ewige Zaungast, und sich die Hand vor den Mund hielt, und fragte mich, ob ich wisse, wer er sei, sie tippte auf einen Hundertkilomann in einem schlecht sitzenden Anzug, der mit dem kleinen Finger in seinem Ohr herumpulte und sein Starren nicht kaschieren konnte, sie tippte auf einen halb Verdeckten, der über die Schulter eines anderen blickte und nur im Profil zu sehen war, aber etwas Furchterregendes ausstrahlte.

»Es bräuchte bloß einer von denen auf die Idee gekommen zu sein, vor seiner Abfahrt noch auf den Schlossberg zu gehen«, sagte sie. »Er müsste nur ein bisschen an die Luft gewollt haben, bevor er sich in sein Auto gesetzt hat.«

»Nur dass es zu der Zeit stark geregnet hat«, sagte ich. »Er würde im Regen wohl kaum hinaufgestiegen sein.«

»Es wird schon nicht die ganze Zeit geschüttet haben«, sagte sie. »Er könnte bereits losgegangen sein, bevor es angefangen hat. Oben könnte er sich im Schutz eines Baums hingesetzt haben und vielleicht sogar eingenickt sein. Dann wird er wach und sieht sie vor sich auftauchen.«

»Das sind doch alles Spekulationen.«

»Aber stell dir den Anblick nur einmal vor. Die Braut in ihrem vollkommen durchnässten Kleid mit den an den Kopf geklatschten Haaren. Er tritt ihr entgegen und sagt etwas oder sagt vielleicht auch nichts, macht aber eine ungeschickte Bewegung, und sie gerät in Panik.«

»Warum sollte sie in Panik geraten?« sagte ich. »Sie hätte ihn doch wahrscheinlich gekannt und keinen Grund zur Sorge haben müssen.«

»Nicht unbedingt«, sagte sie. »Er könnte zu den Freunden des Bräutigams gehört haben, und jetzt muss er sie nicht einmal anrühren. Es kann alles ein Missverständnis sein. Er kann sie beschwichtigen wollen und dabei wirklich die Hand nach ihr ausstrecken. Sie dreht sich um, läuft davon, fällt hin und verletzt sich und schreit im selben Moment, und alles, was geschehen ist, liegt in seiner Verantwortung. Vielleicht blutet sie am Kopf, und er beugt sich über sie. Sie hebt abwehrend die Hände, kommt noch einmal hoch, hastet ein paar Schritte weiter und fällt wieder hin, und von einem Augenblick auf den anderen ist sie schon ganz am Rand des Abgrunds. In ihrem Schreck hat sie nicht auf die Richtung geachtet und ist geradewegs darauf zugelaufen.«

»Es gibt nicht den geringsten Hinweis, dass es so gewesen ist«, sagte ich. »Nicht einmal ein Anzeichen, dass sie nicht allein war.«

»Aber es gibt auch keinen Beweis des Gegenteils. Er bräuchte ihr dann nur noch einen kleinen Stoß versetzt zu haben. Der Regen hätte schnell alle Spuren verwischt, und er hätte bloß schauen müssen, wie er ungesehen davonkommt.«

Ich hatte auf dem Parkplatz, als ich damals wach geworden, aufgestanden und hinausgegangen war, nur fünf fremde Autos gesehen. Wenn an Johannas Geschichte etwas dran wäre, hätte eines von ihnen *sein* Auto sein müssen, und das hätte ein hohes Risiko bedeutet, dass er darüber schnell hätte identifiziert werden können. Andererseits waren die Gäste, die zu der Stunde noch ausgeharrt hatten, sicher alle nicht mehr nüchtern gewesen, und es hatte beim Aufbruch wohl keiner auf die Wagen geachtet. Ich jedenfalls hatte mich im Gespräch mit dem Kommissar nur sehr ungenau an die Modelle erinnert und an die Nummernschilder gar nicht, oder auch nur daran, ob es sich um einheimische oder um andere, vielleicht welche aus Wien gehandelt hatte. Am Vormittag waren immer noch drei von den fünf Autos dagestanden, weil die letzten Männer Taxis in ihre Unterkünfte genommen hatten. Selbstverständlich waren auch sie überprüft worden, aber die Polizei hatte nicht herausgefunden, zu wem die zwei verschwundenen Autos gehört hatten. Einen entsprechenden Aufruf unter den Gästen der Hochzeitsgesellschaft, der Klarheit bringen sollte, hatte niemand beantwortet, und man hatte sich mit der Erklärung begnügt, dass die beiden Fahrer, die irgendwann am frühen Morgen weggefahren sein mussten, sich nicht mit dem Verdacht herumschlagen wollten, sie hätten sich betrunken ans Steuer gesetzt.

Um Johanna nicht noch mehr Anlass für ihre Phantastereien zu geben, schwieg ich. Sie hatte den Computer neben sich auf das Bett gelegt und saß mit gerötetem Gesicht da. Etwas peinlich Angespanntes war in ihren Blick getreten, als ob sie sich gerade erst wieder erinnerte, neben wem sie saß und was über mich getuschelt wurde. Wenn sie jetzt doch Angst hatte, wusste sie die zu verbergen, aber sie schob sich von mir weg und schaute nach dem Fenster und nach der Tür, als hätte sie mit ihrem unkontrollierten Schwätzen eine Gefahr für sich herbeigeredet und versuchte abzuschätzen, ob ich sie einholen könnte, wenn sie aufsprang und mit zwei Schritten davon war. Ich wandte mich ab, um ihr nicht in die Augen sehen zu müssen. Als sie sich erhob, glättete sie mit beiden Händen ihr Kleid und blieb vor mir stehen, wie wenn sie darauf wartete, dass ich noch etwas sagte. Dann ging sie, und ich trat ans Fenster und schaute ihr nach. Sie drehte sich nicht um, aber ich hatte das sichere Gefühl, dass sie wusste, dass ich dastand und sie beobachtete.

Am Abend aßen wir gemeinsam. Sie hatte eine Flasche Wein geöffnet und goss mir die ganze Zeit nach, ohne selbst etwas zu trinken, und am Ende bat sie mich, Viktor nichts davon zu erzählen, dass ich ihr meine Hochzeitsbilder gezeigt hatte. Ich wäre gar nicht auf die Idee gekommen und wunderte mich, dass sie es eigens hervorhob. Auch war es vielleicht gar nicht so sehr die Betrachtung der Fotos als vielmehr die Tatsache, dass sie sich mit mir auf mein Bett gesetzt hatte, die erklärungsbedürftig sein könnte. Ich hatte sie nicht dazu auffordern müssen, und als sie sagte, sie wolle nur alle Unstimmigkeiten vermeiden, erwiderte ich nichts. Nach dem Essen fuhr sie mit ihrem Auto davon und kam erst spät in der Nacht wieder zurück. Ich war bei offenem Fenster noch wach und hörte den Motor, obwohl das Entspannungszimmer nach hinten hinausging. Sie stellte ihn ab, und dann wartete ich eine Weile vergeblich auf das Geräusch, mit dem die Tür ins Schloss fallen würde. Ein oder zwei Minuten blieb es vollkommen still, nicht einmal mehr das Rauschen des Windes in den Bäumen, das sich vorher nicht hatte legen wollen. Sie musste in ihrem Auto auf dem Parkplatz sitzen, wahrscheinlich hatte sie das Licht ausgemacht und saß im Dunkeln, und diese Vorstellung gab mir ein, ihr viel näher zu sein, als ich es war, sie vielleicht sogar atmen hören zu können, wenn ich angestrengt lauschte. Einen Augenblick überlegte ich hinunterzugehen, aber da hörte ich doch das satte Klacken der Wagentür und gleich darauf ihre hastigen Schritte über den Kies, ein kurzes Innehalten und wieder ihre Schritte auf den Eingang zu.

Am Tag darauf war das Personal wieder da. Ich hatte in der Nacht einen Bewerbungsbrief geschrieben, mit dem ich mich bei den Schulen rundum anbieten wollte. Darin warb ich damit, mein Englisch sei so gut wie das eines Muttersprachlers, ich könnte in den Unterricht kommen und den Schülern etwas über meine Zeit in Amerika erzählen. Ich glaubte nicht einen Augenblick daran, dass jemand darauf anspringen würde, schließlich hatte ich keine pädagogische Ausbildung und keinen Abschluss, und womöglich führte ich das ganze Theater nur für Johanna auf. Denn als ich ihr den Stick überreichte und sie bat, mir zehn Exemplare auszudrucken, war ich sicher, dass sie den Text lesen würde. Ich sagte zu ihr, dass ich sie in der Nacht zurückkommen gehört hätte, aber sie antwortete nicht, und als sie mir später die Kopien brachte, konnte ich mir nichts vormachen, sie sah mich mit einem mitleidigen Blick an, ja, vielleicht war es nicht nur Mitleid, sondern auch Verachtung.

Die Anwesenheit der Mitarbeiter genügte, sie an ihre Rolle zu erinnern, und sie brauchte gar nichts weiter zu tun, um zwischen uns die alte Distanz herzustellen. Ich aß im Restaurant, und sie ließ sich beim Essen nicht blicken. Die Kellnerin, die mir sonst immer die Karte gereicht hatte, damit ich meine Wahl treffen konnte, stellte mir jetzt einfach einen Teller Spaghetti und ein Glas Wasser hin und überging, dass ich Wein bestellt hatte. Wenn das Johannas Strafe war, wusste ich nicht, wofür, aber ich nahm sie gern an. Ich sah sie im Liegestuhl vor dem Haus in einem Buch lesen, und als ich mich näherte und sie fragte, ob ich sie störte, legte sie die Sonnenbrille nicht ab und beendete unser kaum angefangenes Gespräch, indem sie sagte, ihr sei kalt, sie hole sich nur eine Jacke und sei gleich wieder zurück, aber dann blieb sie mehr als eine Viertelstunde fort, und weil ich nicht länger wartete, erfuhr ich erst am Abend, sie habe einen Anruf bekommen und habe deshalb nicht weg gekonnt.

Viktor war bei seiner Rückkehr von einer Überdrehtheit wie ein Urlauber in einer Komödie, der seinen Auftritt nur hat, damit das Publikum nicht eine Sekunde auf die Idee kommt, das Leben könnte etwas Ernstes sein. Kofferraum und Rückbank hatte er mit Weinkartons vollgepackt, die er die Küchenhilfe in den Keller tragen ließ, und für Johanna hatte er einen Armreif mitgebracht, den sie sofort über ihr Handgelenk schieben musste. Mir drückte er einen Strohhut in die Hand, mit dem ich dastand wie der Statist, der ich war. Er fragte, ob wir uns gelangweilt hätten, und als Johanna nein sagte, erwartete er keine weitere Antwort und hätte auch nicht auf sie gehört, wenn er eine bekommen hätte. Zum

Schluss zauberte er noch zwei Flaschen Weißwein hervor, die er auf dem Vordersitz liegen gehabt hatte, irgendwelche Jahrgangsgeschenke seiner Jagdkameraden, die er gleich mit uns trinken wollte, obwohl sie von der Fahrt durchgeschüttelt waren und besser ein paar Tage Ruhe gehabt hätten. Er entschuldigte sich, er nehme nur schnell eine Dusche, währenddessen solle jemand sie einkühlen und hinter dem Haus einen Tisch und Stühle aufstellen, und dort empfing er uns dann und erzählte von seinen Ferientagen. Ich verstand seine Euphorie nicht, und ich verstand nicht, warum ich plötzlich unbedingt mit dabeisein musste, warum er nicht lieber mit Johanna allein war. Für mich führte er sich auf wie ein Verliebter, der nicht wusste, wohin mit seiner Verrücktheit, und ich schaute ihm zu, wie ich meinem kleinen Bruder noch nie zugeschaut hatte, und dachte ohne alle Gehässigkeit, dass er ein Chef sei und dass man als Chef seine Wiedersehensfreude wohl so inszeniere.

SECHSTES KAPITEL

Der volle Name der Frau war Aura Moreno. Sie stammte aus Puerto Rico, und ihre Eltern hatten sie nach der Titelfigur einer berühmten Erzählung eines mexikanischen Autors benannt. Kennengelernt hatte sie den Professor bei einem Symposium in der Wüste außerhalb von Los Angeles, einem dieser von der Industrie finanzierten Ablass- und Abbitte-Workshops mit der Vorgabe, dass Wissenschaftler und Künstler ein paar Tage lang eine gemeinsame Sprache für die drängendsten Probleme der Welt finden sollten, meistens reine Hypertrophie.

Der Professor war eingeladen worden, weil er einen populärwissenschaftlichen Aufsatz über die Berechenbarkeit scheinbar unberechenbarer Größen publiziert hatte. Er prahlte, er könne mit seinen Differentialgleichungen in jedem Augenblick die Position jedes einzelnen Moleküls in den Abgasen eines Triebwerks bestimmen. Damit nahm er nicht weniger in Anspruch, als für bestimmte, genau definierte Systeme die Zukunft voraussagen zu können. Aura sollte ihre *Überschreibungen* oder *Übermalungen* ausstellen und darüber sprechen. Sie hatte angefangen, Werke der Weltliteratur bis auf ein paar Sätze zu streichen und in ihnen einzelne Sentenzen freizulegen, und aus dieser Serie, die etwas prätentiös *Geschwärzt von Aura* hieß, hatte der Professor ihr sofort eine zweibändige Ausgabe des *Don Quijote* abgekauft.

Nichts deutete darauf hin, dass sie bei dem Symposium mehr als ein paar kurze Gespräche geführt hatten, weshalb auch ganz und gar hilflos war, wie sie später daraus eine notwendige Geschichte zu konstruieren versuchten. Sie überboten sich gegenseitig in immer neuen, immer belangloseren und genau deshalb immer wichtigeren Details, angefangen mit dem ersten Blickwechsel über all die zufälligen Begegnungen auf dem übersichtlichen Gelände bis hin zu der Schüchternheit, mit der er sie angesprochen hatte, oder ihrer Zurückgenommenheit beim Tanzen auf dem Abschiedsfest, wo sie fast ohne Bewegung im splitternden Licht gestanden war und kaum das Gewicht von einem Bein auf das andere verlagert hatte. Er schrieb, dass er seine Augen nicht von ihr habe abwenden können, und sie schrieb zurück, sie habe es auf ihrer Haut gespürt und ohne hinzusehen wahrgenommen, wie sehr die anderen Frauen ihn dafür gehasst hätten, worauf er erwiderte, es habe keine anderen Frauen gegeben, jedenfalls keine, die neben ihr hätten bestehen können.

Die Worte genügten, um einen Mechanismus in Gang zu setzen. Die beiden reagierten wie ein Spielzeugpaar, das sich immer schneller umeinander drehte, von einem versteckten Magneten angetrieben, und regelrecht ineinanderfiel, als Aura begann, den Professor spöttisch alter Mann zu nennen, und mit dieser Kindersprache anfing: »Das junge Mädchen fragt den alten Mann, ob er sich erinnert«, und er sofort darauf ansprang: »Natürlich erinnert sich der alte Mann.« Ich suchte, ob ich beim Lesen ihrer Korrespondenz einen Übergang übersehen hatte, aber die Sätze kamen aus dem Nichts: »Das junge Mädchen fragt …«, »Das junge Mädchen sagt …«, »Das junge Mädchen hat heute den ganzen Tag an den alten Mann gedacht«, »Das junge Mädchen ist glücklich, wenn es an den alten Mann denken kann«, und er ebenso stumpfsinnig wie brav: »Der alte Mann kann sich ein Leben ohne das junge Mädchen nicht mehr vorstellen.«

Sie trafen sich in Guadalajara. Eine Weile ging es allein um die Zeit und die Abstimmung der Flüge, und weil Aura ohnehin in Mexiko zu tun hatte, fiel die Wahl auf die Stadt. Der Professor bestand auf zwei Zimmern und nicht mehr als zwei Nächten, und danach war seine erste Euphorie offensichtlich verflogen. Denn als er wieder zu Hause war, dauerte es fast eine Woche, bis er sich bei ihr meldete, obwohl er es davor manchmal stündlich getan hatte, und sie hörte nicht auf, ihn zu löchern, ob sich etwas geändert habe. Er sagte nein, aber sein Ton war merklich abgekühlt, und sie biss sich daran fest, wollte wissen, was sie getan habe, was sie gesagt habe, dass er auf einmal so kalt zu ihr sei. Am Ende ging sie so weit, ihn zu fragen, ob es an ihrem Aussehen liege, an ihrem Körper, und sie schreckte auch nicht davor zurück, ihm zu schreiben, sie habe nun einmal die Brüste, die sie habe, sie könne sie nicht kleiner für ihn machen, sie könne sie nicht für ihn wegzaubern, sie sei eine Frau und kein Mädchen, so gern sie eines für ihn wäre. Da hatte sie schon alle Zurückhaltung verloren, und ihr Ausbruch gipfelte in dem Vorwurf, dass er sie in der Nacht, als sie zu ihm gekommen sei, Sarah genannt habe, »Sarah, meine Kleine, Sarah, mein Kind«.

Wenn es nicht schwarz auf weiß dagestanden wäre, hätte ich es nicht geglaubt. Natürlich konnte eine andere Sarah gemeint gewesen sein, und vielleicht hatte er auch gar nicht Sarah gesagt, und sie hatte sich nur verhört, aber dagegen stand seine Besessenheit, mit der er davor immer wieder auf mich und meine angebliche Liebste zu sprechen gekommen war. Wie um alles noch mehr auf die Spitze zu treiben, schickte Aura ihm ein Foto von sich als Kind, und daraufhin trafen sie sich ein Jahr lang nicht mehr, machten zwar Pläne, aber er vereitelte sie immer in letzter Sekunde, fand einen Vorwand, eine Ausrede, bis sie sich nicht mehr hinhalten ließ und eines Tages in Seattle vor seiner Tür stand.

Ich hätte mir lieber kein Bild von ihr gemacht, aber in meinem Zimmer auf dem Bett liegend, sah ich sie vor dem Haus des Professors stehen, eine kleine Frau mit üppigen Formen, selbstbewusst und sicher kein Mädchen. Der Eklat konnte nicht ausbleiben, er öffnete auf ihr Klingeln die Tür und zog sie im ersten Schreck halb wieder zu, wenn stimmte, was sie danach schrieb. Dann erkundigte er sich, was sie wolle, wie sie hergekommen sei, wie sie seine Adresse herausgefunden habe, und sie, einen Rollkoffer an der Hand, fragte ihn nur, ob er sie nicht hineinbitten möchte. Sie setzten sich ins Wohnzimmer, und nach zwei Stunden behauptete er, er müsse weg, er habe einen Termin, bot ihr nicht einmal sein Gästezimmer an und forderte sie auf zu gehen, sie könne nicht allein in seinem Haus bleiben, sie müsse sich eine Unterkunft suchen.

Sie blieb vier Tage in Seattle, und er besuchte sie nur einmal im Hotel, wo etwas zwischen ihnen fundamental schiefgegangen sein musste. Denn sie schrieb ihm danach noch eine einzige E-Mail, in der sie ihn fragte, wieso er glaube, so mit ihr umspringen zu können. Er antwortete nicht, und es verstrichen drei Wochen. Dann musste er Post von einem Anwalt bekommen haben, weil er jetzt eine Nachricht nach der anderen abfeuerte, warum sie ihm das antue, ob sie es nicht unter sich regeln könnten, er habe einen Fehler begangen, aber sie müsse deswegen doch nicht sein Leben zerstören. Zwischendurch beschwor er sie wieder und wieder, ob sie sich nicht daran erinnere, was sie zu ihm in Guadalajara gesagt habe, und hielt ihr danach vor, sie habe gesagt, er könne alles mit ihr machen, was auch immer ihm einfalle, es könne ihnen nichts passieren. Dabei wiederholte er sich gnadenlos, um sich am Ende in seiner ewigen Litanei des Bittens und Bettelns zu verlieren: »Aura, ich flehe Dich an, Aura, wenn Du nur irgendwann einmal etwas für mich empfunden hast, schreib mir, Aura, ich sterbe.«

Ich hätte die Papiere wohl am besten dem Sheriff übergeben, schließlich waren sie dazu angetan, Licht ins Dunkel dieser Geschichte zu bringen, aber als ich im Café die Zeitungsnotiz von den Vorwürfen gegen den Professor gelesen hatte und in mein Zimmer zurückging, verstaute ich sie als erstes im unteren meiner beiden Pappkoffer. Auf einmal sah ich auch die Stellen, an denen er Sarah und mich erwähnt hatte, aus einem anderen Blickwinkel. Ich versuchte mich zu erinnern, was genau ich ihm eigentlich über sie erzählt hatte, und konnte nicht sagen, ob der Kuss dabeigewesen war, aber das spielte auch keine Rolle. Denn es war nur doppelt paradox, dass Sarah und ich mit unserer einmaligen Begegnung vor so vielen Jahren für sein Lavieren herhalten mussten.

Als ich auf die Straße trat, kam mir der Hilfssheriff entgegen, der mich in der vorvorigen Nacht angehalten und dann nach Hause gebracht hatte. Er hatte einen Pappbecher mit Kaffee in der Hand, an dessen Schnabel er herumpustete, bevor er in kleinen Schlucken daraus trank. Es war ein klarer, eiskalter Februartag, mit Temperaturen weit unter null, aber er trug seinen Dienstparka offen, wahrscheinlich eine seiner kleinen Revolten gegen die Vorschriften. Er begrüßte mich mit erhobenem

Zeige- und Mittelfinger, fragte mich lachend, ob ich ausgenüchtert sei, und machte sich über mich lustig, er hätte geschworen, dass ich wenigstens eindreiviertel Promille gehabt habe, und das bei der allervorsichtigsten Schätzung, es könnten genausogut auch zwei gewesen sein.

»Was für eine Geschichte«, sagte er dann mit unvermitteltem Ernst. »Hättest du das dem Professor zugetraut?«

Er hatte also auch schon die Zeitung gelesen, und als ehemaliger Skilehrer kannte er auch die Anekdoten über ihn, aber die wirklichen Neuigkeiten kamen aus dem Sheriffbüro.

»Seine Frau ist auf dem Weg hierher. Sie will sich um die Überführung der Leiche kümmern. Der Sheriff wäre froh, wenn du zur Verfügung stehen würdest, falls sie Fragen an dich hat.«

»Der Professor war verheiratet?«

Ich bemühte mich, möglichst ruhig zu bleiben, aber natürlich konnte der Hilfssheriff nicht überhören, wie alarmiert ich plötzlich war, und setzte nach.

»Warum sollte er nicht verheiratet gewesen sein?«

»Er hat seine Frau kein einziges Mal erwähnt«, sagte ich, während er mich belustigt ansah. »Weißt du, wie viele Tage wir zusammen verbracht und worüber wir alles gesprochen haben?«

Ich sagte nichts von meinem Housesitting in Seattle im vergangenen Jahr, wo mir ja schließlich auch etwas hätte auffallen müssen und nichts aufgefallen war, höchstens die Einsamkeit, die sich in den Räumen festgesetzt zu haben schien. Es roch anders bei Alleinstehenden, es gab eine andere, peniblere Ordnung, oder aber sie ließen sich gehen, und es gab gar keine. Ich konnte nicht erklären, warum ich geschworen hätte, dass der Professor sich sein hohes, mit einer blumengemusterten Tagesdecke überzogenes, ja, viktorianisch anmutendes Großmutter- und Zipfelmützenbett nie mit jemandem geteilt habe, aber auf mich hatte es nun einmal so gewirkt.

»Warum sollte er etwas so Wichtiges vor mir verbergen?«

Der Hilfssheriff nickte, selbst einer von denen, neben denen man sich nur schwer einen anderen Menschen vorstellen konnte. Er war noch nicht dreißig und hatte eines dieser weit offenen Gesichter, scheinbar mit zu wenigen, dafür allzu starken Strichen gezeichnet, als wäre es nur ein Prototyp für eine noch nicht ausgereifte Serie. Je nachdem konnte man ihn mit seinen jedesmal wieder unerwartet hellen Augen für ganz und gar ohne Arg halten oder für sträflich naiv, und dementsprechend schien er sich auch geben zu wollen.

»Hast du gedacht, der Professor ist …?«

Es war wieder das gleiche Stocken, das gleiche Abbrechen mitten im Satz, das auch den Sheriff daran gehindert hatte, das Wort auszusprechen.

»Du weißt, was ich meine.«

»Warum druckst du dann so herum?« sagte ich. »Ich habe gar nichts gedacht. Und selbst wenn …! Mit einer Frau habe ich bei ihm ganz einfach nicht gerechnet.«

Die Skischule hatte angeboten, mir ein paar Tage freizugeben, doch ich war froh, dass ich noch am selben Vormittag zwei Gäste für eine geführte Schneeschuh-wanderung übernehmen durfte. Ich hatte meine Route, fuhr mit ihnen aus dem Städtchen hinaus bis zu einer Stelle, wo man das Auto stehenlassen und querfeldein gehen konnte, danach hangaufwärts in die Berge. Man war in einer halben oder Dreiviertelstunde in der Wild-nis, kein Mensch weitum, so schien es wenigstens, nicht einmal ein Anzeichen, keine Straßen, nur der Pfad, den man sich spurte, und bereits nach den ersten Kilome-tern die Gewissheit, es könnte ewig so weitergehen. Ich war in den vergangenen Jahren oft mit der Kamera hier gewesen, in der Hoffnung, irgendwann die Bilder auf-zunehmen, die meine Empfindung illustrierten, eine paradoxe Sehnsucht, dass sich ausgerechnet in der Leere etwas zeigen würde, das in der Welt fehlte, und dann waren es doch jedesmal nur Kalender- und Postkarten-motive geworden, schiere Existenzbeweise, so plakativ sie manchmal auch sein mochten, es gab das, was ich vor die Linse bekam, ja, und es würde es irgendwann ein-mal, wenn es verschwunden wäre, gegeben haben. Das Unsichtbare war auch auf den Negativen und Abzügen unsichtbar, was nicht auf Gott, sondern nur, wie so vie-les andere auch, auf seine Abwesenheit schließen ließ.

Einmal war ich stundenlang der Spur eines Bären gefolgt, und am Ende hatte ich ihn von einer Anhöhe tief unter mir im Tal dahintrotten sehen und keine Fotos von ihm gemacht, nur zugeschaut, wie er sich aus meinem Blickfeld entfernte und in einem Loch in Raum und Zeit verschwand.

Die beiden Männer, brav mit leuchtend orangen Anoraks, wie es zumindest in der Jagdsaison empfohlen war, damit man nicht versehentlich für Wild gehalten und erschossen wurde, sprachen auch über den Selbstmord des Professors. Ich ließ sie eine Weile reden und vertraute ihnen schließlich doch an, dass er jahrelang mein Schüler gewesen sei. Sie hatten gesagt, sie glaubten nicht, was in der Zeitung stehe, sie hätten in ihrem Hotel gehört, er habe sich wegen eines jungen Mannes das Leben genommen, und es war ihnen jetzt peinlich.

»Entschuldigen Sie«, sagten sie ein ums andere Mal und fielen sich gegenseitig ins Wort. »Das ist nur, was geredet wird, und geredet wird viel.«

Sie waren beide in ihren Sechzigern, weißbärtig, groß und zentnerschwer und hätten Zwillinge sein können, wären nicht die Augen gewesen, die bei einem genaueren Blick jede Ähnlichkeit auslöschten. Ihren zweiwöchigen Aufenthalt hier hatten sie streng durchgeplant, sie würden nach diesem Tag mit mir auf Schneemobilen ein Stück in den längst gesperrten Nationalpark vordringen, sie würden natürlich Elche beobachten, sie würden in frei aufgestellten Wannen im Wald ein nächtliches Heißwasserbad nehmen, und als Höhepunkt des Ganzen würden sie auch an einer Exkursion ins Reservat teilnehmen, von dem sie sprachen, als wäre es ein Wildpark, in dem gar keine Menschen lebten. Es gab diesen Typus Mann, vor allem wenn er von außerhalb kam, in der Gegend dutzend-, ja, hundertfach, nicht nur wenn man nach Idaho hinüberfuhr und nicht nur in Ketchum, wo sie sogar Lookalike-Wettbewerbe hatten, die grimmige Käuze von weit her anzogen, verschrobene Kerle mit oder ohne Schriftstellerambitionen, aber jedenfalls mit eigenen Vorstellungen von Meer und Gebirge, Träumen von Elefanten- oder Löwenjagden und den Riesenfischen, die sie noch fangen wollten, bevor es zu spät war und sie sich vielleicht als allerletzte Mimikry eine Kugel in den Kopf schossen. Man alterte einfach in einen verschlurften Körper hinein, der einem passte wie ein zu weites Hemd und eine ausgebeulte Hose und immer schon in einem gesteckt war, ahnungsweise selbst in dem schmächtigen Knochengerippe der Kindheit. Damit hatte man sich, was sein Aussehen betraf, aller Sorgen entledigt und konnte Männerfreundschaften pflegen, mit einer Familie irgendwo in der Etappe, konnte ganze Tage zu zweit in der Prärie verbringen, ohne dass man gefragt wurde, was man dort eigentlich tue.

Wir hatten auf einer Lichtung gehalten, hatten uns die Schneeschuhe ausgezogen und sie als Sitzgelegenheit zwischen zwei Baumstämmen so hingelegt, dass wir nicht auf dem bloßen Schnee sitzen mussten, und ich belobigte sie, als wären wir in Feindesland unterwegs und sie hätten sich wacker geschlagen. Dann ließ ich den Flachmann herumgehen, den ich immer dabeihatte, weil ich wusste, nach zwei oder drei Stunden nicht einmal sehr strengen Marsches neigten fast alle, die mit mir im Gelände unterwegs waren, zur Verbrüderung und, wenn es sein musste, sogar Unterwerfung. Es brauchte so wenig, ein bisschen körperliche Betätigung in der freien Natur, die ich ihnen verschaffte, ein bisschen Sachverstand, ein bisschen Wissen um die elementaren Dinge, ein paar Beobachtungen zum Schnee und zum Wetter, manchmal eine gewisse Härte im Auftreten, und selbst Leute, die in Vorständen von großen Unternehmen saßen oder Hunderte von Angestellten herumkommandierten, waren augenblicklich geneigt, mich als Führer des Rudels anzuerkennen. Ich zog meine Handschuhe aus und machte einen demonstrativen High five mit ihnen, was sie wie eine Auszeichnung aufnahmen, und bei den beiden war es nicht anders, nur dass sie sich noch im nachhinein verschluckten, als ich ihnen versicherte, der Professor sei mir in all den Jahren kein einziges Mal zu nahe getreten, im Gegenteil, er habe eine Distanz gewahrt, die es so heute eigentlich gar nicht mehr gebe.

»Er war ein Gentleman«, sagte ich und hörte im selben Augenblick, wie hohl das klang, machte es aber auch nicht besser, als ich zu erklären versuchte, was ich damit meinte. »Seine Vorstellungen, was ein Mann tut und was er besser unterlässt, sind schon vor einem halben Jahrhundert veraltet gewesen.«

Dann packte ich die Jause aus, und sie saßen mit gesenkten Köpfen da, nahmen schweigend die Käse- und Wurststücke, die ich ihnen mit dem Taschenmesser hinhielt, und kauten verstockt daran herum. Sie hatten beide kleine Firmen irgendwo im Mittleren Westen und Frauen, die im Hotel auf sie warteten, wahrscheinlich froh waren, dass Männer dieses Schlages offenbar Zeit für ihre Buddy-Geschichten brauchten, und sie sicher hochleben ließen, wenn die Guten bei ihrer Rückkehr am Abend von ihren Großtaten erzählten. In ihr ganzes Gebaren war etwas Ängstliches getreten, als wären sie mir ausgeliefert, als könnte ich sie für ihr dummes Gerede, der Professor habe sich wegen eines jungen Mannes das Leben genommen, in der Wildnis zurücklassen, als müssten sie sich nicht einfach an unserer Spur orientieren und wären in zwei oder drei Stunden bei unserem Ausgangspunkt an der Straße.

Einmal hatte ich mit dem Professor nach einer langen Nachtwanderung beim Hellwerden an derselben Stelle gerastet. Ich hatte ihm vorgeschlagen, zur Abwechslung etwas anderes zu tun, als nur die Hänge hinauf- und herunterzufahren, wir könnten uns Schneeschuhe ausleihen, am Abend losgehen und vierundzwanzig Stunden draußen bleiben. Es hatte an dem Tag geschneit, zehn oder fünfzehn Zentimeter Neuschnee, und wir hatten das Auto stehenlassen und waren in der frühen Dämmerung aufgebrochen, waren zuerst die Straße entlang und dann durch das Elchrefugium, was natürlich verboten war, über die verschneite Hochebene auf die Berge zumarschiert und hatten die gerade angegangenen Lichter schnell hinter uns gelassen. Bis zum Morgen hatte ich ihn in meinem Rücken gehabt, seinen Atem, das Geräusch seiner Schritte, manchmal ein paar Worte, mit denen er sich vergewisserte, dass ich noch da war und er nicht im Gefolge eines Gespenstes einherschritt. Ich hatte nicht gedacht, dass seine Kondition so gut wäre, aber auch wenn er bergauf mitunter arg keuchte, zwang er sich durchzuhalten, und was einen romantischen Anfang genommen hatte, bekam zwischendurch einen fast militärischen Aspekt. Zuletzt stand er mir auf der Lichtung gegenüber, schwärmte von der Kälte und der Dunkelheit und sagte mit leuchtenden Augen, er habe immer schon gewusst, dass in mir ein Russe stecke, was er auf meine Frage, wie er das meine, damit erklärte, dass ich im Umgang mit ihm genau das richtige Maß an Grausamkeit entwickeln würde.

Näher war ich ihm wahrscheinlich nie gewesen, und die Erinnerung daran brachte mich dazu, zu den Bärtigen zu sagen, was ich schon zum Sheriff gesagt hatte, nämlich dass ich glaubte, dass der Professor mich gemocht habe, und ich ging sogar so weit hinzuzufügen, dass er wohl etwas von sich selbst in mir gesehen habe.

Auf unserem Rückweg zum Auto trotteten sie wie zwei Delinquenten hinter mir her, die ich unverdient in die Zivilisation zurückführte, und ich unterhielt sie mit irgendwelchen lokalen Geschichten, die ihnen wie eine Ablenkung von ihrem Fauxpas vorkommen mussten. Sie hatten mich beim Aufbruch gefragt, ob wir nicht besser ein Gewehr mitnehmen würden, falls wir auf einen Puma oder einen Bären stießen, und ich hatte erwidert, wir sollten lieber die Finger davon lassen, ein Gewehr sei viel gefährlicher für uns, als es ein Bär jemals sein könne. Ich sagte ihnen nicht, dass ich unter meinem Anorak immer ein Messer bei mir trug, wenn ich ins Gebirge ging, nicht das Taschenmesser, mit dem ich sie gefüttert hatte, sondern mein Bowie-Messer, das ich mir gleich in meinem ersten Jahr in Jackson gekauft hatte. Es lag schwer in der Hand, und ich war längst sicher im Werfen und traf bei acht oder neun von zehn Versuchen einen Baum auf zehn Meter so, dass es mit flatterndem Heft im Stamm steckenblieb.

Ich ließ mich von ihnen in die Bar ihres Hotels einladen. Dort stellten sie mich ihren Frauen als den Skilehrer des Professors vor, und diese schienen sich nicht entscheiden zu können, was sie davon halten sollten. Sie wechselten verstohlene Blicke mit ihren Männern, als könnten sie nicht glauben, dass ich sie heil zurückgebracht hatte, und wollten dann doch wissen, ob ich in den Tagen vor dem Unglück etwas geahnt hätte. Die penetrante Western-Verkleidung, die sie trugen, Fransenjacken zu ihren blondierten Pferdemähnen, Halstücher und Cowboystiefel zu ihren Jeans, war bei Touristinnen nicht nur in dieser Saison angesagt. Auch saßen sie wie Kerle auf den Barhockern, die Beine demonstrativ weit auseinander, und waren bereit, jede Räuberpistole zu glauben, bis sie schließlich mit ihren glitterbesetzten Handtäschchen aufstanden und verkündeten, es sei zwar alles interessant, was ich da erzählte, aber ich müsse sie entschuldigen, sie hätten eine Urlaubsvereinbarung einzuhalten, »Männer ohne Frauen«, so gut und so lange es gehe, was im Umkehrschluss nichts anderes bedeute als »Frauen ohne Männer«.

Ich brauchte keine zwanzig Minuten, um zu meinem Bier zwei doppelte Whiskey in mich hineinzukippen und mich davonzumachen. Für mein Zimmer war es noch zu früh, also entschied ich mich, zu Kathy hinauszufahren, doch kaum war ich in mein Auto gestiegen und wollte den Motor starten, klopfte der Hilfssheriff an das Seitenfenster und hielt wortlos seine ausgestreckte Hand hin, als ich es herunterließ. Ich hatte nicht gemerkt, dass er sich von hinten genähert hatte, aber er schien in diesen Tagen allgegenwärtig zu sein, und jetzt wartete er, dass ich ihm den Schlüssel aushändigte, machte nur eine Bewegung mit zwei Fingern, dass ich zur Seite rücken solle, und nahm auf dem Fahrersitz Platz. Er hatte offensichtlich Feierabend, trug keine Uniform und fragte mich nicht, wohin ich wolle, während er den Wagen aus der Parklücke lenkte, sagte nur, er komme mit auf einen Drink, es sei aber das letzte Mal, dass er wegschauen könne, wenn er mich noch einmal erwische, bleibe ihm nichts anderes übrig, als mir das Vergnügen einer Nacht in der Ausnüchterungszelle zu verschaffen. Fast so langsam, als würde er mit seinem Dienstwagen herumkreuzen, fuhr er aus dem Städtchen hinaus, um dann erst richtig zu beschleunigen, und als ich ihn fragte, ob er keine Freundin habe, warum nicht und ob er nicht gern eine hätte, riss er grob an dem Ganghebel herum und schaltete einen Gang herunter, als müsste er für jedes wortkarge »Keine Ahnung« extra nachdenken, und sofort wieder hinauf. Die gleichen Fragen hatte der Professor mir gestellt, und ich sagte mir jetzt, dass ich genauso abweisend hätte reagieren sollen, statt ihm brav meine Geschichtchen über Sarah zu liefern, Futter für seine abwegigen Phantasien.

Der Parkplatz vor Kathys Blockhütte war voll, und während wir noch ein paar Augenblicke im Auto sitzen blieben, musste ich daran denken, wie erwartungsfroh der Professor gewesen war, als ich ihn vor so wenigen Tagen erst vom Flughafen abgeholt und hierhergebracht hatte. Bei der Ankunft hatte er nach meinem Ellbogen gefasst, als wollte er etwas sagen, und war dann leer nickend in anhaltendes Schweigen verfallen. Plötzlich hatte ich keine Lust mehr, unter Leute zu gehen, aber als ich zum Hilfssheriff sagte, er solle ohne mich etwas trinken, ich würde so lange hier warten, stieg er aus, ging um das Auto herum, öffnete die Tür auf meiner Seite und blieb mit in die Hüften gestützten Armen neben der offenen Tür stehen.

»Ich soll dich bei minus zwanzig Grad allein im Auto sitzen lassen? Wie stellst du dir das vor, Franz? Willst du erfrieren?«

»Du kannst mir ja den Schlüssel geben.«

»Was willst du mit dem Schlüssel?« sagte er. »Willst du in deinem Zustand in die Stadt zurückfahren?«

»Ich will nur den Motor starten und die Heizung anmachen.«

»Vielleicht solltest du auch das lieber bleibenlassen. Wenn du darauf beharrst, gebe ich ihn dir, aber dann sorge ich dafür, dass der Sheriff in einer Viertelstunde hier auftaucht und dich wegen Trunkenheit am Steuer festnimmt. Komm schon, reiß dich zusammen. Es ist nicht deine Schuld, dass der Professor nicht mehr am Leben ist.«

Es war nicht meine Schuld, aber das Unglück war vor so kurzer Zeit geschehen, dass alle Augenblicke davor leuchteten, als wären sie nicht erloschen, als wären sie nicht Vergangenheit, sondern eine immer noch beeinflussbare Gegenwart, in der man dem Lauf der Dinge eine ganz andere Wendung geben könnte. Ein kleiner Dreh nur, und ich könnte ihn noch einmal vom Flughafen abholen und auf ein erstes Glas zu Kathy bringen, aber diesmal das Gespräch über Sarah, das wir dort geführt hatten, einfach verweigern. Ich könnte ihn, an der Theke sitzend, fragen, warum er so an dieser Geschichte hänge, während es draußen wieder schneite und wir zuschauten, wie vor den Fenstern der Blockhütte die Schneedecke Zentimeter um Zentimeter wuchs. Dann könnte ich wieder mit ihm hinter dem Pflug her zu seinem Hotel fahren und diesmal nicht schweigen, sondern ihn drängen und nicht lockerlassen, bis er zu erzählen anfinge und mir sagte, was mit ihm los war.

Aus der Blockhütte war Musik zu hören. Kathy ließ die immer gleichen Hits laufen, und an den Wochenenden engagierte sie manchmal einen Sänger, der mit Gitarre und Mundharmonika und eigenen Country-Songs auftrat. Erhebende Veranstaltungen waren das nicht, aber der Professor hatte die Abende immer gemocht und sich einmal fast dazu bewegen lassen, selbst die Bühne zu betreten und mitzumachen. Dann war er aber im letzten Augenblick davor zurückgeschreckt und hatte, erst nachdem alle anderen gegangen waren, mit einer weichen Stimme und kaum hörbar für Kathy und mich gesungen. Es war ein tschechisches Lied gewesen, und er hatte sich nach den ersten paar Zeilen unterbrochen und gesagt, er habe es in der Volksschule für die Musiknote zum besten geben müssen und aus Angst vor dem Auftritt nächtelang nicht geschlafen.

Der Hilfssheriff hatte angefangen, von einem Fuß auf den anderen zu treten, weil ihm so kalt war. In der Ferne war ein sich näherndes Auto zu hören, und ich schaute eine Weile zu, wie sein Lichtkegel vor ihm herzitterte. An der Abzweigung, wo der Zufahrtsweg zur

Blockhütte begann, hielt es. Ein Mann und eine Frau stiegen aus und waren im selben Augenblick in einen wüsten Schlagabtausch begriffen. Die Stimmen drangen bis zu uns, und ich sah, wie der Hilfssheriff angespannt lauschte und sich überlegte, ob er einschreiten solle, aber gerade da beruhigten sich die beiden, stiegen wieder ein, wendeten und fuhren in die Richtung, aus der sie gekommen waren, davon.

»Möchtest du jetzt in dem Auto sitzen?«

Ich schüttelte den Kopf, und er lachte.

»Wenn du es schon so genau wissen willst, ich habe einmal eine Freundin gehabt«, sagte er, während er immer noch dem sich entfernenden Wagen nachschaute. »Ich habe ein halbes Jahr jede Nacht so verbracht. Wir sind vor ihrem oder vor meinem Wohnhaus im Auto gesessen und haben gestritten. Ich habe um drei Uhr am Morgen über Dinge geredet, die kannst du dir nicht vorstellen. Sie hätte mir nicht unwidersprochen durchgehen lassen, dass die Erde eine Kugel ist, und ich ihr natürlich genausowenig, lieber wäre ich um die halbe Welt gefahren, um ihr den Rand zu zeigen.«

Er rückte an seinem Gürtel herum, als würde er seinen Dienstrevolver tragen und wäre nicht in Zivil oder als würde ihm im Gegenteil gerade bewusst, dass er ohne Waffe aus dem Haus gegangen war und dass das womöglich ein Fehler gewesen sein könnte.

»Ich gehe jetzt hinein. Ich brauche ein Bier. Wenn du sitzen bleiben willst, bleib sitzen. Immerhin bist du allein und musst nicht reden. Aber beschwer dich nicht bei mir, wenn du erfrierst.«

Damit knöpfte er die Brusttasche seines Hemdes auf, schwenkte den Schlüssel vor meinen Augen hin und her, versenkte ihn und knöpfte die Tasche mit einem Grinsen wieder zu.

»Ich glaube, wir verstehen uns.«

»Also gut«, sagte ich. »Auf ein Bier.«

Ich hatte mich noch nicht aus dem Sitz erhoben, als er schon auf dem Weg zum Eingang war und mich mit ausladenden Handbewegungen aufforderte, schneller zu machen.

»Davon rede ich doch schon seit einer halben Ewigkeit«, sagte er. »Wir trinken ein Bier und überlegen uns währenddessen, noch eins zu trinken. Eins und eins sind zwei. Dafür brauchst du kein verdammter Raketenforscher zu sein.«

SIEBTES KAPITEL

Es war überfällig, dass ich unsere Mutter besuchte. Ich hatte in den ersten Tagen nach meiner Rückkehr meine Krücken als Vorwand genommen und dann nicht mehr daran gedacht, aber noch länger konnte ich es nicht aufschieben. Sie war nach dem Tod unseres Vaters in das Dorf zurückgegangen, aus dem sie fünfunddreißig Jahre davor mit ihren beiden Koffern aus Pappkarton, die jetzt in meinem Besitz waren, als Dienstmädchen in das Hotel unseres Großvaters gekommen war. Das war auch in kürzester Form die Geschichte unserer Eltern, Aschenputtel heiratet Märchenprinzen, nur dass sie kein Aschenputtel war und er kein Märchenprinz, sondern ein Bauernschädel, der Sohn des Hauses, der sich im Umgang mit den Gästen halbwegs zivilisiert hatte, Anzüge trug, sich einbildete, etwas Besseres zu sein, und ihr all die Jahre vorhielt, dass er weit unter seinem Wert geheiratet habe, ja, von ihr dazu gezwungen worden sei. Der Grund war ihre Schwangerschaft, der Grund war ich gewesen, und sooft ich mich fragte, wo der Anfang von allem lag, warum unsere Mutter begonnen hatte, hinter den Dosen im Keller ihre Flaschen zu plazieren, und warum unser Vater nach getaner Arbeit Abend für

Abend über sie zu Gericht saß, ohne sich im geringsten darum zu kümmern, ob Viktor und ich seine Verdammungsreden im Nebenzimmer hören konnten, endete ich immer dabei. *Ich* hatte unsere Eltern aneinandergefesselt, ich mit meiner Existenz, und wenn es mich nicht gegeben hätte, hätten sie sich vielleicht nicht so sehr ineinander verkrallt und womöglich sogar eine Chance gehabt, noch einmal auseinanderzugehen, die Finger voneinander zu lassen und ihr Glück oder wenigstens ein erträgliches Dasein anderswo zu suchen.

Ich hatte ein Bild von ihnen als Hochzeitspaar, bestürzend jung, bestürzend schön, das wie kaum ein zweites Hochzeitsbild, und ich musste das wissen, das bisschen Wahrheit und die ganze Lüge dieses schönsten Augenblicks des Lebens zeigte. Unser Vater glich darauf mit seiner Haartolle dem jungen amerikanischen Präsidenten, dessen Ermordung zu der Zeit schon viele Jahre zurücklag, wie ein leiblicher Bruder, unsere Mutter, deren ganze Bildung aus acht Jahren Volksschule bestand, sah aus wie eine französische Schauspielerin, die ihre Abende mit den Schriftstellern und Intellektuellen in Montparnasse hätte verbringen können. Auf einem Porträtfoto von sich, das ich nach dem Tod unseres Vaters an mich genommen hatte, hatte sie auf der Rückseite eine verlegene Liebeserklärung hinbuchstabiert und mit dem Namen unterschrieben, für den ich mich meine ganze Kindheit geschämt hatte. Sie hieß Maria, war aber immer nur mit ihrem Dienstmädchennamen Midl gerufen worden, und es blieb ein nicht wiedergutzumachendes Vergehen in meinem Leben, dass ich mich als Kind, ohne wirklich zu verstehen, was ich da tat, auf die Seite unseres Vaters geschlagen hatte, auf die Seite des Stärkeren, des Brutaleren, auf die Seite dessen, der »wir« sagte, meinen Bruder und mich mit meinte und sie ausschloss, sie »eine vom Land« nannte im Gegensatz zu uns Berglern und ihr jeden Tag an den Kopf warf, dass sie nicht genüge und ihn aller Möglichkeiten beraubt habe, mehr aus seinem Leben zu machen, die er ohne sie gehabt hätte. Zu ihr gehörten wir nur, wenn er androhte, sich von uns loszusagen, eine Wendung, die ich als Kind nicht ganz, aber immerhin soweit verstand, dass sie etwas Fundamentales, etwas beinahe Biblisches meinte, das unsere Existenz in Frage stellte, als wären wir nichts und niemand auf der Welt, wenn er uns seinen Namen entzöge.

Auf dem dritten Foto, das ich von den beiden besaß, lehnten sie vor dem Militär-Jeep, den unser Großvater nach dem Krieg den Amerikanern abgekauft hatte und der nach wie vor in der Familie war. Er stand auf einer Passhöhe geparkt, im Hintergrund eine wild in den Himmel gezackte Bergkulisse wie in einem Heimatfilm, unser Vater lachte sein Sieger-und-Gewinner-Lachen, und der Wind fuhr unserer Mutter ins Haar. Sie hatten mir immer gesagt, die Aufnahme sei etwa neun Monate vor meiner Geburt gemacht worden, aber wenn ich wissen wollte, ob eher mehr oder eher weniger, wenn ich sie freiheraus fragte, ob ich schon dabeigewesen sei, hatten sie keine Antwort gehabt. Trotzdem war es dieses Bild geblieben, an dem ich mich festhielt, wenn ich über unsere Eltern nachdachte, weil es mir zu beweisen schien, dass sie doch ihre Zeit gehabt hatten, ein paar Wochen, ein paar Monate, vielleicht sogar ein ganzes Jahr.

Ich hatte mit Viktor verabredet, dass wir gemeinsam hinfuhren. Die Vorstellung, mit unserer Mutter allein zu sein, schreckte mich, wie sie mich immer geschreckt hatte, genauso wie mit unserem Vater. Ohne schützende Gesellschaft mit einem von ihnen beiden zusammenzusein, hätte unter Umständen bedeutet, mit ihnen reden zu müssen, wirklich reden, aber ich wollte nicht reden, ich wollte ihnen nie das Gefühl geben, dass womöglich etwas nicht gut oder auch nur nicht gut genug sei, sie sollten lieber denken, ich merkte nichts, oder, noch besser vielleicht, sich überhaupt keine Gedanken über mich machen. Viktor verspätete sich um mehr als eine halbe Stunde, und statt bei seinem Auto zu warten, nutzte ich die Zeit, betrat den Schwesternfriedhof und ging dort zwischen den Gräbern mit den Holzkreuzen auf und ab.

Es waren noch keine zwei Minuten vergangen, als sich hinter mir eine Stimme bemerkbar machte. Ich verstand sie nicht, vielleicht war es auch nur ein Räuspern gewesen, aber als ich mich umdrehte, stand nur wenige Schritte entfernt eine Schwester mit der Statur eines

Mannes oder vielmehr einer bestimmten Art von Mann, eines Rausschmeißers oder Türstehers, anscheinend zu engem Habit und einem dieser typischen leicht geröteten Kernseifengesichter, die viele von ihnen unter ihren Hauben hatten. Sie hatte zwei Finger ihrer Hand in die Kette geschoben, an der ihr Markenzeichen hing, das silberne Kreuz, eingefasst von einem silbernen Herzen. Entweder war sie gerade zufällig aus der Kapelle gekommen, oder sie musste aus dem Mutterhaus gesehen haben, wie ich auf den Friedhof ging, und aus irgendeinem Grund hinter mir hergelaufen sein. Ich kannte sie nicht von früher, aber das wollte nichts bedeuten, weil sie alle schnell ihre Identität verloren, was sie vielleicht sogar betrieben, und die einzige Unterscheidung am Ende blieb, ob eine jung oder alt war. Sie war weder das eine noch das andere und stellte sich als Schwester Antonia vor.

»Sie müssen der Franz sein.«

Ich hatte den Namen mit dem Artikel zuletzt in meiner Kindheit aufgedrückt bekommen und hätte mich nicht gewundert, wenn sie auch noch das »l« angehängt hätte, das mich von unserem Vater unterscheiden sollte, er der Franz, ich der Franzl, den Nachnamen, wenn er überhaupt gebraucht wurde, immer vorangestellt, was damit einherging, dass man gefragt werden konnte, wem man gehöre. Sie richtete den Blick auf meine Krücken und erkundigte sich, was passiert sei. Ich tat es mit einer Handbewegung ab und sagte, die Verletzung stamme von einem Skiunfall, worauf sie erwiderte, sie sei als Kind auch viel skigefahren.

»Wenn ich Zeit habe, gehe ich jetzt immer noch ein paarmal im Jahr auf die Piste. Eine Weile war ich im Slalom in meinem Jahrgang unter den fünf Besten im Land. Das kann ich den Leuten nicht erzählen, wenn ich nicht will, dass sie sich zu fragen beginnen, ob es in der Bibel überhaupt Schnee gibt.«

Damit strich sie sich lachend mit beiden Händen über das Habit und sah mich an, als erwartete sie eine Frage, und weil ich nicht antwortete, versuchte sie ihre Neugier anders zu befriedigen und sagte, sie habe gehört, mein Bruder wolle wieder eine Hochzeit ausrichten. Es klang, als würde das ihr Missfallen erregen, aber sie ließ sich nichts weiter anmerken, nahm die Kette mit dem Kreuz wieder zwischen ihre Finger und gab sich möglichst unbedarft, was allerdings nicht viel bedeuten wollte. Sie war erst im Jahr nach dem Unglück mit der toten Braut hierherbeordert worden, und kaum hatte sie das erwähnt, war ich sicher, dass sie mich abgefangen hatte, weil sie hoffte, von mir etwas zu erfahren.

»Sie waren einer der letzten, der sie damals gesehen hat?« sagte sie dann auch mit einer Direktheit, die ich so nicht erwartet hätte. »Erlauben Sie mir, Sie zu fragen, wie sie war?«

»Wie soll sie gewesen sein?«

»Es gibt solche und solche.«

»Sie war nicht anders als die anderen.«

»Das hört sich gut an, stimmt aber leider nicht ganz«, sagte sie. »Immerhin haben die anderen ihre eigene Hochzeit überlebt.«

In ihre Stimme war etwas Inquisitorisches getreten, aber sie bemühte sich sofort wieder, sich umgänglich zu geben, während sie mit rudernden Armbewegungen nach dem richtigen Ausdruck suchte.

»War sie lebenslustig?«

Ich konnte nicht heraushören, ob sie damit eine Verdammung verband, und reagierte unentschieden, obwohl ich ahnte, dass sie das Wort »Partygirl« zu Ohren bekommen hatte und dass das vielleicht ihre Übersetzung dafür war. Wäre »gottgefällig« das Gegenteil gewesen, und konnte das überhaupt noch irgend jemand, selbst in einem Kloster, ernsthaft in Verwendung haben? Ich versuchte nachzufragen, was sie damit meinte, aber sie deutete über die Grabkreuze, als würde sie schon nicht mehr daran denken.

»Haben Sie gesehen, wie viele von den Schwestern in jungen Jahren gestorben sind?« sagte sie. »Schauen Sie sich einmal die Wandtafel mit den Daten genau an. Vor dem Ersten Weltkrieg hat es ein Jahr mit drei Toten gegeben, alle in ihren Zwanzigern. Der Befund war Tuberkulose, aber in Wahrheit sind sie buchstäblich an Armut und schlechter Ernährung gestorben.«

Es gab fast niemanden, der diese Inschriften sah und sich dazu nicht eine eigene Geschichte ausdachte. Die krudeste war, dass die drei Schwestern Teufelsanbeterin-

nen gewesen sein sollen, dass ihre okkulten Rituale aufgeflogen seien und sie sich das Leben genommen hätten und der Orden die wahren Umstände ihres Todes
nur kaschiert habe, um einen Skandal zu vermeiden. Ich
glaubte nicht daran, aber die Gerüchte rissen nicht ab,
dass im Kloster bis in unsere Tage immer wieder einmal
ein abergläubisch manichäisches Treiben aufflackere,
und es fanden sich noch und noch Zeugen, die etwas
gesehen oder gehört haben wollten, angekohlte Tier-
kadaver im Klostergarten, durch die Dämmerung hu-
schende Schatten, Schreie um Mitternacht, um von den
ewigen Nachtwallfahrten den Schlossberg hinauf, die
sich immerhin nachweisen ließen, erst gar nicht zu reden. Selbst hatte ich einmal ein Erlebnis gehabt, das mir
immer, wenn ich es erzählt hatte, wie eine Schauerge-
schichte vorgekommen war, ein Hirngespinst, unmöglich wahr, und doch hatte es sich genauso zugetragen.
Es war jetzt knapp zwanzig Jahre her, wir hatten noch
im Oktober eine Hochzeit gehabt, es hatte geschneit,
ein luftiger, lockerer Schnee, der sich nicht band und in
dem man bei jedem Schritt widerstandslos bis auf den
Grund einsank. Ich war im Wald herumspaziert und in
der einbrechenden Dunkelheit auf zwei junge Schwestern gestoßen, fast noch Mädchen, wie mir schien, die
im Kerzenlicht vor einem Baum knieten und bei meinem Näherkommen aufsprangen und lautlos davon-
stoben. Sie waren schon außer Sichtweite gewesen, als
ich mich ganz an die Stelle herangemacht und dort den

kleinen Altar entdeckt hatte, ein Kreuz, zwei Kerzen und ein grausig anmutendes Märtyrerbild von einem Dornengekrönten, dem das Blut in dicken Rinnsalen hinunterrann, mit einem Schriftband und der Aufschrift in Fraktur: »Für die in den Flammen büßen.« Ich hatte alles stehen- und liegenlassen, wie es war, nicht einmal die Kerzen ausgeblasen, aber nichts mehr davon vorgefunden, als ich am nächsten Morgen bei Tageslicht noch einmal zurückgekehrt war. Der Wald war voll von Unglücksstellen, hier war einer beim Holzen erschlagen worden, dort ein Mädchen mit einem Schlitten gegen einen Baum geprallt, hier hatte einen der Blitz getroffen, und schon über der Baumgrenze gab es einen Ort, an dem ein amerikanischer Bomber abgestürzt und die ganze Besatzung ums Leben gekommen war, aber wann immer ich dann im Unterholz gesucht und was immer ich dort entdeckt hatte, von dem Bild hatte ich keine Spur mehr gefunden, bis ich mir am Ende nicht einmal mehr sicher war, was den Platz anging, und das Ganze tatsächlich für einen Spuk halten konnte.

Die Schwester schaute noch immer über die Grabkreuze und fing jetzt wieder an, von der toten Braut zu sprechen. Ich hatte nicht aufgepasst, doch es klang für mich so, als zählte sie die Unglückliche selbstverständlich zu den Toten des Klosters. Ich wollte sie nicht fragen, ob eine der Schwestern in jener Nacht draußen gewesen war, wie ich es dem Kommissar gegenüber nahegelegt hatte, aber sie sagte von sich aus, eine der älteren Nonnen habe steif und fest behauptet, die Braut habe im Morgengrauen an das Klostertor geklopft.

»Offenbar hat sie die Arme durch das kleine Fenster neben der Pforte gesehen, wie sie vollkommen durchnässt draußen gestanden ist, und ihr nicht aufgemacht«, sagte sie. »Als sie ein paar Stunden später von ihrem Tod erfahren hat, hat sie nicht gewagt, sich jemandem anzuvertrauen. Sie hatte Angst vor den Vorwürfen. Erst bevor sie letztes Jahr gestorben ist, hat sie ihrem Herzen Luft gemacht.«

»Dann hat sie auch der Polizei nichts davon erzählt?«

»Nein«, sagte sie. »Das wäre das letzte gewesen. Vielleicht hat sie den damaligen Bräutigam eingeweiht. Er ist bis vor zwei Jahren jedes Jahr zum Todestag der Braut mit seiner Mutter hierher zurückgekommen. Sie haben eine Messe für ihre arme Seele lesen lassen und sind auf den Schlossberg hinaufgestiegen.«

Das passte nicht zum Abgang der Mutter in der Hochzeitsnacht, als die Braut entführt worden war und sie am Tisch der Brauteltern alles zu einer Malaise erklärt und verkündet hatte, sie wolle dafür sorgen, dass die Verbindung so schnell wie möglich aufgelöst werde.

»Ehrlich gesagt hätte die Mutter des Bräutigams die Braut am liebsten selbst umgebracht«, sagte ich. »Warum sollten sie eine Messe für ihre arme Seele lesen lassen?«

Ich sah die Schwester an, und sie hatte die Sonne im Gesicht und blinzelte mit kleinen Augen unschuldig zurück.

»Sie wollten ihr die Zeit im Fegefeuer erleichtern.«

»Aber warum sollte sie dort gelandet sein?«

»Wo sonst?« sagte sie mit einer Bestimmtheit, die keinen Spielraum für einen Irrtum ließ. »Haben Sie sie nicht gerade selbst lebenslustig genannt?«

Ich suchte vergeblich nach einem Zeichen von Ironie, als sie noch einmal auf die Mutter des Bräutigams zurückkam und mir recht gab, sie sei eigentlich gegen alles gewesen, und sie zuerst eine harte Frau und dann eine Furie schimpfte.

»Sie hat ihren Sohn immer Bub gerufen.«

»Bub?«

»Ich frage mich, wie alt er war. Sie können doch einen Fünfzigjährigen nicht Bub rufen. Auf jeden Fall haben Sie dann ein Problem, und wenn er sich das widerspruchslos gefallen lässt, ist auch mit ihm etwas nicht ganz in Ordnung.«

Noch nie hatte ich eine Frau gesehen, die derart nach schwerer körperlicher Arbeit aussah wie sie. Ich hätte sie mir als Holzfällerin vorstellen können, beim Schlachten eines Schweines, als Gewichtheberin in einem Wettkampf auf Biegen und Brechen, und dachte den irren Gedanken, dass sie nicht jemand sei, mit dem ich mich anlegen oder dem ich auch nur gern allein im Dunkeln begegnen würde. Sie lächelte, als hätte sie mich durchschaut, und als sie dann von den Verehrern sprach und genau dieses Wort verwendete, war ich vollends perplex.

Angeblich hatten auch die vier den Ort noch einmal aufgesucht, gleich im Jahr nach dem Unglück, und wie sie von ihnen erzählte, ließ wenig Zweifel, dass sie nichts von ihnen hielt. Sie gebrauchte nicht ihre Namen, sondern die Bezeichnungen für sie, die damals in der Zeitung gestanden waren, nannte den einen spöttisch den Besitzer eines Viersternehotels in bester Lage, den anderen den Juniorchef eines europaweit operierenden Transportunternehmens, den Dritten den Professoren- oder Herzchirurgensohn, und nicht einmal bei Michael »Michi« Mattlinger kam sie über ein müdes »Fernsehsprecher, Moderator, Entertainer« hinaus. Ihr Abscheu hätte nicht größer sein können, und als sie von ihren Schicksalen sprach, klang das wie die Strafe für nicht weiter zu beweisende, aber ein für alle Mal feststehende Vergehen, und die Strafe konnte nur die Strafe Gottes sein. Einer hatte Selbstmord begangen, einer saß wegen Steuerhinterziehung hinter Gittern, einer war nach einem Autounfall halbseitig gelähmt, und nur Michael »Michi« Mattlinger glänzte in seiner alten Pracht und Herrlichkeit, aber den würde es auch noch erwischen, wenn die Zeit für ihn gekommen sei.

»Sie müssen mich nicht so anschauen«, sagte sie. »Glauben Sie mir, ich weiß, wovon ich rede. Ich bin erst mit achtundzwanzig Jahren ins Kloster eingetreten und kenne die Männer. Wenn jemand eine Ahnung davon hat, was Leidenschaft ist, dann bin ich es.«

Jetzt wusste ich, warum sie diese furchterregende

Ausstrahlung hatte. Sie sprach über die Verehrer, als wären sie schuldig. Ich sagte, dass sie an dem Unglück der Braut nicht beteiligt gewesen seien, man habe ihnen nichts nachweisen können, aber sie schüttelte energisch den Kopf.

»Wenn sich eine junge Frau in den Tod stürzt, brauchen diejenigen, die sie gestoßen haben, nicht an Ort und Stelle zu sein. Einer hat ihr in der Vergangenheit einen Schubs gegeben, ein Zweiter den nächsten, ein Dritter wieder einen und so weiter, eine einzige Folge von sanfteren oder heftigeren Stößen. Jeder trägt seinen Teil bei, sie ein Stück weiter an den Abgrund zu bringen. Dann fehlt am Ende nicht mehr viel. Beim letzten genügt vielleicht schon ein Wort oder allein die Vorstellung, sich ein Leben lang an ein solches Scheusal binden zu müssen.«

Einen Augenblick überlegte ich, ob sie meine Geschichte mit Sarah kannte, aber das konnte kaum sein. Seit ich mit Johanna auf dem Schlossberg gewesen war und wieder daran gedacht hatte, wie ich Sarah dort geküsst hatte, ging mir die Szene nicht mehr aus dem Sinn. Sie hatte ihren Kopf in den Nacken gelegt und die Augen geschlossen, aber dreimal »Nicht!« gesagt, so deutlich, dass ich mir nichts vormachen konnte. Die Wahrheit war, dass sie von mir nicht hatte geküsst werden wollen, auch wenn sie es über sich ergehen lassen hatte und auch nicht bei der ersten Gelegenheit auf- und davongesprungen war, sondern im Gegenteil die ganze

Zeit versucht hatte, den Anschein aufrechtzuerhalten, es sei alles normal, bis wir wieder bei der Hochzeitsgesellschaft angelangt waren. So, wie sie dann bergab vorausgegangen war, ihren Geigenkoffer an die Brust gedrückt, ein Schritt kürzer, der nächste länger, musste sie sich Mühe gegeben haben, dass es nicht wie eine Flucht aussah, geradeso, als hätte sie gespürt, dass ich sonst womöglich ihr Verfolger gewesen wäre und nicht nur einer, der hinter ihr hertrottete. Wenn ich richtig verstand, war die Begegnung mit mir für Sarah der erste Schubs gewesen, und Schwester Antonia brauchte gar nichts davon zu ahnen, um mit mir so brüsk zu verfahren, wie sie es tat, weil sie wusste, sie konnte mit einiger Wahrscheinlichkeit davon ausgehen, dass ich als durchschnittlicher Vertreter meines Geschlechts irgendeine solche Geschichte in der Vergangenheit hatte. So hörte sie sich jedenfalls an, und mir fiel nichts Besseres ein, als zu sagen, sie müsse sehr schlechte Erfahrungen gemacht haben, worüber sie nur lachen konnte.

»Dazu habe ich es nie kommen lassen«, sagte sie. »Ich habe immer frühzeitig meine Vorkehrungen getroffen. Der Herr hat mir einen Körper geschenkt, mit dem ich mich wehren kann. Wenn bei mir einer probiert hat, frech zu werden, habe ich schon dafür gesorgt, dass er es bereut.«

Ich konnte es nicht glauben. Sie war eine Nonne und sprach wie eine Rächerin, die mehrere Männer auf dem Gewissen hatte und auch noch stolz darauf war. Wie um das zu betonen, verlagerte sie ihr schweres Gewicht von einem Bein auf das andere und wieder zurück. Unter ihrem Habit, das auf der Hälfte ihrer Schienbeine endete, trug sie Bergschuhe, die schlammverkrustet waren, und jetzt erst fiel mir auf, dass ihre Haut wind- und wettergegerbt war, tiefe Furchen um Mund- und Augenwinkel, ein Gitter von senkrecht und waagrecht verlaufenden Falten auf der Stirn, je nachdem, welchen Gesichtsausdruck sie gerade probierte. Die Grabreihen waren so schmal, dass ich nicht an ihr vorbeigekommen wäre, ohne sie zu berühren, hätte ich zum Friedhofseingang gewollt, und sie merkte, wie ich Maß nahm, und lachte.

»Was haben Sie mit Ihren Widersachern angestellt?« fragte ich. »Haben Sie sie wenigstens richtig verprügelt?«

Sie sah mich jetzt wenn schon nicht mit einem ironischen Lächeln, so doch mit einer Miene voller Gönnerhaftigkeit an.

»Das trauen Sie mir nicht zu?«

»Haben Sie es getan?«

»Ich habe sie bestraft«, sagte sie. »Fragen Sie mich nicht, wie. Sie haben bekommen, was sie verdient haben. Damit bin ich in dieser Welt mit ihnen quitt gewesen. Das heißt aber nicht, dass sie in der anderen nicht in den Flammen büßen werden.«

In diesem Augenblick hörte ich, wie Viktor hupte. Ich verabschiedete mich hastig, zwängte mich an ihr vorbei und saß schon neben ihm im Auto, als ich ihren Blick immer noch nicht abgeschüttelt hatte, der von einem Augenblick auf den anderen einzufrieren schien. Viktor konnte nicht entgangen sein, dass ich im Laufschritt auf ihn zugestürmt war, und also fragte er, was mit mir los sei.

»Du hast dir doch nicht etwa von Schwester Antonia die Leviten lesen lassen?« sagte er. »Sie ist harmlos, aber ein bisschen eigenwillig. Eigentlich darf sie kein Habit tragen, doch wenn die anderen nicht aufpassen, streift sie sich eines über und sucht sich jemanden, dem sie ihr Strafgericht halten kann. Sie ist besessen von dem Gedanken, sie könnte nach all den Jahren noch den Tod der Braut aufklären, und hat buchstäblich jeden Mann im Verdacht, der sich in unklaren Absichten dem Schlossberg nähert. Du siehst aus, als hätte sie dir angst gemacht.«

Es war nicht Angst, aber ich versuchte vergeblich zu ordnen, was sie mir alles gesagt hatte. So verrückt manches klang, sowenig ging mir aus dem Kopf, dass die Braut in jener Nacht wirklich an der Klosterpforte geklopft haben könnte, aber als ich jetzt Viktor danach fragte, sagte er nur, das gehöre zu den Zwangsvorstellungen Schwester Antonias und sei durch nichts belegt. Er war nicht gewillt, der Sache mehr Aufmerksamkeit zu schenken, und gab sich einsilbig und mürrisch.

»Was willst du, Franz?« sagte er schließlich. »Und wenn sie geklopft hätte? Was würde das beweisen? Würde es etwas an dem ändern, was später geschehen ist?«

Für den Besuch hatte er einen der Anzüge unseres

Vaters angezogen. Er glich ihm darin so sehr, sah ohne die Locken seiner Jugend selbst aus wie der junge amerikanische Präsident kurz vor seiner Ermordung, dass ich mich fragte, wie es auf unsere Mutter wirken musste, ihren jüngeren Sohn ziemlich genau in dem Alter unseres Vaters zu sehen, als er ihr den Hof gemacht hatte, und exakt mit seinem bezwingenden Äußeren. Sie bewohnte in ihrem Dorf eineinhalb Zimmer in einem Gemeindehaus und empfing uns dort eher wie zwei Fremde als wie ihre Söhne, so wie sie eine Platte mit Aufschnittwurst und eine Thermoskanne Kaffee vorbereitet hatte und uns umständlich an ihrem Tisch plazierte. Sie ging halbtags putzen und traf ihren Jugendfreund, der seinerzeit ein Mitbewerber unseres Vaters gewesen war, einen pensionierten Bahnbeamten, für den er nur Verachtung gehabt und den er bei jeder Erwähnung mit demselben Spruch abgekanzelt hatte: »Wer nichts wird und wer nichts kann, geht zu Post und Eisenbahn.« Wenn stimmte, was Viktor gesagt hatte, trank sie nicht mehr, und tatsächlich fand sich kein Hinweis darauf, solange wir bei ihr waren, ja, sie schenkte uns zum Abschied sogar mit fester Hand zwei Gläschen Likör ein und füllte zweimal nach, als hätte das nichts mit ihr zu tun. Ich hatte sie immer nur in ihren Kittelschürzen gesehen, und in Rock und Bluse kam sie mir wie nicht fertig angezogen vor. Sie hatte ein einziges Mal in ihrem Leben eine Hose getragen und danach nie wieder, weil sie die Kommentare unseres Vaters nicht mehr hören wollte, genauso wie sie ein einziges Mal mit ihm skifahren gegangen war, angeblich noch vor meiner Geburt, und es dann für immer hatte seinlassen, weil er ihr gesagt hatte, sie mache ihn als Skilehrer zum Gespött der Leute, wenn sie sich so ungeschickt anstelle.

Dass wir über die tote Braut sprechen konnten und also nicht über uns sprechen mussten, war nicht nur ihr, sondern auch uns willkommen. Viktor hatte beim ersten Schweigen, noch ganz unter dem Eindruck unseres Gesprächs auf der Herfahrt, damit angefangen. Unsere Mutter hatte mich gerade gefragt, wann ich wieder nach Amerika ginge, und wir schreckten beide davor zurück, uns über die ersten Floskeln hinaus nach ihr selbst zu erkundigen, so dass wir alle froh waren, ein Thema zu haben.

»Diese Geschichte wird uns wohl bis an unser Lebensende verfolgen«, sagte sie, und ich dachte wieder an ihre Drohungen, ins Wasser zu gehen, mit denen sie sich in unserer Kindheit Abend für Abend gegen unseren Vater zu wehren versucht hatte, während Viktor und ich im Zimmer daneben wach gelegen waren. »Als wäre es unsere Schuld, dass sie umgekommen ist.«

Sie hatte sich damals schon vor der Hochzeit über die Verbindung ausgelassen und von Anfang an gesagt, sie könne nicht gutgehen. Ihr hatte das Auftreten der Mutter des Bräutigams gereicht, die schon vorher im Restaurant aufgetaucht war und für die Feier am liebsten den ganzen Saal neu eingerichtet gehabt hätte. Dabei hatte sie sich aufgeführt, als wäre ihr Sohn im Begriff, eine Prostituierte zu heiraten, und unsere Mutter, die nichts schlechter ausstehen konnte als Dünkel, hatte in ihr das ersehnte Feindbild gefunden. Die Braut war genausowenig gut genug gewesen für den hochwohlgeborenen Erben aus Wien wie sie als Dienstmädchen für unseren Vater, und ich überlegte jetzt, ob sie vielleicht eine Stellvertreterin in ihr sah, eine Schwester im Geiste, und allen Ernstes dachte, dass die Arme genau das getan habe, was sie selbst trotz ihrer Drohungen all die Jahre nie zu tun gewagt hatte, und sie deshalb ihren Mut bewunderte, dass sie auf den Schlossberg hinaufgestiegen war, um sich hinunterzustürzen.

Aber auch die Braut hatte in ihren Augen den Kopf hoch getragen. Sie sagte, jeder der Verehrer, auch wenn sie alle keine großen Leuchten gewesen seien, hätte besser zu ihr gepasst als dieses pompöse Söhnchen aus guter Familie mit seinem ganzen Besitz und seinem elenden Nationalratsnamen, von dem sich niemand etwas kaufen könne, aber sie habe alle abgewiesen. Unsere Mutter wusste erstaunlich genau Bescheid darüber, wohin die Verehrer in der Hochzeitsnacht mit der Braut verschwunden waren, nachdem sie sich mit ihr von der Feier davongemacht hatten. Es war kein Geheimnis, dass sie die Stunden in der Spelunke verbracht haben mussten, die zwischen Bahngleisen und Straße in einer Klamm auf dem Weg zur Grenze lag. Dort machten vor allem Fernfahrer halt, es war von einem Hinterzimmer die Rede, in dem um hohe Einsätze Karten gespielt werde, und obwohl die Polizei bei ihren regelmäßigen Razzien nie etwas gefunden hatte, hielten sich die Gerüchte, dass es ein Séparée gebe und immer eine unter den Kellnerinnen, mit der man sich für eine halbe Stunde dorthin zurückziehen könne. An so einem Ort mit einer Braut in paillettenbesetztem Hochzeitskleid aufzutauchen sei für sich schon eine Sache, aber die Verehrer hätten es noch weiter getrieben und nach den ersten zwei Flaschen Wein auf einmal in dieser Art von bösem Spaß, die jederzeit in einen noch böseren Ernst umschlagen konnte, Geld zu bieten begonnen. Sie hätten ihre Portemonnaies hervorgeholt und ihre Hunderter und Tausender auf die Theke gezählt und dann so lange Schuldscheine ausgestellt, bis schließlich vierhunderttausend Schilling zusammen waren, ein schöner Batzen, auch wenn Michael »Michi« Mattlinger nicht habe sagen können, wie er seinen Teil hätte aufbringen wollen. Jedenfalls soll das der Betrag gewesen sein, den sie der Braut in Aussicht stellten, wenn sie mit ihnen zur Feier zurückführe, in den Saal hineinginge und dem Bräutigam sagte, sie habe es sich anders überlegt, es sei aus und vorbei, ihr Leben habe gerade erst begonnen und sie habe nicht vor, es jetzt schon durch einen leichtsinnigen Akt zu beenden.

Ich hatte davon noch nichts gehört, aber Viktor kannte die Geschichte offenbar. Es war eine der nicht weiter ernst zu nehmenden Verrücktheiten gewesen, die bei Hochzeiten gar nicht so selten vorkamen, mehr aber auch nicht, und dass unsere Mutter jetzt davon sprach, war eher ihrer Verlegenheit geschuldet, nichts mit uns anfangen zu können, als dass sie wirklich daran glaubte. Sie malte sich Details aus, die sie kaum wissen konnte und die dem zunächst plausiblen Geschehen immer mehr seine Glaubwürdigkeit raubten, je länger sie damit fortfuhr.

Sie war damals bei der Hochzeit der toten Braut schon nicht mehr zu den Gästen vorgelassen worden. Hatte unser Vater früher immer einen Augenblick gesucht, sie den Feiernden zu präsentieren und ihr für ihre Kochkünste zu danken, sah er da bereits zu, dass sie in der Küche blieb und von niemandem gesehen wurde, trat ihr manchmal noch auf ihrem Weg in den Keller entgegen und scheuchte sie zurück, ließ sie sonst aber in allem gewähren, solange sie nur für die Gäste unsichtbar blieb. Wenn ein Brautpaar oder die Eltern der Braut oder des Bräutigams nach ihr fragten, entschuldigte er sich mit Ausreden, sie sei unpässlich, und wenn sich Unentwegte trotzdem selbst aufmachten und sie suchten, konnte er aufgebracht reagieren, so dass es in all den Jahren nur zwei- oder vielleicht dreimal zu einer unliebsamen Begegnung kam. Dann standen zu später Stunde Fremde in der Küche und sahen unsere Mutter schwankend am Herd lehnen oder mit aufgestützten Armen am Küchentisch sitzen, und ein Blick genügte, dass ihnen die Augen aufgingen.

Erstaunlicherweise fing am Ende auch sie damit an, dass Viktor wieder eine Hochzeit plane. Unsere Mutter hatte aufgehört, über die tote Braut zu reden, hatte mich gefragt, was ich in Zukunft machen wolle, weil ich dann doch gesagt hatte, mit Amerika sei es vorbei, und war schließlich damit gekommen. Sie hatte sich nicht zu uns gesetzt, war an der Anrichte gestanden, hatte sich an der Spüle zu schaffen gemacht oder neues Brot geschnitten, bevor wir das alte aufgegessen hatten.

»Wer soll bei der Feier kochen?« wandte sie sich jetzt an Viktor. »Wenn ich dir helfen könnte, würde ich dir gern helfen. Aber mich bringen keine zehn Pferde mehr in diese Küche zurück. Ich kann es beim besten Willen nicht tun.«

Ich war nicht sicher, ob sie nicht doch gefragt werden wollte, so wie sie ihn ansah, ängstlich, wie mir schien, aber auch sehnsüchtig.

»Willst du, dass Johanna es macht?«

»Keine Angst, Mama«, sagte er. »Wir haben einen Koch. Außerdem kann ich einspringen, wenn Not am Mann ist. Ich habe alles von dir gelernt.«

»Ihr habt einen Koch, Viktor?«

»Ja, Mama.«

»Ein Koch ist doch viel zu teuer. Wie willst du dir einen Koch leisten, Viktor? Entweder kannst du ihn nicht bezahlen, oder er ist schlecht. Wir haben es hundertmal versucht und sind jedesmal hereingefallen. Die Guten haben wir nicht gekriegt, und diejenigen, die wir gekriegt haben, sind beim ersten Anfall von nur ein bisschen mehr Arbeit davongelaufen, oder wir haben sie selber wegschicken müssen, weil sie sich dümmer aufgeführt haben als die blamabelsten Lehrlinge und im Grunde nur im Weg gestanden sind.«

»Aber Mama«, sagte er. »Zerbrich dir nicht den Kopf.«

»Johanna kann es unmöglich machen«, sagte sie. »Wie soll sie kochen? Sie mag dir vielleicht bei deinen Steuern helfen, aber in der Küche hat sie nichts zu suchen, Viktor. Versprichst du mir das?«

»Es ist alles gut, Mama.«

»Für meinen Tafelspitz und meinen Apfelstrudel sind die Leute zwei Stunden gefahren«, sagte sie. »Und jetzt willst du eine Finanzprüferin an den Herd stellen. Tu mir das nicht an, Viktor. Euer Vater hätte so etwas nie zugelassen.«

»Unser Vater ist tot, Mama.«

»Ich weiß gar nicht, wie Johanna sich überhaupt anstellt.«

»Das musst du auch nicht wissen, Mama.«

»Kannst du sie zu den Gästen lassen? Ist sie nicht zu ruppig in ihrem Auftreten? Kleidet sie sich nicht ein bisschen gewöhnlich?«

Es war genau das gleiche zermürbende Gerede, wie wir es als Kinder in unserem Schlafzimmer Abend für Abend gehört hatten. Immer schon eine gelehrige Schülerin unseres Vaters, hatte sie ihm brav assistiert bei seinen Verunglimpfungen von allen und jedem, war mit ihm das ganze Personal durchgegangen und die halbe Verwandtschaft, bis sie jedesmal schließlich selbst ins Visier geraten war.

Sie war noch nie am Meer gewesen, und ich hatte zu Viktor beim Herkommen gesagt, wenn er mir sein Auto leihe, könnte ich mit ihr nach Venedig oder Genua fahren und sie endlich dorthin bringen, aber jetzt war mir die Vorstellung, sie fünf oder sechs Stunden neben mir sitzen zu haben, ein Greuel, und ich wusste nicht mehr, warum ausgerechnet eine derartige Reise sie für alles Versäumte entschädigen sollte. Ich hatte mir ausgemalt, mit ihr am Strand spazieren zu gehen, und mir keinen Augenblick überlegt, worüber wir dann sprechen wollten.

Wir waren schon dabei aufzubrechen, als ich das Foto unseres Vaters entdeckte. Es hing an einer unerwarteten Stelle, aus meiner Perspektive halb verdeckt vom Boiler, direkt neben einem winzigen Wandspiegel über der Spüle. Wenn sie dort stand und das Geschirr abwusch, blickte er auf sie herunter, und wenn sie sich aufrichtete, konnte sie ihn direkt neben ihrem Spiegelbild sehen. Es war eine Aufnahme aus einer Zeit, bevor sie sich kennengelernt hatten. Er war darauf vielleicht fünfundzwanzig, trug einen dunkelblauen Pullover mit einem rot-weiß-roten Streifen quer über der Brust, auf der mit eingraviertem Namen sein Edelweiß-Abzeichen der staatlich geprüften Skilehrer prangte, sein Name, der auch mein Name war. Ein weißes Stirnband um die Ohren, die Augen schmal, hatte er seinen Kopf gegen die Sonne gehoben, wieder in dieser Heimatfilm- und Wilderer-Ästhetik, bei der sich zwanzig Jahre nach dem Krieg offensichtlich immer noch niemand viel gedacht hatte. Im Hintergrund konnte man den gerade freigeschaufelten Eingang zum Hotel erkennen, links und rechts Schneewände, und als ich unsere Mutter fragte, warum sie genau dieses Bild ausgewählt habe, zuckte sie nur mit den Schultern.

»Euer Vater war ein gutaussehender Mann«, sagte sie dann. »Vor meiner Zeit ist jedes Jahr nur seinetwegen eine Opernsängerin aus Mailand zum Skifahren gekommen. Sie hat ihn exklusiv für zwei Wochen gemietet. Angeblich hat sie in einem fort von einem Engagement in New York geredet, und er hat sich allen Ernstes überlegt, mit ihr nach Amerika zu gehen.«

Stattdessen hatte er seinen Platz über ihrer Spüle, und vielleicht war das ihr Triumph, dass sie ihn in seiner Jugend ansehen und dann voller Genugtuung ihr alterndes Gesicht im Spiegel betrachten konnte, solange sie wollte. Sie war die Überlebende, trotz allem, sie war die Siegerin. Jedenfalls lächelte sie, bevor sie mich in den Blick nahm und das Wort an mich allein richtete.

»Du warst schon auf der Welt, als sie noch einmal im Hotel aufgetaucht ist. Eine Frau wie direkt aus einer Illustrierten, mit ihrem Pelzmantel, ihren Pelzstiefeln und ihrer ewigen Sonnenbrille. Sie hat dir den weißen

Teddybären geschenkt, der bis zum Gymnasium dein Lieblingsspielzeug war.«

»Roosevelt?«

»Ja«, sagte sie. »Sie hat ihm den Namen gegeben.«

»Ich habe gedacht, er ist von dir.«

Sie schüttelte den Kopf.

»Wie sollte ich auf Roosevelt kommen, Franz?«

Jetzt sah sie mich mit genau dem gleichen traurigen Blick an wie auf dem Foto, das es von uns gab, ich in ihrem Arm, noch keine zwei Jahre alt, mit einem weißen Jäckchen und einer weißen Mütze wie ein russischer Prinz, und in meinen Armen engumschlungen und von mir fast erdrückt der weiße Teddybär mit seinem Präsidentennamen.

»Du bist mit deinen vierzehn Monaten mindestens genauso vernarrt in sie gewesen wie euer Vater«, sagte sie. »Er ist in der Woche, bis sie wieder abgereist ist, fast verrückt geworden. Wann immer er mich gesehen hat, hat er gesagt, dass er mich liebt wie sonst nichts auf der Welt. Dabei ist er keine Nacht zu Hause gewesen. Er hat davor schon von Amerika geschwärmt wie ein Kindskopf, aber von da an war es eine fixe Idee.«

ACHTES KAPITEL

Die Frau des Professors begrüßte mich mit einem spöttischen »Da ist er ja, der Herr Adoptivsohn«, als ich zu unserer Verabredung in ihr Hotel kam. Sie schien sich nicht entscheiden zu können, ob sie diese Bezeichnung halb ernst nehmen oder ganz für einen Witz halten solle. Das Testament war noch nicht eröffnet, und sie spielte die Angst allzu perfekt, dass ich ein potentieller Erbe sein könnte, als dass nicht wenigstens ein Teil davon echt sein musste, und bot mir in diesem aufgekratzten Ton fünfundzwanzigtausend Dollar, wenn ich auf etwaige Ansprüche verzichtete. Ich war noch gar nicht zu Wort gekommen, da hatte sie das alles schon ausgesprochen, ein einziger Sturzbach von lauter Dingen, die offenbar nicht warten konnten. Sie hatte Plätze in der Bar reservieren lassen, saß in einer Keilskihose und einem Strickpullover wie aus einer anderen Zeit da und musterte mich, ihr Haar steil aus der Stirn gekämmt und auftoupiert, die Lippen grellrot geschminkt. In Seattle führte sie ein Fischrestaurant mit Blick auf die Bucht, in dem die Granden der Stadt vier Wochen im voraus einen Tisch bestellten, wie sie stolz verkündete, und keineswegs sicher sein könnten, dass sie dann einen bekämen. Sie stammte auch aus Mähren und hatte den Satz »Nicht nur Böhmen liegt am Meer« wahrscheinlich schon hundertmal ausprobiert, wenn sie ihre Leidenschaft für ihren Beruf erklären sollte, und entweder Unverständnis oder ein wissendes Lächeln geerntet.

»Sie haben wohl nicht erwartet, dass die Familie größer ist?« sagte sie mit ihrem nicht überhörbaren Akzent, als ihr nichts anderes mehr wichtig schien und sie mir endlich die Hand gab. »Mein Mann hat Ihnen nichts von mir erzählt. Das sieht ihm ähnlich. Aber ich trage sogar seinen Namen.«

Sie fasste sich mit zwei Fingern an die Schläfe.

»Silvia Moravec, wenn Sie erlauben.«

Im nächsten Augenblick legte sie von neuem los.

»Diese Geheimniskrämerei ist meinem Mann zur zweiten Natur geworden. Die Leute schieben es immer auf die Diktatur, aber eher handelt es sich um einen Persönlichkeitszug. Es summiert sich zu einer Charakterschwäche, wenn Sie nie sagen, was Sache ist, sondern immer am Zentrum und an den Rändern vorbeierzählen, als wäre Ihnen allein die Tatsache Ihrer Existenz peinlich und Sie müssten sich eigentlich jedes Wort verkneifen.«

Ich wagte einzuwenden, dass der Professor ja wirklich in einer Diktatur aufgewachsen sei, aber sie wollte nichts davon hören.

»Sehen Sie mich an«, sagte sie. »Das bin ich auch.«

Damit breitete sie ihre Arme aus, als sollte ich sie begutachten und könnte selbstverständlich nur zu dem Schluss kommen, dass sie ein Prachtexemplar der Aufrechtheit und des Widerstands war.

»Sie können auch in einer Diktatur Ihren Mann stehen.«

»Solange es Sie nicht den Kopf kostet.«

»Natürlich«, sagte sie. »Nur dürfen Sie Ihre Feigheit dann nicht als Vorwand nehmen, dass Sie keinem Menschen mehr trauen. Für meinen Mann hat seine Herkunft immer dafür herhalten müssen, seine Unzulänglichkeiten zu entschuldigen, als er längst schon mehr Zeit seines Lebens in Amerika verbracht hatte als in der Tschechoslowakei, und irgendwann ist es einfach nur mehr eine Ausrede gewesen. Sie haben ihm eine Frage nach einer unbedeutenden Kleinigkeit gestellt, und er hat entweder die Antwort verweigert oder offensichtlichen Unsinn geredet, und wenn Sie ihn gefragt haben, warum er das tue, ist er entweder mit seiner Angst vor den Russen oder mit seiner Arbeit als Raketenphysiker gekommen, die irgendwelchen Geheimhaltungsvorschriften unterlag. Deswegen hat er sich nie zu entscheiden vermocht oder, wenn er sich einmal entschieden hatte, seine Entscheidung sofort wieder rückgängig gemacht, als könnte sie nur die schlimmsten Folgen haben. Am Ende ist er so weit gegangen, dass er mir als erstes am Morgen mit einem Blick auf den Wecker, und ohne mit der Wimper zu zucken, die falsche Zeit gesagt hat.«

Zum Glück hatte ich an dem Tag die Uhr des Professors nicht angelegt, aber wie um mich zu vergewissern, starrte ich auf mein Handgelenk und sah der Frau dann wie ertappt in die Augen.

»Sie übertreiben.«

»Ich übertreibe nicht«, sagte sie. »Wenn Sie wüssten, was ich mit ihm erlebt habe. Er hat mich abwechselnd als seine Studentin oder als arme Verwandte aus der alten Heimat vorgestellt, als wir schon ein halbes Jahr verheiratet waren, und, wenn wir doch einmal Gäste hatten, mit Vorliebe gesagt, ich sei nur kurz zu Besuch und fahre in ein paar Tagen wieder zurück in die Tschechoslowakei, die es damals schon längst nicht mehr gegeben hat. Können Sie sich vorstellen, einem solchen Mann zu vertrauen?«

Je mehr sie erzählte, um so unwahrscheinlicher klang es, und doch ahnte ich, dass sie sich das alles nicht ausdachte. Sie war deutlich jünger, als der Professor es gewesen war, kaum älter als Anfang vierzig, und ich konnte sie mir beim besten Willen nicht neben ihm vorstellen. So viele Paare ich in meiner Jugend fotografiert hatte, so viele von ihnen auf den ersten Blick auch nicht zusammenpassen wollten, einen solchen Widerstand gegen die Launen der Natur, oder wie man es nennen mochte, hatte ich noch nie verspürt.

Das hatte nichts mit ihr zu tun, sondern mit ihm und der Tatsache, dass ich ihn zu kennen geglaubt hatte und jetzt mit jeder zusätzlichen Wendung feststellen musste, wie wenig ich in Wirklichkeit von ihm wusste. Sie war auf eine Anzeige von ihm nach Amerika gekommen. Kaum dass der Eiserne Vorhang gefallen war, hatte er in der Gegend seiner Kindheit und Jugend nach einer Sekretärin gesucht, und sie habe die Gelegenheit beim Schopf gepackt, wie sie sagte, eine junge Frau, die nach all den Jahren ohne Zukunft plötzlich zu viel Zukunft, zu viel Freiheit und trotzdem keine Möglichkeiten hatte. Sie hatte ihm geschrieben, es gebe nichts, was sie zu Hause halte, sie sei bereit, ein neues Leben anzufangen, und hatte bereits beim ersten Treffen gemerkt, dass er niemanden für seine Büroarbeit brauchte, sondern eine Partnerin. Ja zu sagen war ihr schwergefallen, aber nein zu sagen noch schwerer, sie war bei ihm ein- und bereits nach einem Jahr wieder ausgezogen, gerade einmal vier Monate nach der Hochzeit, aber sie hatten nicht nur Kontakt gehalten, hatten sich nicht nur weiterhin alle paar Wochen gesehen, sondern waren auch verheiratet geblieben, sie, weil sie es nicht noch im nachhinein mit der Einwanderungsbehörde zu tun bekommen wollte, die solchen Eheschließungen ohnehin misstraute und ihrer Vorstellung nach beim kleinsten Verdacht ihren Status in Frage stellen könnte, er, weil er auf diesen ganzen bürokratischen Zirkus nichts gab und keinen Wert darauf legte, was in den Papieren stand.

Ich hörte mir das in einer Mischung aus Neugier und Verwunderung an. Sie hatte nicht die üblichen Fragen, ob er in den Tagen vor seinem Tod anders gewesen sei, ob ich ihm etwas angemerkt hätte, im Gegenteil, sie nahm die Tatsache, dass er sich das Leben genommen hatte, mit einer solchen Selbstverständlichkeit hin, dass sich ihr diese Fragen nicht stellten. Als ich schließlich wissen wollte, warum, sagte sie, sie habe die Unglücksgeschichte seiner Familie schon gekannt, bevor sie zu ihm nach Amerika gegangen sei, man habe in ihrem Ort in Mähren noch nach zwanzig Jahren davon geredet, ihre ganze Kindheit lang hätten ihre eigenen Eltern immer von neuem damit angefangen, was mit den armen Moravec passiert war, wenn sie mit ihnen an der Stelle vorbeigekommen sei, weshalb sie bei ihrem Mann ganz einfach nichts gewundert habe.

»Davon hat er Ihnen also auch nichts erzählt«, sagte sie, als ich gestehen musste, dass ich nicht wusste, wovon sie sprach. »Kein Wort von dem Unglück? Also wissen Sie nicht, dass er eine Schwester gehabt hat? Sie wissen gar nichts?«

Ich reagierte nicht, wartete nur, dass sie fortfuhr.

»Sie haben einen Autounfall gehabt. Er ist mit im Wagen gesessen und hat als einziger überlebt. Seine Mutter, sein Vater und seine Schwester sind auf der Stelle tot gewesen. Sie hat Jana geheißen und war zwölf Jahre jünger als er.«

»Jana?«

»Ich weiß«, sagte sie. »Mein Mann hat dann den Namen angenommen. Er hat sich nach dem Unglück Jan genannt. Als wäre sie nicht nur seine Schwester, sondern trotz des großen Altersabstands seine Zwillingsschwester gewesen. In Wirklichkeit hat er anders geheißen.«

Ich war so überrumpelt, dass ich »Wie?« fragte, obwohl es keine Rolle spielte, und sie lachte.

»Mein Mann hat gleich geheißen wie Sie.«

»Er hat Franz geheißen?«

»Die tschechische Form.«

»František?«

»Ja«, sagte sie. »Nach Vater und Großvater, und mit ihrem Josef dazu alle angeblich auch nach dem österreichischen Kaiser.«

Es fiel mir da erst auf, dass sie keine Gelegenheit ausließ, den Professor als ihren Mann zu bezeichnen, als müsste sie ihn mit jedem Satz von neuem für sich reklamieren. Außerdem hatte ich nicht gemerkt, dass sie die Kopie eines Zeitungsausschnitts aus ihrer Handtasche hervorgeholt hatte, aber jetzt schob sie ihn mir hin, und ich schob ihn ihr gleich wieder zurück. Sie brauchte mir nichts zu beweisen, und ich brauchte auch nicht Tschechisch zu sprechen, um die Überschrift auf dem Blatt zu verstehen: »Tri mrtví.« Finsterer konnte eine Buchstabenfolge kaum sein, und es war klar, dass die verschwommenen Fotos darunter nicht Fotos von Leuten waren, die noch lebten, zwei von Erwachsenen und eines von einem vielleicht zwölfjährigen Mädchen mit auffallend weit auseinanderstehenden Augen und blonden Zöpfen.

Sicher war ich nicht, aber es konnte gut sein, dass ich

bei meinem Housesitting in Seattle auf der Kommode im Wohnzimmer das gleiche Bild gesehen hatte. Womöglich hatte ich es sogar in die Hand genommen und in seinem schweren Silberrahmen hin- und hergewogen, in dem es mir erschienen war wie eine Aufnahme aus den Anfängen der Fotografie, und das sagte ich jetzt zu der Frau. Es klang hilflos, aber mir fiel nichts anderes ein.

»So, wie er es bei sich zu Hause plaziert gehabt hat, muss sein Blick jeden Tag darauf gefallen sein.«

»Ich weiß«, sagte sie. »Als ich zu ihm gekommen bin, ist es noch auf seinem Nachtkästchen im Schlafzimmer gestanden, und ich habe Wochen gebraucht, bis er es daraus entfernt hat.«

Sie betrachtete mich lange und schien ebensolange nach Worten zu suchen, um sich dann doch nur resigniert auf eine Formel zurückzuziehen.

»Alle, die ihn in der Tschechoslowakei gekannt haben, sagen, dass er nach der Tragödie nicht mehr derselbe gewesen ist.«

Damit warf sie mir einen entschuldigenden Blick zu.

»Es hat ein halbes Jahr gedauert, bis er wieder einigermaßen hergestellt war«, sagte sie. »Dann hat er mit seinen Verschwörungstheorien angefangen. Er hat nicht an einen Unfall geglaubt und behauptet, dass der Geheimdienst dahinterstecken muss. Er war in seinem Jahrgang mit Abstand der beste Student und hat offen von seinen Auswanderungsplänen gesprochen, und das war seiner Meinung nach der Grund. Man lässt einen zukünftigen Raketenphysiker nicht einfach so zum Feind überlaufen und versucht lieber, ihn zu eliminieren, als das Risiko einzugehen, dass er sich falsch entscheidet. Verstiegener Unsinn, doch er war nicht davon abzubringen.«

Für mich hörte sich das gar nicht so unsinnig an, aber bevor ich etwas sagen konnte, hatte sie schon umgeschwenkt und steuerte auf ihr eigentliches Thema zu.

»Gleichzeitig hat man ihn immer häufiger auf Kinderspielplätzen und vor Schulen gesehen, wenn die Schülerinnen mittags herausgekommen sind.«

Ich sah sie an.

»Was wollen Sie damit sagen?«

Obwohl ich es leise aussprach, klang es viel zu laut, als hätte sie mir einen Vorwurf gemacht, den ich entschieden von mir weisen müsste.

»Sie wollen damit doch etwas sagen.«

Ich wäre froh gewesen, hätte ich meine Erregung besser im Griff gehabt, aber es ging mit mir durch, bis sie mich beschwichtigte, ich solle ihr doch erst einmal zuhören, bevor ich den Verstand verlöre.

»Niemand hat ihm etwas vorgeworfen«, sagte sie. »Er hat den Mädchen beim Spielen zugeschaut, ohne jemals eine anzusprechen. Beschwerden hat es nie gegeben, aber die Eltern haben ihre Kinder vor ihm in Sicherheit gebracht, wenn er aufgetaucht ist. Sie haben geglaubt, dass er nach dem Unfall nicht mehr richtig im

Kopf war. Noch über zwanzig Jahre danach haben mich Leute gewarnt, als ich gesagt habe, dass ich zu ihm nach Amerika gehe.«

Zum Glück war das keine Beweisaufnahme vor Gericht, auch wenn es sich zeitweilig so anhörte. Ein Mann verlor bei einem Autounfall seine kleine Schwester und stellte dann jungen Mädchen nach. Das war alles andere als eine gute Geschichte, im Gegenteil, aber was, wenn es die Wahrheit war? Was, wenn sich die Wahrheit nur allzuoft als schlechte Geschichte herausstellte, ja, als plattes Klischee? Solange die Sätze unverbunden nebeneinander standen, musste man sich hüten, Verbindungen herzustellen, man musste wissen, dass »weil« ein gefährliches Wort war, vielleicht das gefährlichste Wort überhaupt, zumal es nahelegte, man habe etwas verstanden, wo man vielleicht gar nichts verstanden hatte und nach einem ersten, grellen Lichtblitz der Erkenntnis in Wirklichkeit im dunkeln tappte.

»Er hat den Mädchen beim Spielen zugesehen«, sagte ich. »Na und? Darf er das nicht? Ist das ein Verbrechen?«

Die Frau nahm mich genauer in den Blick. Jetzt war sie dran zu fragen, was ich damit sagen wolle, aber sie fragte nicht. Sie sah mich nur an, und um ihren Mund entwickelte sich ein Lächeln, das nicht über einen Ansatz hinauskam.

»Sie unterschätzen mich«, sagte sie. »Ich bin eine Frau, aber das heißt nicht, dass ich nicht denken kann.

Wenn Sie wollen, erzähle ich Ihnen, was ich weiß. Die Unterstellungen gehen bisher nur auf Ihr Konto.«

Das war die Gelegenheit, sie endlich zu fragen, was dem Professor eigentlich genau unterstellt werde, und sowie sie Aura nur erwähnt hatte, ließ sie sich abfällig über sie aus. Allein wie sie nicht davon abging, sie immer wieder eine puertoricanische Schlampe zu nennen, und ein ums andere Mal betonte, er hätte wissen müssen, worauf er sich da einließ, zeigte, wie wenig sie von ihr hielt. Tatsächlich sprach sie die Beschimpfung aus, als wäre das schon die Erklärung beziehungsweise als wäre damit alles gesagt, und ich hörte es mir mit zunehmendem Unbehagen an und gab nicht zu erkennen, dass ich von Aura wusste, und schon gar nicht, was ich alles von ihr wusste.

»Ein Physiker, der Ihnen bis auf ein paar Augenblicke nach dem Urknall erklären kann, wie die Welt entstanden ist, sich aber im Zwischenmenschlichen nicht klüger verhält als ein Unterstufenschüler«, sagte sie. »Er hat den Fehler gemacht, sie in seine Obsessionen einzuweihen.«

Ich wusste augenblicklich, dass sie von dem fehlgeschlagenen Treffen in Seattle sprach, nach dem Aura den Kontakt mit dem Professor abgebrochen und auf sein Flehen nicht mehr reagiert hatte, war aber auf das, was die Frau dann sagte, nicht im geringsten vorbereitet.

»Er hat ihr von den verschwundenen Mädchen erzählt.«

Sie versuchte möglichst sachlich zu bleiben, während ich den Satz wiederholte und sie ansah, als könnte ich mich nur verhört haben.

»Er hat eine richtige Kartei von all den jungen Frauen im Kopf gehabt, die in den letzten zwanzig oder dreißig Jahren hier im Nordwesten als vermisst gemeldet worden sind«, sagte sie. »Von jeder hat er Ihnen Namen, Alter, den Ort, wo sie zum letzten Mal gesehen worden ist, und noch Hunderte von anderen Details sagen können. Nennen Sie es meinetwegen krank, aber auch das ist kein Verbrechen. Und was tut diese puertoricanische Schlampe, als er ihr davon erzählt? Sie schaltet einen Anwalt ein und droht ihm, zur Polizei zu gehen.«

Ich fragte mich, ob die Frau am Ende nicht doch etwas von den infantilen Gesprächsritualen wusste, wie ich sie in dem E-Mail- und SMS-Wechsel des Professors noch und noch entdeckt hatte, ob sie ihn zu ihrer Zeit nicht vielleicht selbst alter Mann genannt und sich von ihm junges Mädchen hatte nennen lassen. Aura jedenfalls war dann zur Polizei gegangen, und obwohl die Beamten die Verdächtigungen als das abgetan hatten, was sie waren, leeres Gerede eines Verrückten mit dem absurden Steckenpferd, Material über offene Kriminalfälle zu sammeln und in seinem Hirn zu archivieren, war er dadurch doch in den Fokus geraten, und die alten Geschichten, die es nicht nur zu Hause in Mähren, sondern auch in Seattle gegeben hatte, waren wieder hochgekommen, sein Herumschleichen auf Spielplätzen und vor Schulen, wenn die Schülerinnen mittags herauskamen. Man hatte ihm kein Fehlverhalten nachweisen können, doch nach dem, was Aura den Beamten erzählte, waren eines Tages zwei von ihnen vor seiner Tür gestanden und hatten gesagt, sie hätten nichts gegen ihn in der Hand, aber es gebe Unruhe in der Nachbarschaft und er halte sich in Zukunft von bestimmten Plätzen besser fern. Seine Frau war sicher, dass ihn das bis ins Mark erschüttert hatte, und als er in seiner Firma zu einem Gespräch gebeten wurde, bei dem er zu hören bekam, er wirke überarbeitet und solle sich ein paar Wochen Urlaub nehmen, war das für ihn wie eine Verurteilung gewesen.

»Als dann auch noch jemand die Geschichte seiner Schwester ausgegraben hat, war es um ihn geschehen«, sagte sie. »Das Wort ›Kinderficker‹ hat ihm den Rest gegeben. Das hat diese puertoricanische Schlampe zu ihm gesagt, als er sie endlich am Telefon erreicht hat. Er hat sich bei ihr entschuldigen wollen.«

»Sie hat Kinderficker zu ihm gesagt?«

»Ja«, sagte sie. »Das ist aber nicht alles. Sie hat zu ihm gesagt, sie hoffe, dass er seine schmutzigen Finger wenigstens von seiner Schwester gelassen habe. Wenn Sie mich fragen, hat ihn am Ende das umgebracht.«

Danach konnte ich es nicht erwarten, in mein Zimmer zurückzukommen und noch einmal die Korrespondenz zwischen Aura und dem Professor durchzublättern. Ich wusste nicht, welche Erkenntnisse ich erwartete, und doch las sich jetzt mit dem Wissen um den Tod seiner Schwester jede Zeile anders. Mit einem Schaudern entdeckte ich wieder, dass er Aura in der Nacht in Guadalajara Sarah genannt hatte, Sarah, meine Kleine, Sarah, mein Kind. Hatte sie sich vielleicht tatsächlich nur verhört, und er hatte Jana gesagt, und würde das etwas besser machen oder alles nur noch schlimmer? Zwar erinnerte ich mich wirklich nicht, ob ich ihm jemals erzählt hatte, dass ich Sarah gegen ihren Willen zu küssen versucht hatte, aber ich wollte gar nicht daran denken, welche Phantasmen ihm da durch den Kopf gegangen sein mochten. Ich suchte die E-Mail, in der Aura ihn gefragt hatte, ob sie etwas falsch gemacht habe, in der sie ihn gedrängt hatte, ob es an ihrem Körper liege, in der sie ihn beschworen hatte, sie habe nun einmal die Brüste, die sie habe, sie könne sie nicht kleiner für ihn machen, sie könne sie nicht für ihn wegzaubern, sie sei eine Frau und kein Mädchen, so gern sie eines für ihn wäre, und reagierte jetzt mit Übelkeit darauf. Dann stieß ich wieder auf ihrer beider kindliches Sprechen von sich in der dritten Person, wie ich es nur aus Indianerbüchern kannte, auf die vorgefertigte, stets von neuem wiederholte Sentenz »Der alte Mann fragt das junge Mädchen, ob es seines ist«, und die stehende Antwort darauf: »Das junge Mädchen sagt dem alten Mann, es ist seines, ganz seines.« Darauf folgte immer ritualhaft ein »La tuya!« oder ein »Siempre la tuya!« oder »Toda la tuya!«, als wäre es erst in der anderen Sprache wahr. Es hörte sich jetzt unheimlich an, und es dauerte nicht lange, da legte ich die Blätter ebenso erschöpft wie angeekelt beiseite, nur noch fester in meinem Entschluss, sie niemandem zu zeigen, weder der Frau des Professors noch gar dem Sheriff.

Für den Abend hatte ich mich mit ihr bei Kathy verabredet. Der Professor hatte ihr von der Blockhütte erzählt, und sie wollte sie unbedingt sehen. Ich hatte ihr angeboten, sie in ihrem Hotel abzuholen, aber sie hatte sich entschieden, lieber ein Taxi zu nehmen, damit wir unabhängig voneinander seien, und so fuhr ich beim Dunkelwerden allein hinaus. Sie war schon da, als ich ankam, und saß in einer Runde von Männern, mit denen sie sich offensichtlich auf das prächtigste unterhielt. Bei unserem Treffen im Hotel hatte sie in ihrer Keilskihose und ihrem Strickpullover noch wie demonstrativ osteuropäisch auf mich gewirkt, aber jetzt hatte auch sie sich in diese Westernkluft geschmissen, der besonders die weiblichen Touristen sich verpflichtet fühlten, Cowboystiefel in Weiß und Gold, Jeans, ein kariertes Holzfällerhemd und ein locker geknotetes Halstuch.

Ich hatte nicht nur nicht daran gedacht, dass Samstag war, sondern ganz und gar vergessen, dass bereits mit dem Wochenende die berüchtigte Woche sieben anbrach, die Woche der Air-Base-Leute, die dann immer aus Cheyenne kamen, manchmal nur eine Handvoll, manchmal in halber Kompaniestärke, wie es schien, weil sie so laut waren und sich aufführten wie Studenten, die nach einer Ewigkeit ohne Ausgang auf die Welt losgelassen wurden. Seit sie in Erfahrung gebracht hatten, dass der Professor Raketenphysiker war, hatten sie ihn in den vergangenen Jahren als einen der ihren behandelt, und das erklärte wahrscheinlich auch, dass die Gruppe die Frau gleich so selbstverständlich aufgenommen hatte. Jedenfalls behauptete sie ihren Platz mitten unter ihnen, als wären sie alte Bekannte, hob gerade ihr Glas und stieß mit einem nach dem anderen an.

Ich fing Kathys Blick auf, der alles sagte. Sie hasste die Air-Base-Leute, wie sie sonst nur die Methan-Leute und die Hollywood-Leute hasste, die auch ihre Wochen und ihre Wichtigkeiten hatten, und versteckte ihre Abneigung nicht, was ihren Ruf als beste Barkeeperin hundert Meilen diesseits und hundert Meilen jenseits des Continental Divide, wie sie in der Zeitung einmal genannt worden war, nur vergrößerte. Sie schaute mir zu, wie ich mich an den Tisch zu der Frau vorarbeitete, und schüttelte kaum merklich den Kopf, als ich mich zu ihr beugte und gleich von ihr okkupiert wurde.

»Darf ich Sie mit meinen neuen Freunden bekannt machen?«

Sie sagte die Namen und dazu unernst irgendwelche militärischen Ränge, und ich blickte reihum in uninteressiert spöttische Augen. Keiner trug eine Uniform, aber sie wirkten in ihren Trainingshosen und Pullovern und mit ihren einheitlichen Kurzhaarfrisuren trotzdem uniformiert und als wären sie gerade von einem Lauf-training gekommen, das ihnen allerdings nichts abver-langt zu haben schien. Alle strahlten diese unerträgliche Frische von ewigen Optimisten aus, und entsprechend stolz wirkte die Frau, sie mir vorstellen zu können.

»Sie haben meinen Mann gekannt.«

»Nicht direkt«, sagte einer. »Aber wir wissen, wer er war. Sie sind der Skilehrer? Sind Sie dabeigewesen, als es passiert ist? Sie haben sicher Vermutungen über die Gründe.«

Er war kaum älter als zwanzig, ein rosiges Jungenge-sicht mit blonden, wie gefrosteten Härchen auf den Wangen, leicht abstehenden Ohren und einem beharrli-chen Blick, den er nicht von mir abwandte, als ich in die hingehaltene Hand längst schon eingeschlagen hatte. Die Frau sagte, ich sei ihrem Mann von allen Men-schen auf der Welt am nächsten gestanden, fast genau die Worte, die auch Kathy verwendet hatte und die mich schon damals entsetzt hatten und mich jetzt nur um so mehr entsetzten, und er meinte herausfordernd, dann hätte ich sicher einiges zu erzählen. Ich verstand nicht, worauf er hinauswollte, aber ohne Zweifel hatten auch bei den Männern hier längst Gerüchte die Runde ge-macht, und es war wohl eine Anspielung darauf, die auch die Frau nur bestärkte. Zumindest nahm sie sich heraus, über mich in der dritten Person zu sprechen, als wäre ich nicht da.

»Mein Mann hat ihn adoptieren wollen«, sagte sie

mit einem Blick auf mich. »Im technischen Sinn hätte mich das zu seiner Mutter gemacht.«

Der Air-Base-Mann lachte laut auf, und es kam eines dieser amerikanischen Gebisse mit viel zu vielen Zähnen zum Vorschein. Er schob die Ärmel seines Pullovers über die Ellbogen hoch, als könnte ihn das alles nur körperlich, aber sicher nicht geistig herausfordern. Dann nahm er mich in den Blick.

»Der Adoptivsohn also«, sagte er. »Ist ja interessant.«

Er deutete auf den leeren Stuhl neben sich, und einen Moment glaubte ich in seinen Augen ein Aufblitzen zu sehen, als könnte er sich nur gerade noch zurückhalten, aus der Aufforderung einen Befehl zu machen.

»Was muss man dafür tun?«

Ich versuchte mich unter der Hand durchzuducken, die er mir auf die Schulter gelegt hatte, obwohl er saß und ich stand, aber er verstärkte nur den Druck. Die Aggressivität der Geste und seines Redens war ihm offensichtlich selbst nicht richtig klar, und erst als die Frau ihn beschwichtigte, es sei nur ein Plan gewesen, ich hätte mich ja gar nicht adoptieren lassen, schien ihm zu Bewusstsein zu kommen, dass er mir zu nahe getreten war. Also fing er an, mir gründlich den Nacken zu kneten.

»Sie haben es abgelehnt«, sagte er. »Es laufen Tausende von jungen Leuten herum, die sich die Finger danach lecken würden. Warum in aller Welt lehnt man so etwas ab? Wenn mich einer fragen würde, würde ich mich nach seinem Vermögen erkundigen und ab einem gewissen Betrag keinen Augenblick zögern.«

Ich war jetzt sicher, dass er irgendwo etwas gehört hatte und die Grenzen austestete. Bevor ich zu Kathy aufgebrochen war, hatte mich der Sheriff noch erreicht und gesagt, er habe eine Frage. Er hatte wissen wollen, ob ich mit dem Professor jemals ins Reservat gefahren sei oder ob ich mir vorstellen könne, dass er sich bei seinen Aufenthalten in Jackson auf eigene Faust dorthin auf den Weg gemacht habe. Ich verschwieg ihm das eine Mal, erwähnte unseren Ausflug nicht, er lag auch schon lange zurück, und verbürgte mich, dass es kein anderes Mal gegeben habe. Wenn es so gewesen wäre, hätte ich das gewusst und konnte es guten Gewissens ausschließen, aber als ich mich erkundigte, wie er überhaupt darauf komme, hüllte der Sheriff sich in Schweigen. Auch im Reservat waren über die Jahre Mädchen verschwunden, und um zu ahnen, was er gerade zu überprüfen versuchte, musste ich nur an das Gespräch mit der Frau des Professors im Hotel denken. Vielleicht wurde überhaupt schon über all das offen geredet, und der Air-Base-Mann glaubte deshalb, so mit mir umspringen zu können.

»Warum lassen Sie mich nicht einfach in Ruhe?« sagte ich schließlich, während er das Kneten in meinem Nacken rhythmisierte, zwei starke Kniffe folgten auf einen jeweils schwächeren. »Bringt man Ihnen dort in Cheyenne nicht wenigstens Manieren bei?«

Ich sah, wie er sich augenblicklich versteifte, und auch für die anderen war das ein Signalwort, enger zusammenzurücken und in Verteidigungsstellung zu gehen. In einem anderen Jahr hatte ich miterlebt, wie sich einer von ihnen mit dem Professor unterhalten hatte. Er hatte ihn lange nach seinen Raketen gefragt und aufmerksam den Ausführungen gelauscht, aber am Ende doch irgendwann festgestellt, so interessant sich das alles anhöre, ihr Innenleben sei nicht weiter wichtig, solange sie funktionierten. Da erst hatte der Professor aufgemerkt und sich erkundigt, wie er das meine, und der Mann hatte erwidert, er unterliege einer strengen Schweigepflicht, aber er könne ihm versichern, dass er ein Händchen dafür habe, die Dinger in Sekundenschnelle überall auf der Welt ihrem Ziel zuzuführen. Dabei hatte er einen Arm ausgefahren und mit gestrecktem Zeigefinger einen weiten Parabelbogen über seinen Kopf gezogen, gefolgt von einem langen Zischlaut und einem Einschlaggeräusch, das er mit einer lautlosen Lippenbewegung imitierte. Er war von derselben Machart gewesen wie jetzt der Air-Base-Mann, der seine Hand immer noch in meinem Nacken hatte, mich auf den Stuhl neben sich zu drücken versuchte und offensichtlich auf Streit aus war.

»Sagen Sie bloß nichts gegen Cheyenne.«

»Ich habe nichts gesagt.«

»Haben Sie nicht Cheyenne gesagt?«

»Warum sollte ich das nicht sagen?«

»Sie haben gar nichts zu sagen und erst recht nicht gegen Cheyenne«, sagte er. »Sie wissen nichts, und wenn Sie etwas wüssten, würden Sie nicht so leichtfertig daherreden.«

Kathy musste von der Theke aus beobachtet haben, was sich zusammenbraute, und noch bevor ich antworten konnte, war sie zur Stelle, um zu fragen, ob ich Hilfe brauchte. Der Air-Base-Mann, der sich erhoben hatte, stand mir gegenüber, doch ein Blick von ihr genügte, dass er sich wieder setzte. Sie hatte die Autorität, Konflikte mit einem einzigen Wort zu beenden, und im Zweifelsfall musste sie nur die Drohung aussprechen, dass die Kontrahenten ein Jahr lang Lokalverbot bekämen, wenn sie nicht sofort aufhörten. Auch bei Handgreiflichkeiten ging sie dazwischen und teilte schon einmal selbst Hiebe aus, wenn sich zwei so sehr ineinander verkeilt hatten, dass sie anders nicht auseinanderzubringen waren. Jetzt zog sie mich mit zu sich an die Theke und plazierte mich dort, und von ihr erfuhr ich, dass tatsächlich geredet wurde, dass der Professor sich Mädchen aus dem Reservat in sein Hotel habe kommen lassen, wogegen ich sofort protestierte.

»Glaubst du das etwa?«

Sie hatte die Arme verschränkt und wich meinem Blick aus.

»Frag mich nicht«, sagte sie. »Ich weiß es nicht.«

»Aber du hast ihn gekannt, Kathy!«

»Habe ich das?«

Das Reservat in Kathys Gegenwart nur zu erwähnen reichte, dass sich ihr Blick auf einen veränderte, wenn man keinen guten Grund dafür angab. Als ich ihr einmal gesagt hatte, dass ich manchmal hinführe, hatte sie mich gefragt, was ich in der unwirtlichen Gegend wolle, und auf meine Antwort »Bilder machen« nur mit Abwehr reagiert und sich erkundigt, welche Bilder und ob ich sie nicht genausogut hier machen könnte. Es musste mit den immer wieder aufkommenden Gerüchten oder jedenfalls nicht ausrottbaren Phantasien zu tun haben, dass dort auf den verlassenen Straßen zwischen den verstreuten Häusern und Trailern Mädchen aus den ärmsten Familien für ein Butterbrot zu haben waren. Wenn nach Mitternacht Betrunkene in der Bar überlegten, was sie noch tun könnten, und auf die Idee kamen, den Indianern einen Besuch abzustatten, wie sie sagten, und Kathy das aufschnappte, konnte es vorkommen, dass sie drohte, sie sollten gut darüber nachdenken, was sie auf ihrem Ausflug vorhätten, oder sie schicke ihnen den Sheriff hinterher. Ich war dieses Jahr noch kein einziges Mal im Reservat gewesen, und als ich das erwähnte, blickte sie mich mit einem Ausdruck an, dass ich es am liebsten sofort wieder zurückgenommen hätte.

»Komm mir bloß nicht damit«, sagte sie. »Soll ich dich etwa dazu beglückwünschen, dass du endlich begreifst, dass du dort nichts verloren hast?«

Weil sie dann wortkarg hinter der Theke ihren Dienst verrichtete, trank ich nur schnell ein Bier und brach auf,

ohne mich von der Frau des Professors eigens zu verabschieden. Im Radio begannen gerade die Zwanzig-
Uhr-Nachrichten, und es gab auch wieder einen Bericht
über den Toten und das Unglück und einen deutlichen
Hinweis darauf, dass Vorwürfe gegen ihn untersucht
würden und welcher Art diese Vorwürfe waren. Ich fuhr
langsam, um Zeit totzuschlagen, und als ich mich dem
Städtchen näherte, erblickte ich von weitem schon die
von Flutlicht ausgeleuchtete Piste am Stadtrand. Es war
auch das Schneemobil-Wochenende, und der Professor
hatte seinen Aufenthalt in Jackson in den letzten Jahren
immer so gelegt, dass wir an wenigstens einem Abend
zu den Rennen gehen konnten. Auch dieses Mal war
das geplant gewesen, ja, er hatte sich in schauriger Erregung ausgemalt, wie schrecklich es wieder werden
würde, und mir fielen seine Worte ein, wie er voller Genugtuung gesagt hatte, seine Kollegen in Seattle würden nur den Kopf schütteln und ihn für verrückt erklären, wenn sie wüssten, dass er sich so etwas ansehe.

Ich parkte mein Auto in einer Seitenstraße direkt am
Pistenende und ging über den Parkplatz, auf dem die
Trucks und Wohnwagen der Teams abgestellt waren, in
der Luft Öl- und Benzingestank und das dumpfe Grol-
len Dutzender Motoren, von dem sich erst im Näherkommen das aggressivere Mopedgeheul der Schnee-
mobile abhob. Der Professor hatte es immer gemocht,
zwischen den Lastwagen auf und ab zu gehen, die
grellen neonfarbenen Werbeaufschriften zu lesen und

sich zu den Nummernschildern hinunterzubeugen, um festzustellen, woher sie kamen. Ich hatte wieder seine Stimme im Ohr, mit welcher Zärtlichkeit er »Minnesota« oder »Wisconsin« aussprechen konnte, und obwohl ich mich zuerst dagegen gewehrt hatte, war ich dann selbst dem Zauber erlegen. Es war die schiere Sinnlosigkeit, die ihn fasziniert hatte, die Vorstellung, zwei Tage durch eine menschenleere Winterlandschaft zu fahren, um in eisiger Kälte auf einem Parkplatz zu kampieren und in einer Horde von Schneemobilen Seite an Seite einen Hang hinaufzuschießen, an einer Markierung eine Wende zu machen und den Hang über mehrere Sprünge wieder heruntergeschossen zu kommen, widersprach allem, was man sich unter Vernunft vorstellte, aber es war gerade die Unvernunft, die er suchte. Ich brauchte eine Weile, bis ich begriff, dass ihn das an seine Kindheit erinnerte, die er mir einmal als Abfolge von Paradoxien erklärt hatte, nach deren Auflösung man nicht fragen durfte, vielleicht die einzige jemals explizit von ihm geäußerte Kritik an dem Leben, das er hinter dem Eisernen Vorhang verlebt hatte, aber schnell war mir klar, dass der Lärm gar nicht laut genug sein konnte und er seinen Kopf begierig in die Abgase streckte, um für ein paar Stunden der Perfektheit und Sauberkeit seiner Welt zu entwischen und möglichst gegen alle Regeln zu verstoßen, gegen die er nur verstoßen konnte.

Die Air Base hatte im Zielraum jedes Jahr einen Informationsstand aufgebaut, und ich fand ihn auch jetzt leicht, ein weißes Zelt unter anderen weißen Zelten, die für alles mögliche warben. Darin stand ein junger Mann in einem khakifarbenen Daunenoverall und schlug sich in einem fort die Arme um die Brust. Neben ihm knatterte ein Aggregat vor sich hin, das ein paar Heizstäbe betrieb, die aber gegen die Kälte offenbar nicht viel ausrichten konnten. Er musterte die Vorbeigehenden, und von Zeit zu Zeit stürzte er sich auf einen und versuchte, ihn unter sein Vordach zu ziehen. Die meisten wehrten sich und gingen weiter, aber von denen, die stehenblieben und ihm zuhörten, konnte ich mir vorstellen, dass sie in höchster Gefahr waren, sich in ein paar Monaten in einem Transportflugzeug auf dem Weg in ein Krisengebiet irgendwo auf der Welt wiederzufinden oder vor einem Bildschirm in Cheyenne, wo sie die Ziele für die Raketen programmieren würden und einen Golfplatz auf dem Gelände hätten, um sich nach Dienstschluss bei ein paar schönen Schlägen von ihrer schweren Arbeit zu entspannen.

Ich riss mich von dem Bild los und schaute eine Weile einem Mechaniker zu, der sich auf einer Plastikfolie im Schnee sitzend mit Schraubenschlüsseln am Motor eines Schneemobils zu schaffen machte und, wenn er die Kälte nicht mehr aushielt, für ein paar Augenblicke dicke Fäustlinge überstreifte, bevor er mit seinem Gemurkse fortfuhr. Über ihn gebeugt, im gleichen weißen Overall mit der gleichen blauen Aufschrift

ARCTIC TEAM, stand ein Mädchen und verfolgte konzentriert jede seiner Bewegungen. Sie hatte den Körper eines Kindes, und der Kopf mit dem Sturzhelm wirkte übergroß und schwer, als könnte er ihr jeden Moment von den Schultern kippen. Ich hatte sie zuerst für einen Jungen gehalten, aber dann die blonden Haare unter dem Helm hervorquellen sehen, und jetzt nahm sie ihn ab und sah mir direkt in die Augen. Sie hatte diesen Husky-Blick, eisig und starr, und nur weil ich mich ertappt fühlte, fragte ich sie reflexhaft, wie sie heiße, und sie sagte es mir, ein skandinavischer Name, jedenfalls für meine Ohren.

»Ingalisa.«

Ich fragte sie, woher sie kämen.

»Aus North Dakota.«

Ich fragte, woher genau.

»Aus Bismarck.«

Sie stand da, ihren Helm in der Hand, und ich konnte mich nicht von ihrem Blick lösen, bis der Mechaniker sich erhob, die ölverschmierten Hände an einem Tuch abwischte und wieder seine Fäustlinge überzog.

»Das wird wohl nichts mehr, Flocke«, sagte er. »Schluss für heute. Ich muss zusehen, dass ich es bis morgen hinkriege. Schauen wir lieber, dass wir etwas zu essen bekommen.«

Er hatte mir noch keine Beachtung geschenkt.

»Was ist los mit dir, Flocke? Hast du vor, dein Spiel zu

spielen, wer es länger in der Kühlanlage aushält? Willst du hier festfrieren?«

Damit sah er mich an.

»Verzeihen Sie. Sie nutzt jede Gelegenheit, mit Fremden ins Gespräch zu kommen. Ich habe ihr schon hundertmal gesagt, dass sie das besser lassen soll.«

Er legte ihr einen Arm um die Schultern, und ich merkte erst jetzt, dass sie tatsächlich wie erstarrt dastand, buchstäblich festgefroren.

»Schon gut, Flocke«, sagte er. »Es reicht.«

Sie hatte sich die ganze Zeit nicht bewegt, und er tat, als müsste er sie losrütteln, worauf sie sich widerstandslos von ihm wegziehen ließ. Ich sah ihnen nach, wie sie auf den Parkplatz zugingen, an dessen Rand sie sich noch einmal nach mir umdrehte. Schon waren sie zwischen den Lastwagen verschwunden, zwei weiße Gestalten, die im Schnee perfekt getarnt wären und jederzeit in eine Winterlandschaft gehen und lautlos darin verschwinden könnten. Im selben Augenblick schlug der Motorenlärm, den ich ein paar Sekunden lang nicht gehört hatte, mit einem Donnern über ihnen zusammen. Zwei Helfer, die in den gleichen Overalls wie sie steckten und deren Näherkommen ich nicht bemerkt hatte, schoben das Schneemobil weg, ohne von mir Notiz zu nehmen. Ich blieb noch eine Weile stehen, aber es gelang mir nicht, mich auf das Rennen zu konzentrieren, das von einer Lautsprecherstimme als Höhepunkt des Abends angekündigt wurde und nun in Gang kam.

Dann fand ich mich zwischen den Trucks und Wohnwagen wieder, ohne dass ich recht wusste, wie ich dorthin geraten war. Sie standen dicht nebeneinander, und ich schlenderte die schmalen Gänge zwischen ihnen auf und ab. Ich beugte mich zu den Nummernschildern hinunter, aber ich entdeckte keines von North Dakota, und ich stieß zwar auf ein NORDIC TEAM und ein POLARIS TEAM, aber auf kein ARCTIC TEAM. Am Ende hatte ich das ganze Gelände gewiss dreimal abgesucht und gab es auf. Ich stellte das Auto vor meinem Motel ab und ging noch in eine Bar, um ein letztes Bier zu trinken, und als ich dem Barkeeper die Geschichte erzählte, fragte er mich, ob diese Eisprinzessin echt gewesen sei oder ob ich sie mir vielleicht nur eingebildet hätte.

NEUNTES KAPITEL

Zwei Wochen vergingen, in denen ich auf Vorschlag von Schwester Antonia damit begann, sie und ihre Mitschwestern zu fotografieren. Sie hatte gesagt, wenn ich schon Hochzeitsfotograf gewesen sei, könne ich ruhig auch einmal den Bräuten Christi meine Aufmerksamkeit widmen. Ich fing mit ihr an, und wider Erwarten kam sie zu dem Termin nicht in ihrem Habit, sondern in einem blauen Arbeiteroverall aus Drillich und posierte neben einem Schubkarren und einem Rechen vor dem Zaun des Klostergartens, ihr Haar zu einem Dutt zusammengebunden. Sie lachte so bereitwillig, dass ich sie fast nicht dazu brachte, wenigstens für ein paar Augenblicke darauf zu verzichten, aber am Ende hatte ich ein grimmiges und doch auch sanftes Porträt von ihr, das sie nicht mochte, auf dem ich sie aber am besten getroffen fand.

Bei den anderen war es keine so große Kunst, sie aus ihrer Verpanzerung zu brechen, und wenn ich sie im Versuch, etwas Individuelles in ihre Gesichter zu zaubern, immer gleich fragte, ob sie sich entsannen, wie sie als Vierzehn-, Fünfzehn- oder Sechzehnjährige gewesen seien, konnten sie im ersten Augenblick erschrecken, als wäre allein schon die Frage etwas Obszönes. Dann sagte die eine aber, sie habe sich nicht anders gefühlt als jetzt, und beschrieb es auf mein Nachfragen als »jung im Herzen«, erzählte eine andere, sie habe auf einem Hof gelebt und zu jeder Jahreszeit und bei jedem Wetter drei Kilometer zu Fuß in die Schule müssen, das Erwartbare vielleicht, und erinnerte sich eine Dritte an ihren Hund, mit dem sie einen Sommer lang jeden Tag schwimmen gegangen sei und der sie hundertmal spielerisch vor dem Ertrinken gerettet habe und selbst ertrunken sei, weil er in einen Kanal geraten war und an den abschüssigen, glatten Betonrändern nicht mehr herausgefunden hatte. Sie war, solange sie konnte, auf seiner Höhe am Ufer entlanggelaufen und hatte ihn treiben lassen müssen, als der Weg versperrt war, und angeblich verging kein Tag, an dem sie nicht bereute, nicht zu ihm ins Wasser gesprungen zu sein. Am liebsten hätte ich alle, die in vollem Ornat kamen, gebeten, die Haube abzunehmen, aber das wagte ich nicht, weil es sie nackt gemacht hätte. Ich drückte auf den Auslöser, und die Zeit schien rückwärts zu laufen, bis sie am Ende wie erhitzt dastanden, wieder ihre Masken aufsetzten und eine mädchenhafte Verlegenheit einkehrte, ehe die alte Strenge sie von neuem im Griff hatte.

Als ich Johanna die ersten Bilder zeigte, sagte sie, das würde mir ähnlich sehen. Aus den Bräuten, die ich bei all den Hochzeiten fotografiert hatte, hätte ich versucht, Nonnen zu machen, und bei den Nonnen komme mein größter Ehrgeiz zutage, zu zeigen, dass sie bei aller Himmel- und Höllenfixiertheit für die Welt nicht verloren seien oder jedenfalls in einem bestimmten Alter nicht verloren gewesen wären. Ich wusste nicht, ob es ihr ernst damit war, aber sie redete davon, die Aufnahmen müssten eigentlich paarweise ausgestellt werden, wenn ich genug Nonnen beisammenhätte, jeweils eine Nonne und eine Braut, die eine ganz in Schwarz, die andere ganz in Weiß, und sie hatte auch schon einen Titel für eine solche Ausstellung parat und schlug vor, sie *Die Wahrheit der Frauen* zu nennen und offenzulassen, ob ich das ironisch meinte.

Ich hatte sie regelrecht abgefangen, als sie aus dem Haus getreten war, und sah sie sonst kaum. Dabei konnte ich nicht sagen, ob sie mir immer noch aus dem Weg ging, wie sie es nach unserer Begegnung auf dem Schlossberg getan hatte, oder ob es Zufall war. Viktor hatte mich nach seiner Rückkehr gleich wieder unter seine Fittiche genommen, und ich aß mich weiter tapfer durch die Innereien, die er mir auftischte, auch wenn ich mich schon zu fragen begann, was er noch alles an eigentlich Ungenießbarem für mich bereithielt und ob es nicht vielleicht eine Strafe war, der er mich unterzog. Es hatte sich herumgesprochen, dass ich wieder zurück war, und ein- oder zweimal tauchten ehemalige Mitschüler auf und gaben mir ein Gefühl für das Ausmaß der verlorenen Zeit. Für sie war ich dreizehn Jahre nicht dagewesen, als hätte ich dreizehn Jahre nicht gelebt. Dann kam an einem Abend mein langjähriger Mathematiklehrer, von dem ich schon in Jackson gehört hatte, er sei zwei Jahre vor der Pensionierung Knall auf Fall aus dem Schuldienst ausgeschieden und habe angefangen, Gedichte zu schreiben und sich für die verrücktesten esoterischen Welterklärungen zu interessieren, während er sich gleichzeitig systematisch zu Tode trinke. Er war ein steifer, überkorrekter Mann mit allzu robusten, ja, gefährlichen politischen Ansichten und zwei am Ende fadenscheinigen Anzügen gewesen, die er abwechselnd im Unterricht trug, und ihn jetzt ein ums andere Mal wiederholen zu hören, dass die Dinge sich nicht ausrechnen ließen, als hätte er all die Jahre gebraucht, um zu dieser Erkenntnis zu gelangen, und dabei seinen feuchten Blick aushalten zu müssen, machte mir eine Heidenangst, von der ich nicht hätte sagen können, ob es Angst vor dem Leben oder vor dem Sterben war.

An einem Sonntag lernte ich den Anwalt kennen, dessen Tochter bei Viktor heiraten wollte. Bis zum geplanten Termin waren es nur noch drei Wochen, und er war in ihrem Auftrag gekommen, um letzte Details zu besprechen, und hatte auch nach mir gefragt, weil ich schließlich eingewilligt hatte, die Fotos zu machen. Er war ein großer, schwerer Mann, der mit einem abwehrenden Winken die Treppe zur Terrasse heraufkam, als fürchtete er, jemand könnte zu ihm stürzen, um ihm zu helfen, und dann in der prallen Sonne saß und sich

mit einem riesigen weißen Taschentuch in einem fort
die Stirn abwischte, statt den Rat anzunehmen und nur
einen halben Meter weiter in den Schatten zu rücken.
Die Eltern seines zukünftigen Schwiegersohnes stammten aus Anatolien, und als er immer wieder stolz seinen
Namen erwähnte, merkte ich allmählich, dass ich diesen eigentlich hätte kennen sollen. Ich war aber zu
lange weg gewesen, hatte mich in der Ferne nicht im
geringsten um heimische Angelegenheiten gekümmert
und musste mich jetzt aufklären lassen, dass Aslan Kara
nicht nur einer der bekanntesten und meistgelesenen
Schriftsteller im ganzen deutschen Sprachraum war,
sondern auch gerngesehener Gast in Fernseh-Talkshows
und in islamischen Fragen Berater des Präsidenten in
Wien. Der Anwalt sagte, seine Tochter habe ihn in Istanbul kennengelernt, und schwärmte so sehr von ihm,
dass ich den Gedanken nicht loswurde, er rede über
seine Zweifel hinweg und versuche sich selbst zu be-
schwören, sein ein und alles sei auch wirklich nicht an
den Falschen geraten.

»Ich schicke Ihnen seine Bücher«, sagte er. »Nehmen
Sie sich die Zeit und schauen Sie hinein. Mögen Sie
Liebesromane? Wenn Sie sie lesen, sind Sie danach nicht
mehr derselbe.«

»Er schreibt Liebesromane?«

»Ja«, sagte er. »Gelehrte Liebesromane.«

Ich fragte ihn, was das sein solle, aber er sagte nur, ich
müsse mir selbst einen Eindruck verschaffen, er schwöre,

dass ich es nicht bereuen würde, und verstieg sich dann zu einer schrägen Bemerkung.

»Ich habe mehrere Freunde, die sie an ihre Frauen verschenkt haben, und sie sagen, ihr Eheleben hat sich danach um hundert Prozent verbessert. Verstehen Sie, was ich meine? Die meisten sind schon seit über zwanzig Jahren verheiratet und haben plötzlich wieder Sex.«

Er sah mich konsterniert an, als ich sagte, die Frauen hätten sich also alle in seinen zukünftigen Schwiegersohn verliebt. Dann lachte er. Er machte mit dem Zeigefinger eine spielerisch drohende Geste und wiederholte meinen Satz.

»Ich sehe schon, Sie verstehen etwas von der Sache«, sagte er förmlich, um seine plötzliche Unsicherheit zu überspielen. »Mit diesem Esprit werden Sie die richtigen Bilder machen.«

Drei Tage später hing ein Kruzifix im Restaurant, und Viktor erklärte mir, das gehöre zu den Hochzeitsvorbereitungen, der Anwalt habe es sich so gewünscht. Er habe ihn gebeten, es aufzuhängen, aber bloß niemandem zu verraten, dass es auf seine Bitte geschehen sei. Dann habe er noch gesagt, wenn dieser muslimische Wunderwuzzi schon seine Tochter zur Braut bekomme, müsse er ein Kreuz aushalten, und als ich von Viktor wissen wollte, ob der Anwalt es wirklich so formuliert habe, sagte er, nein, das sei seine eigene Wendung.

Michael »Michi« Mattlinger erkannte ich nicht, als er eines Abends im Restaurant saß. Zwar hatte ich ihn immer wieder auf den Fotos gesehen, die ich bei der Hochzeit der toten Braut gemacht hatte, und auch meine Beschreibung, er sei ein unerträglicher Schönling mit Fönwelle, Grübchen und einem sanft vernebelten Schlafzimmerblick, traf immer noch zu, aber erstens hatte ich ihn nicht erwartet, und zweitens hatte er sich einen Schnurrbart wachsen lassen, der sich über seine Mundwinkel traurig bis zur Kieferkante krümmte. Zudem plagte ihn ein nervöses Zucken, das seinen Kopf alle paar Augenblicke vorschnellen ließ wie bei einem pickenden Huhn und mich daran erinnerte, wie Schwester Antonia gesagt hatte, dass es auch mit ihm schlimm kommen werde. Ich war zuerst nicht sicher, ob er meinetwegen hier war, als Viktor ihn mir vorstellte und ich im ersten Reflex sagte: »Fernsehsprecher, Moderator, Entertainer«, als wäre sein Name ohne diesen Zusatz unvollständig, aber im Lauf des Gesprächs wurde ich mir dessen immer gewisser, und zuletzt hatte ich keinen Zweifel mehr.

Was Schwester Antonia dazu bewogen hatte, ausgerechnet zu ihm zu sagen, ich sei in der Nacht des Unglücks nicht nur draußen gewesen, sondern die Nonne, die im Vorjahr verstorben sei und behauptet habe, die Braut habe in den frühen Morgenstunden an der Klosterpforte geklopft, habe ihr auch versichert, ich sei nur wenige Minuten nach der Unglücklichen hinter ihr her auf den Schlossberg gegangen, wusste ich nicht. Sie waren sich zufällig begegnet, aber an die Zufälligkeit ihrer

Aussage wollte ich nicht glauben, sie hatte in ihm einen gefunden, den es interessieren würde, wenn sie es beiläufig fallenließ, und es war reine Bösartigkeit von ihr. Ich hatte Michael »Michi« Mattlinger immer nur als frivolen Burschen angesehen, als denjenigen, der vor dreizehn Jahren vor den Augen der Braut gegen die Wand unter dem Entspannungszimmer gepinkelt hatte, aber er schien über die Geschichte immer noch nicht hinweg zu sein, und ihn sagen zu hören, »Verehrer« klinge vielleicht ganz schön und »Club der Abgewiesenen«, aber die Wahrheit sei, dass er der einzige gewesen sei, der Iris geliebt habe, rüttelte mich jetzt auf. Er sprach den Namen der toten Braut gewichtig aus und sah mich dabei mit einer Zutraulichkeit an, als müsste er noch im nachhinein ausgerechnet meinen Segen für alles haben.

»Ihre Mutter hat unbedingt diesen Wiener Schnösel für sie gewollt«, sagte er. »Ich war ihr nicht gut genug. Sie haben ihn ja kennengelernt. Ein Bild von einem Mann ist er nicht gerade gewesen.«

»Ich habe ihn fotografiert.«

»Sage ich ja.«

»Kennengelernt habe ich ihn nicht.«

»Glauben Sie, Iris hätte auch nur einen Blick für ihn gehabt, hätte er nicht seine Millionen gehabt?«

Ich hätte ja oder nein sagen können, es hätte nicht das geringste geändert, so wie er sich die Geschichte zurechterzählte und dabei immer mehr in einen lamentierenden Ton verfiel.

»Ihre Mutter hat die Entscheidung getroffen«, sagte er.»Nur hat sie die Rechnung ohne die Mutter des Bräutigams gemacht. Denn die hat sich für ihren Sohn auch etwas anderes vorgestellt als ein Partygirl. Schließlich war sein Großvater im Nationalrat.«

Ich konnte nicht glauben, dass ihn dieses elende Matchmaking nach so langer Zeit immer noch umtrieb, dieses zermürbende »Er ist nicht gut genug für sie, sie ist nicht gut genug für ihn«, als wäre die Welt bei Jane Austen steckengeblieben, aber wenn man bei Hochzeiten genau hinhörte, war sie es in vielen Dingen offenbar auch. Ohne großes Interesse unterhielt ich mich eine Weile mit ihm und hatte den Eindruck, ich hätte ihm am Ende ausgeredet, dass ich in der Unglücksnacht hinter der Braut her auf den Schlossberg gegangen sei, aber als nur ein paar Tage später der Kommissar mit der gleichen Anschuldigung auftauchte, war das eine andere Geschichte. Schwester Antonia hatte nichts Besseres zu tun gewusst, als auch ihn zu verständigen, und jetzt nahm er mich noch einmal ins Gebet und wollte alles genauer von mir hören. Er hatte buchstäblich Blut geleckt und ließ sich von meinen Versicherungen nicht mehr so einfach von der Spur abbringen, die so offen und klar vor ihm zu liegen schien.

Es war ein windiger Tag, bereits eine erste Ahnung von Herbst in der Luft, als er unangemeldet und in aller Frühe vor der Zimmertür stand. Er hatte sich Zugang zum Haus verschafft und direkt bei mir geklopft. Ich war noch nicht lange wach und erkannte auch ihn zuerst nicht, aber dann war es dieses unverkennbare Lächeln, hinter dem der Polizist hervorkam und das bisschen Selbst, das ihm geblieben war. Er war von all denen, die ich seit meiner Rückkehr gesehen hatte, derjenige, dem die Zeit am brutalsten zusetzte. Hatten ihm seine Stirnfransen auch damals nicht zur Zierde gereicht, so zeigte einem ihr Fehlen nur, dass der ungünstige Eindruck nicht an den Stirnfransen gelegen war, und sein Trauermund, immer schon nur ein Strich, war bei zusammengepressten Lippen verschwunden, als hätte er selbst ihn aufgegessen. Wenn eine Glatze einen Evolutionsvorteil bedeutete, so sicher den, dass der Tod, der vorbeiging, um seine nächsten Kandidaten zu markieren, einen vielleicht in dieser Runde gnädig ausließ, weil er sah, dass einen das Leben längst teuflisch markiert hatte. Ich konnte das sagen, weil ich selbst meine Haare verlor und mich vor dem Spiegel fragte, wohin das führen solle, wenn nicht zu einem formidablen Totenschädel und der letzten Entblößung, dass der Mensch eine einzige Schadenszone sei, aber allen Sarkasmus beiseite, schien mir der Kommissar auf dem Weg in die Hölle um Längen voraus.

Ich war entschieden genug, ihn nicht in das Entspannungszimmer zu lassen und zu ihm zu sagen, er solle sich ins Restaurant setzen und schauen, ob Johanna einen Kaffee für ihn habe, ich käme in zwei Minuten. Wie es seine Art war, hatte er versucht, sich hineinzudrängen, und bevor ich ihm buchstäblich die Tür vor der Nase zudrückte, sah ich, dass er noch einen Blick auf meine Nonnenbilder erhaschte, die ich an der Wand über dem Bett aufgehängt hatte. Sie waren auch das erste, worauf er mich ansprach, als ich ihm an einem ungedeckten Tisch gegenübersaß, weit und breit keine Spur von Johanna oder sonst jemandem, als hätten außer mir alle von seinem Kommen gewusst und sich aus dem Staub gemacht.

»Neue Interessen?« sagte er. »Eine neue Perversion?«

Mir war nicht klar, warum er glaubte, diesen Ton anschlagen zu können. Es konnte ja sein, dass er von allen immer nur das Schlechteste dachte und daraus so etwas wie eine Haltung machte, aber wenn er nur aus Langeweile versuchte, mich in Verlegenheit zu bringen, war er falsch bei mir. Ich ließ mich jedenfalls nicht provozieren und erwiderte, Schwester Antonia habe mich gebeten, die Bilder aufzunehmen, was er abtat, als hätte er keine Zeit zu verlieren.

»Sie wissen, was Schwester Antonia sagt. Sie sind damals hinter der Braut her auf den Schlossberg gegangen. Ich nehme an, Sie bestreiten das.«

»Es gibt nichts zu bestreiten.«

»Warum haben Sie mich belogen? Sogar Ihr Bruder sagt, Sie seien noch draußen gewesen. Warum haben Sie behauptet, Sie hätten geschlafen?«

Ich zuckte nur mit den Schultern.

»Schwester Antonia erfindet also alles?«

»Das müssen Sie schon sie fragen.«

»Warum sollte eine Nonne so etwas erfinden?«

Wir hatten keine Minute gebraucht, um dahin zu gelangen, aber ich wollte die Anschuldigungen Schwester Antonias nicht einfach auf mir sitzenlassen und sagte, wenn er sich nur ein bisschen umhöre, würden ihm die Leute schöne Dinge über sie erzählen.

»Das Problem ist, dass sie selbst etwas ganz anderes glaubt. Ich bin überzeugt, dass sie ihren Mitschwestern nicht über den Weg traut. Sie sagt, dass die Braut in den frühen Morgenstunden an der Klosterpforte geklopft hat.«

Der Kommissar reagierte mit einem Lachen, das sich zu einem richtigen Anfall auswuchs und seinen ganzen Körper erfasste.

»Ach so«, sagte er, als er sich beruhigt hatte. »Darauf wollen Sie hinaus. Sie möchten mir wieder weismachen, dass vielleicht Schwestern draußen in der Nacht gewesen sind und dass die etwas mit dem Tod der Braut zu tun haben könnten. Habe ich recht?«

»Ich will Ihnen gar nichts weismachen.«

»In welchem Jahrhundert leben wir?«

»Auch das müssen Sie die Schwestern fragen«, sagte ich. »Dann können Sie sich gleich erklären lassen, wer die sind, die in den Flammen büßen, und vielleicht sogar, welcher Lebenswandel die Armen in diese missliche Lage bringt, ob es womöglich genügt, lebenslustig oder auch nur kein Mauerblümchen zu sein.«

»Die in den Flammen büßen?«

»Es sind nicht meine Worte.«

»Was soll dann der Unsinn? Sie wollen mir doch nicht im Ernst noch einmal mit den Schauermärchen von irgendwelchen Teufelsanbeterinnen kommen, die im Kloster ihr Unwesen treiben? Lassen Sie sich nicht auslachen.«

Ich sah, dass er sich ärgerte, und hatte mein Ziel erreicht, ihm zu zeigen, wie absurd das alles war. Er sagte jetzt immerhin, er sei längst selbst überzeugt, die Braut habe sich das Leben genommen, auch wenn ich natürlich nicht sicher sein konnte, ob das nicht vielleicht eine taktische Aussage war, um dann auf Umwegen noch einmal einen Vorstoß zu wagen. Sie sei wegen Depressionen in Behandlung gewesen, sie habe ein Alkohol- und Drogenproblem und mehrere Abtreibungen gehabt, zählte er auf und musste doch ganz genau wissen, dass das selbst in dieser Ballung nicht viel bedeutete, jedenfalls nicht, dass eines zwingend zum anderen führte.

»Meine These ist immer noch, dass die Hälfte aller Selbstmorde einfach geschieht, weil die Leute in einer Situation denken, sie könnten es tun, und es schon getan haben, bevor sie noch einen zweiten Gedanken fassen«, sagte er. »Eine Fehlschaltung des Gehirns. Weder absichtlich noch unabsichtlich. Sie sehen die Möglichkeit, und allein der Umstand, dass sie die Möglichkeit als solche erkennen, ist so faszinierend, dass die notwendige Befehlskette aktiviert wird.«

Solange er auf diese Weise daherschwadronierte, musste ich nicht fürchten, dass er sich wieder gegen mich richtete. Er fragte mich nach meinen Jahren in Amerika, und ich gab ein paar Anekdoten zum besten, die ihn beeindrucken sollten. Ich erzählte ihm von den Prominenten, mit denen ich skigefahren war, auch wenn deren Prominenz nicht bis Europa reichte und mein Prahlen nur dazu führte, dass er mich wie einen nicht sonderlich geschickten Hochstapler ansah, ich erzählte ihm von den Schneestürmen, die ich erlebt hatte, Blizzards, die vom Pazifik kamen und die Prärie über Hunderte von Kilometern unter ihrem Frost erstarren ließen, ich erzählte ihm von meinen langen Autofahrten in der Vor- und Nachsaison und registrierte erst allmählich, dass er mich immer eindringlicher beobachtete. Es war klar, was er dachte, jemand, der sich einem Polizisten gegenüber so hinreißen ließ, musste etwas zu verbergen haben, und mein ganzes Geschwätz über Nichtigkeiten sollte nur von meinem Schweigen über das Wichtigste ablenken. Schließlich merkte ich es selbst, und als ich mich mitten im Satz unterbrach, sagte er, das alles höre sich ganz so an, als hätte ich eine wundervolle Zeit gehabt. Er machte schon Anstalten zu gehen, als er noch einmal anfing, er sei eigentlich gar nicht wegen der Geschichte mit der toten Braut gekommen, jedenfalls nicht nur, sondern wegen einer ganz anderen Sache. Das sprach er mit so wohldosierter Beiläufigkeit aus, dass mir im selben Augenblick klar war, dass es erst jetzt gefährlich wurde.

»Es ist nämlich dies«, sagte er, und auch die plötzliche Gestelztheit gehörte mit zum Spiel. »Mich würde interessieren, was Sie mir zu Clara de Winter sagen können.«

Ich sah ihn nur an.

»Noch nie gehört?«

»Nein«, sagte ich. »Noch nie.«

»Dann will ich Ihnen auf die Sprünge helfen«, sagte er und genoss mein Staunen. »Vielleicht sagt Ihnen Sarah Flarer etwas.«

Sie hatte ihren Namen geändert und war unter dem angenommenen Namen eine begehrte Violinistin geworden, die in ganz Europa Soloauftritte hatte und in Wien und Berlin mit den berühmten Orchestern spielte. Ich hatte längst aufgehört, sie zu googeln, weil ich nie auch nur die geringste Kleinigkeit gefunden hatte, und das war jetzt die einfache Erklärung. Wie es ihr gelungen war, mögliche Hinweise auf den alten Namen aus dem Netz zu halten, konnte ich nicht sagen, aber wenn sie es darauf angelegt hatte, alle Spuren zu verwischen, hätte es nicht gründlicher sein können. »Clara de Winter« mochte ein bisschen geschmäcklerisch klingen, doch es war nicht an mir, das zu beurteilen, und solange sie als Virtuosin überzeugte, würden sie sich in den großen Häusern sicher keine Gedanken darüber machen.

Den Kommissar interessierte natürlich ganz etwas anderes. Nachdem er mich aufgeklärt hatte, ließ er mir kaum Zeit, mich zu orientieren. Er sagte nicht, wer ihm von Sarah erzählt hatte, aber offenbar hatte er erst vor kurzem zum ersten Mal von ihr gehört und war bei seinen damaligen Ermittlungen zum Tod der Braut überhaupt nicht auf sie und meine Verbindung zu ihr gestoßen.

»Mit *ihr* waren Sie aber auf dem Schlossberg«, sagte er und hatte endlich ein Ventil für seine Ungeduld gefunden. »Oder ist das auch nur eine Erfindung?«

Ich schwieg, und es stellte sich heraus, dass er mit Sarahs Eltern gesprochen hatte. Sie selbst war für keine Aussage zu haben gewesen, aber ihr Vater hatte ihm bereitwillig geschildert, wie verängstigt sie damals nach Hause gekommen sei. Er hatte gesagt, er habe eine Weile geglaubt, sie würde überhaupt nicht mehr zurück ins Leben finden, und der Kommissar konfrontierte mich jetzt mit seiner Aussage, ich gehörte für das, was ich seiner Tochter angetan hätte, immer noch eingesperrt.

»Sie haben sie zu küssen versucht.«

»Ich *habe* sie geküsst.«

»Das ist nicht der Punkt«, sagte er. »Was auch immer Sie getan haben oder auch nur versucht haben zu tun, Sie haben es gegen ihren Willen getan. Wissen Sie, wie alt sie war? Sie war noch keine vierzehn.«

Ich verteidigte mich, sie habe zu mir gesagt, sie sei siebzehn, aber er erwiderte, es gehe nicht darum, was sie gesagt habe, und noch weniger um irgendwelche Ausreden, was sie gesagt haben könnte, die ich mir gerade zurechtlegte, es gehe einzig und allein um die Fakten.

»Sie war noch ein Kind«, sagte er. »Sie haben sie gefragt, ob sie keine Angst habe mit Ihnen allein draußen in der Nacht.«

Daran erinnerte ich mich nicht, und ich sagte, ich würde nicht sehen, wo das Problem sei, wenn es so gewesen wäre, aber er lachte.

»Können Sie sich nicht vorstellen, dass Sie ihr damit erst angst gemacht haben? Sie haben ihr von den Bräuten erzählt, die Sie fotografiert haben. Sie haben gesagt, Sie würden sie ganz an den Abgrund führen, und es wundere Sie, dass in all den Jahren noch keine gesprungen sei. Damit wollten Sie sie doch nicht etwa einschüchtern?«

Es war eher das, was Sarah zu mir gesagt hatte und nicht ich zu ihr, aber ich versuchte gar nicht, ihm zu widersprechen, so sehr hatte er sich in Fahrt geredet.

»Sie haben gesagt, Sie hielten die Liebe zwischen Mann und Frau für überschätzt und Sie wüssten nicht, was das ganze Brimborium um diese elende Heiraterei überhaupt solle.«

Auch das, wenn auch in einer weniger extremen Form, hatte Sarah zu mir und nicht ich zu Sarah gesagt, aber das war schon egal, weil sich im Kopf des Kommissars ohnehin alles verselbständigte.

»Sie haben gesagt, diese Hochzeiten ekelten Sie an«,

sagte er. »Sie hätten in Ihrer Jugend Dutzende und Aberdutzende gesehen, und noch eine weitere solche erbärmliche Veranstaltung würden Sie ganz einfach nicht aushalten.«

Ich wusste nicht, woher er das nun wieder hatte. Zu Sarah hatte ich es ganz sicher nicht gesagt, aber wenn er mit anderen Leuten gesprochen hatte, vielleicht mit Viktor, vielleicht mit Johanna, konnten ihn die auf den Gedanken gebracht haben, dass das meine Haltung war oder zumindest in den Jahren gewesen war, in denen ich Woche für Woche damit zu tun gehabt hatte. Denn ich hatte irgendwann kein Blatt mehr vor den Mund genommen, wenn ich in jenen Sommern die zwanzigste Hochzeit fotografiert hatte, den zwanzigsten schönsten Tag des Lebens, das zwanzigste Glück von Braut und Bräutigam. Irgendwann konnte ich es beim besten Willen nicht mehr sehen, die immer gleiche Wiederholung dieser Einzigartigkeit, all die weinenden Großmütter, die gerührten Patentanten, die halb neidisch, halb mitleidig blickenden Brautjungfern und die ständig schwelende Gefahr, dass alles in einem Unglück kulminierte, weil sich die Freunde des Bräutigams einen Scherz überlegt hatten, der kein Scherz war, sondern eine Gemeinheit. Am nächsten Tag erfuhr ich, dass sie dem Brautpaar die Tür seines Zimmers mit Schnellkleber zugeklebt oder die Füße des Bettes angesägt hatten, so dass es bei der ersten Bewegung zusammenkrachte, oder dass der ganze Boden mit Wassergläsern vollgestellt war, die sie erst eines nach dem anderen wegräumen müssten, bevor sie das Bett überhaupt erreichten, und schon davor hatte man alles darangesetzt, mindestens den Bräutigam bis zur Besinnungslosigkeit betrunken zu machen, manchmal auch die Braut. Dabei warteten die jetzt verschwägerten Sippen vielleicht nicht mehr ganz so offensichtlich, aber im Grunde immer noch wie im Mittelalter auf die Meldung des Vollzugs. Ein Laken mit einem roten Fleck als Beweis durften sie sich in der heutigen Zeit nicht mehr erhoffen, aber bei manchen kam es mir vor, als ob sie am liebsten einen Arzt dabeigehabt hätten, der sie nicht neun Monate im ungewissen ließ, sondern gleich am nächsten Morgen ein neues Menschenwesen zwischen den Beinen der Braut hervorzog und triumphierend gegen den Himmel schwenkte, den erwarteten Stammhalter, eine blutige Unansehnlichkeit, aber der versammelten Horde wie aus dem Gesicht geschnitten, wenn sie nur genau genug hinschauten, ihnen allen zu Freude und Ehre, ihnen allen zum Glück. Ich hatte mir immer vorzustellen versucht, was für eine Erfahrung das zu anderen Zeiten für eine junge Frau gewesen sein musste, die unschuldig, und das hieß vor allem unerfahren und unwissend, in die Ehe gegangen war, aber ich sagte dem Kommissar nicht, was ich anderen gesagt hatte, nämlich dass die Hochzeitsnacht für zwei, drei oder vier von fünf von ihnen nur in einer Katastrophe geendet haben könne.

»Sie stellen alles viel zu schlimm dar«, sagte ich statt-

dessen. »Ich weiß nicht, warum Sie ein solcher Schwarz-
maler sind.«

Auf einmal fiel mir wieder ein, wie Sarah mich gefragt hatte, ob ich an Gott glaubte, und wie sie errötet
war, als ich ihr die Gegenfrage gestellt hatte. Was auch
immer der Kommissar wusste oder zu wissen glaubte,
davon wusste er nichts. Natürlich hätte ich es ihm sagen
können, aber ich riskierte lieber einen Spruch.

»Haben Sie schon einmal etwas von Liebe gehört?«

Er lachte, und ich hätte ihn gern gefragt, ob er selbst
verheiratet sei, aber ich unterließ es. Dazu wusste ich
nur zu gut, was unausgesprochen zwischen uns stand.
In seinen Augen hatte ich genau an der Stelle ein min-
derjähriges Mädchen bedrängt, an der nur wenige Wochen später eine Frau ums Leben gekommen war. Selbst
wenn ich mit deren Tod nichts zu tun haben sollte,
musste die Verbindung für ihn allzu offensichtlich sein.
Was auch immer genau geschehen sein mochte, im einen Fall war es gerade noch gut oder jedenfalls nicht
verheerend ausgegangen, im anderen nicht.

Ich fragte ihn, ob ich Kaffee machen solle, und stand
auf und ging in die Küche, als er nicht antwortete. Ich
hatte keine Ahnung, wie die Kaffeemaschine funktio-
nierte, und stellte Wasser auf den Herd. Durch die Durch-
reiche konnte ich sehen, wie er dasaß und an seinen
Händen herumdrückte. Ich fand den Nescafé nicht und
musste mich mit zwei Teebeuteln zufriedengeben, die
ich in die Tassen hängte. Im Kühlschrank entdeckte ich

Kaffeesahne, und als ich mit dem dampfenden Tee in den Gastraum zurückging, war er aufgestanden und verabschiedete sich.

»Ich quäle Sie nicht länger«, sagte er. »Wir sehen uns ohnehin bald wieder. Sie fotografieren ja bei der Hochzeit in zwei Wochen. Ich werde dasein und es mir anschauen.«

Er sprach das wie eine Warnung aus, und ich versuchte instinktiv, es ihm auszureden, indem ich sagte, es sei immer noch nicht sicher. Darauf lachte er nur und erwiderte, Viktor habe ihm das anders dargestellt. Dann meinte er, ich solle währenddessen nur nicht auf falsche Ideen kommen.

»Wir sprechen von Mann zu Mann.«

Ich sah ihn fragend an, und er lachte.

»Noch wird nicht gegen Sie ermittelt. Aber wenn es um Kinder geht, verstehe ich keinen Spaß. Da kann es passieren, dass ich es zu meiner eigenen Sache mache.«

Er war schon an der Tür, als er sich noch einmal umdrehte und mir seinen Zeigefinger entgegenstreckte.

»Versuchen Sie nur nicht, Sarah Flarer zu kontaktieren«, sagte er. »Sie kennen jetzt ja ihren neuen Namen. Täuschen Sie sich aber nicht über sie! Sie will nichts von Ihnen wissen.«

Ich konnte kaum erwarten, dass er die Treppe hinunter zum Parkplatz verschwunden war, eilte ins Entspannungszimmer und tippte »Clara de Winter« in meinen Computer. Sie war jetzt siebenundzwanzig, wenn stimmte, was der Kommissar gesagt hatte, die Sommersprossen waren verschwunden, ihr Gesicht auf den Fotos mit der Geige bis zur Verbissenheit konzentriert, manchmal wie zerrissen, der Kopf demütig geneigt oder ekstatisch in den Himmel erhoben. Auf allen trug sie schulterfreie Kleider, und wenn sie das Instrument abgesetzt hatte, hielt sie es mit dem Bogen auf so sanfte Weise in einer Hand, dass das und nicht ihr Spielen ganz offensichtlich das Lieblingsmotiv der Fotografen war. Fast alle, die über sie schrieben, schrieben auch, man werde ihr nicht gerecht, wenn man von ihrer Schönheit schreibe, und nahmen das als Entschuldigung, um genau davon zu schwärmen, von ihrer kühlen Schönheit, ihrer unnahbaren Schönheit, ihrer geheimnisvollen Schönheit, als wären sie vom selben Wahn erfasst. Das kleine Kreuz, das sie um den Hals trug, wurde immer wieder erwähnt und ihr Hinken, als gehörte beides zusammen, als wären das die zwei Fehler im Suchbild, die einerseits die Perfektion störten, ihr andererseits auf einer höheren Ebene aber nur noch mehr Glanz verliehen, und es gab ein oder zwei Porträts wie für ein Passfoto, auf denen sie unerschrocken wirkte, kampfeslustig, ja, aggressiv. Mehrmals wurde hervorgehoben, dass ihre beiden Eltern Religionslehrer waren, dass sie streng religiös aufgewachsen sei und dass sie an Gott glaube und nicht nur nichts dagegen habe, sondern auch nicht gewillt sei, sich dafür zu schämen, wenn man sie als gläubige Katholikin bezeichne. Studiert hatte sie in Salzburg und Wien, und als letzten Wohnort fand ich München, obwohl sie offenbar zudem eine kleine Wohnung in Rom unterhielt, wohin sie sich immer wieder einmal für ein paar Monate zurückzog. Sie hatte ein Kind, eineinhalb Jahre alt, und wenn sie auch betonte, ihr Privatleben aus der Öffentlichkeit halten zu wollen, ließ sie doch verlauten, dass der Vater unbekannt sei, eine Formulierung, die zu Spekulationen Anlass gab, und dass sie es allein erziehe. Sie richtete zwei Stipendien für Musikstudentinnen in Afrika aus, ausdrücklich nur Mädchen vorbehalten, und engagierte sich für Kinder mit Asperger-Syndrom. So weit, so gut, dachte ich, und dann fand ich einen Eintrag, der davon handelte, dass sie einmal bei einer Aufführung des *Forellenquintetts* mitten im Spielen ohnmächtig geworden sei und angeblich bei derselben Note vier Wochen später noch einmal, und einen anderen, ein nur in einer kleinen Zeitung erschienenes Interview, bei dem sie gefragt wurde, ob es stimme, dass sie als Kind missbraucht worden sei.

Ich saß da und las die Frage noch einmal. Ihre Antwort war nein, aber sie schwächte sie dadurch ab, dass sie hinzufügte, wenn es so wäre, würde sie ganz sicher nicht darüber reden. Die Interviewerin ließ nicht locker und fragte, warum, und Sarah erwiderte, dass sie eine andere Vorstellung von ihrem Leben habe, als dass sie es für eine Klatschgeschichte ausschlachten lasse. Den Versuch, sie zu einer Vorreiterin für andere junge Frauen zu machen, denen Ähnliches widerfahren sei und die dann vielleicht auch wagten, ihre Geschichte zu erzählen, wehrte sie damit ab, dass sie sagte, ihr sei nichts widerfahren und sie wolle für niemanden eine Vorreiterin sein, es sei denn, in der Musik.

Ich suchte, ob ich mehr dazu fand, aber sosehr ich meine Suche verfeinerte, es war der einzige Originalbeitrag, der darauf anspielte, und er hatte nur da und dort punktuell Verweise zur Folge, denen aber niemand weiter nachgegangen war. Ich dachte wieder an den Augenblick auf dem Schlossberg, den Moment, in dem ich mich zu ihr gebeugt und sie geküsst hatte. Sie hatte dreimal »Nicht!« gesagt, aber das musste nicht bedeuten, dass die Interviewerin das im Kopf gehabt hatte. Natürlich könnte Sarah es im Lauf der Jahre allen möglichen Leuten erzählt haben, es könnte allen möglichen Leuten zu Ohren gekommen sein und so seinen Weg gemacht haben, aber genausogut könnte eine ganz andere Geschichte dahinterstehen, die überhaupt nichts mit mir zu tun hatte und die ich nicht kannte. Ich wusste nicht, ob ich das glauben sollte, aber es spielte auch keine Rolle, ob ich es glaubte oder nicht, ich musste auf jeden Fall damit rechnen, dass ich gemeint gewesen war.

Draußen hörte ich ein Auto näher kommen. Ich konnte den Parkplatz nicht einsehen, aber ich vermutete, dass es sich um Viktor und Johanna handelte. Ihr Timing stimmte, wenn es so war, sie hatten für den Kommissar die Bühne geräumt, und jetzt kehrten sie wieder zurück. Ich klappte meinen Computer zu und ging die

Treppe hinunter und in den Gastraum. Dort hatte sich Viktor bereits an einen Tisch gesetzt und sah hinter der ausgebreiteten Zeitung nicht auf, als er mir einen guten Morgen wünschte, und Johanna fragte mich, wie ich geschlafen hätte und ob ich frühstücken wolle. Es war halb zehn am Vormittag, und der Tag hatte noch gar nicht richtig begonnen, solange nicht einer von ihnen auf dem Abreißkalender hinter der Theke das Blatt mit dem Datum vom Vortag abriss, eine kleine Zeremonie, die sie aus der Vergangenheit beibehalten hatten, als wäre die Orientierung in Raum und Zeit immer noch so einfach.

ZEHNTES KAPITEL

Es war noch vor dem Hellwerden, als der Mann an meiner Tür klopfte und sagte, es gehe los, und selbstverständlich hatte ich einen Leichenwagen erwartet und nicht einen Pick-up. Ich hatte verschlafen, und als ich den Vorhang beiseite zog, stand er im Licht der Neonleuchte vor meinem Fenster und blickte auf seine Uhr, ein kleiner, drahtiger Kerl, vielleicht fünfzig, mit einer Schildkappe und einer graubraunen Uniform, wie Angestellte an Tankstellen oder in Supermärkten sie trugen. Zwischen den Lippen hatte er eine Zigarette, an der er ein letztes Mal kräftig zog, um sie dann auszuspucken, ohne eine Hand zu Hilfe zu nehmen. Schon schien er es sich anders zu überlegen, bückte sich nach dem Stummel, steckte ihn mit Daumen und Zeigefinger zurück in den Mund, nahm noch einen Zug und schnippte ihn in die Dunkelheit, in seinem Gesicht ein Ausdruck wohligen Ekels. Im nächsten Augenblick tat er zwei schnelle Schritte hinter dem Funkengesprühe her und trat es am Rand des Lichtkegels mit seinem Stiefel aus. Er war der Fahrer des Bestattungsunternehmens, das die Überführung der Leiche nach Seattle organisiert hatte, und wollte keine Zeit verlieren.

»Wir sollten längst schon auf dem Weg sein«, sagte er, als ich die Tür öffnete und ihn bat, sich ein paar Minuten zu gedulden, bis ich wenigstens eine Katzenwäsche gemacht hätte. »Muss ich dir sagen, wie viele Meilen wir vor uns haben?«

Als ich herauskam, hielt er mir die Hand hin.

»Matthew Hildebrand.«

Er gab sich förmlich und lachte gleichzeitig über seine Förmlichkeit, schien den Versuch, sich selbst ernst zu nehmen, von vornherein unterlaufen zu wollen.

»Ich werde meistens als erstes gefragt, ob ich deutsche Vorfahren habe«, sagte er. »Das mag vielleicht sein. Aber wir sind andererseits immer schon hier gewesen. Meine Leute waren Siedler, keine Immigranten.«

Ich wusste nicht, was diese Unterscheidung sollte.

»Am Ende läuft es auf dasselbe hinaus.«

»Für mich nicht«, sagte er. »Am ehesten würdest du bei mir ein paar Tropfen Indianerblut finden.«

»Indianerblut?«

»Ich weiß, ich weiß. Das sollte ich vielleicht nicht sagen. Aber es ist halb sechs am Morgen, und wir haben andere Probleme. Wenn du mich länger in der Kälte stehenlässt, friere ich mir den Arsch ab.«

Der Professor hatte vor seinem Tod noch das kleinste Detail festgelegt, bis hin zum ausdrücklichen Wunsch, seine Leiche nicht in ein Flugzeug zu packen, sondern auf dem Landweg zu überführen, und zur Bitte, dass ich bei der Fahrt dabeisein solle. Was er sich davon ver-

sprach, konnte ich nicht sagen, aber wie schon zu seinen
Lebzeiten erwartete er von niemandem einen Gefallen,
ohne dafür zu bezahlen. Angesichts des Betrages, den er
ausgesetzt hatte, fiel mir die Entscheidung nicht schwer,
und ich nahm mir nun doch die paar Tage frei, die mir
die Skischule angeboten hatte. Ich hatte mir ausbedun-
gen, mit dem eigenen Auto zu fahren, entweder dem
Leichenwagen, mit dem ich da noch gerechnet hatte,
hinterher oder voraus, und dass das eine kluge Entscheidung war, wusste ich beim ersten Anblick von Matthew,
neben dem ich sonst viele Stunden hätte sitzen müssen.
Denn ich wollte mir gar nicht vorstellen, was ich mit ihm
auf der Fahrt geredet hätte, als ich jetzt vor ihm stand
und fragte, warum er mit keinem anderen Fahrzeug gekommen sei, während er sich schon eine neue Zigarette
anzündete.

»Glaubst du, ich fahre mit einem beschissenen Leichenwagen um die halbe Welt?« sagte er. »Ich lasse mir
doch in den Käffern in Montana nicht von den Leuten
hinterherschauen, als wäre ich der Tod selbst.«

Der Pick-up stand natürlich mit laufendem Motor
direkt hinter ihm, und seine offene Ladefläche hatte
eine Länge von über zwei Metern. Ich trat ein wenig
beiseite und sah im undeutlichen Licht, dass sie mit Metallteilen vollgeräumt war, Autobleche, Stahlrohre, ein
altes Fahrrad, dazu ein Waschbecken und Plastikkanis-
ter. Auf den ersten Blick konnte ich nichts erkennen,
was die Form eines Sarges hatte, aber irgendwo unter

dem ganzen Haufen musste er wohl sein, und ich deutete auf das Chaos.

»Du hast den Professor auf der Ladefläche?«

»Ja«, sagte er. »Ob Professor oder nicht.«

»Ist das legal?«

»Legal, legal«, sagte er. »Wenn wir uns das immer fragen, kommen wir nicht weit. Der Sheriff sagt, wir sollen einfach machen, wenn wir einen Totenschein und eine Überführungsgenehmigung haben. Solange wir beim ersten Tageslicht außerhalb seines Einflussbereichs sind, kümmert ihn nicht im geringsten, ob ein Verstorbener erster Klasse oder zweiter Klasse reist. Unser offizieller Wagen steht in der Werkstatt, und im Vertrauen gesprochen ist mir auch lieber, wenn ich nicht zwei volle Tage mit einer Leiche unter demselben Autodach zubringen muss.«

Auch sein Chef hatte offenbar einen deutschen Namen. Als ich an dem riesigen, schwarzen, trotz der Trockenheit und des spärlichen Lichts wie nass glänzenden Pick-up vorbeiging, konnte ich auf der Seitentür die Aufschrift lesen. JOSEPH KRANICH stand in Blockbuchstaben da und darunter in viel kleineren Lettern: »Wir bringen Sie sicher in den Himmel« und eine Telefonnummer. Die Innenbeleuchtung war an, und auf dem Rücksitz lag ausgebreitet ein Mantel, wie um darunter etwas zu verbergen, so dass ich Matthew fragte, ob er etwa ein Gewehr spazieren fahre, worauf er mir schief ins Gesicht lachte.

»Lass das nur meine Sorge sein.«

Bevor wir endgültig aufbrachen, wollten wir uns an der Rezeption des Motels, die vierundzwanzig Stunden geöffnet hatte, einen Kaffee zum Mitnehmen holen, und dort saß in einem der beiden durchgesessenen Fauteuils die Frau des Professors und wartete auf mich. Sie würde mittags einen Flug nach Seattle nehmen und wäre längst schon angekommen, wenn wir irgendwann in der Nacht oder auch erst am nächsten Tag unser Ziel erreichten. Für mich hatte sie ein kleines, gepolstertes Kuvert dabei, das mit dem zweiten Teil meines Auftrags zu tun hatte. Es enthielt eine Haarlocke des Professors, die ich später im Jahr, wenn ich nach Europa führe, natürlich wieder gegen Bezahlung nach Tschechien bringen sollte.

»Ich möchte sie nicht mit ins Flugzeug nehmen und gebe sie Ihnen lieber jetzt schon«, sagte sie. »Ich bin erleichtert, wenn ich sie aus den Händen habe.«

Sie hatte die ganze Nacht nicht geschlafen, weil sie das Kuvert neben sich auf dem Nachtkästchen gehabt hatte, und fand eine verrückte Erklärung dafür.

»Gewiss ist es kein Finger und keine Zehe oder etwas dergleichen, aber wenn man darüber nachdenkt, dass es sich trotzdem um ein Leichenteil handelt, bekommt man das nicht mehr aus dem Kopf.«

Ich sollte das Relikt jedenfalls bei erster Gelegenheit auf dem Friedhof in Mähren ablegen, auf dem die Eltern und die Schwester des Professors begraben waren, aber jetzt dachte ich vor allem daran, wer ihm die Locke abgeschnitten hatte, wer in das zertrümmerte Gesicht geschaut und ob sie blutverschmiert war oder sich jemand die Mühe gemacht hatte, sie zu waschen. Die Haare eines Toten konnten nur fein und weich sein wie das Engelshaar eines Babys oder wie das Babyhaar eines Engels. An Shampoo auch nur zu denken oder sich zu überlegen, welche Sorte verwendet worden sein könnte, schien absurd, und ich war froh, als Matthew, der unser Gespräch mit starrem Gesicht verfolgt hatte, wieder zum Aufbruch drängte.

»Mit dem Sheriff ist nicht zu spaßen«, sagte er. »Wir sollten uns wirklich aus dem Staub gemacht haben, bevor es hell wird, wenn wir nicht wollen, dass er sich die Sache noch einmal genauer durch den Kopf gehen lässt.«

Wenige Minuten später schlängelten wir uns bereits die Kurven zur Passhöhe nach Idaho hinauf. Es war immer noch dunkel, aber am Horizont kündigte sich schon das erste Licht des Tages an. Ich hielt mich mit meinem Wagen dicht hinter dem Pick-up, und was ich da noch auf die Steigung zurückführte, stellte sich bergab auf der anderen Seite als Absicht heraus. Matthew fuhr, als würde er am Steuer eines richtigen Leichenwagens sitzen, mit derselben Getragenheit und derselben Würde, was nichts anderes hieß als mit zäher Langsamkeit, und wenn er nicht zulegte, sobald wir den Highway erreichten, würden wir ewig brauchen.

Jenseits der Staatsgrenze steuerte er gleich die allererste offene Tankstelle an, kaum dass wir eine Stunde unterwegs waren, und sagte, es sei Zeit zum Frühstücken, als ich neben ihm hielt. Er hatte nicht nur geblinkt, sondern auch frühzeitig seine Hand aus dem Fenster gestreckt und mir Zeichen zum Verlangsamen gemacht. Den Sheriff hatten wir nicht weiter zu fürchten, und ich schaute dann staunend zu, wie Matthew einen zwanzig Zentimeter hohen Stapel Toastbrot vor sich auftürmen ließ, eine Scheibe nach der anderen penibel mit Butter und Marmelade bestrich und alles restlos verputzte. Währenddessen hob er immer wieder seine Tasse, um sich viertelliterweise Kaffee nachfüllen zu lassen, und er schreckte auch nicht davor zurück, sich zwischen zwei Bissen eine Zigarette anzuzünden und wie atemlos daran zu ziehen, bis er auf das Rauchverbot aufmerksam gemacht wurde.

Er war eine dieser unauffälligen Erscheinungen, die man als Nebendarsteller in hundert Spielfilmen sehen konnte, ohne dass man sie jemals richtig wahrnahm, um sich zu fragen, wie man sie nur je hatte übersehen können, sprangen sie einem schließlich doch einmal ins Auge. Der Professor war nur ein Auftrag für ihn, und entweder hatte er nichts von den Gerüchten gehört oder ihn interessierte nicht, was über sein Transportgut gemunkelt wurde, oder, noch wahrscheinlicher, es war ihm unheimlich, und er wollte es so weit wie nur möglich von sich weghalten. Deshalb lachte er gereizt, als ich ihn fragte, wie er dazu gekommen sei, für eine Bestattungsfirma zu arbeiten.

»Ist es nicht ein Job wie jeder andere?« sagte er. »Den Toten den Arsch abzuwischen kommt mir nicht weniger ehrenwert vor, als genau das gleiche bei den Lebenden zu tun.«

Dass das nicht seine ganze Geschichte war, erfuhr ich erst bei meiner Rückkehr nach Jackson. Wenn stimmte, was der Hilfssheriff erzählte, war Matthew mehrere Jahre im Gefängnis gesessen, und er konnte froh sein, dass er überhaupt Arbeit bekam, und hatte die Anstellung nur wegen seines deutschen Namens bekommen, zumal es schon einen Chef brauchte, der beide Augen zudrückte, weil er sich einbildete, dass ihre Vorfahren aus der gleichen Gegend im Rheinland stammten, und der ihm aus purer Sentimentalität eine Chance geben wollte. Denn angeblich hatte Matthew sich mehrere Jahre lang fast tagtäglich ins Kino neben eine x-beliebige Frau gesetzt und unter einem Mantel zu onanieren begonnen, was nicht nur einmal aufgeflogen war und ihm schließlich einen Eintrag im nationalen Register für Sexualstraftäter eingebracht hatte. Ich konnte nicht sagen, wie ich reagiert hätte, wäre mir das schon vorher bekannt gewesen, aber die Verbocktheit seiner Gesellschaft reichte auch so.

»Hast du sonst noch Fragen?« sagte er. »Beruhigt es dich zu hören, dass ich bei den Pfadfindern war, oder willst du ein Leumundszeugnis von mir haben?«

Sowie er fertig gegessen hatte, stand er ohne ein Wort auf, zählte ein paar Dollarnoten auf die Theke und kaufte im angrenzenden Laden neue Zigaretten. Als wir ins Freie traten, fielen die ersten Sonnenstrahlen auf den Pick-up, und auf der Ladefläche konnte ich unter dem Gerümpel endlich den länglichen Karton sehen, in den offensichtlich der Sarg verpackt war, ein Paket, das genausogut mehrere Paar Skier hätte enthalten können oder bei dem martialischen Aussehen des Gefährts auch eine Lieferung von hochkalibrigen Waffen. Bei dem Anblick musste ich an den Sheriff denken und daran, wie er im vergangenen Jahr seinen Truck mit dem soeben erlegten Puma triumphierend vor dem Lokal mit den entsetzten Elchbeobachtern abgestellt hatte, um sie zu schockieren, und ich wusste, der Gedanke hätte den Professor amüsiert, allein schon weil er, vor die Wahl gestellt, einem Wildtier gegenüber den meisten Menschen den Vorzug gegeben hätte, und bestimmt auch gegenüber sich selbst.

Wir fuhren unter einem glasig blauen Himmel nordwärts, das Land in alle Richtungen weiß von dem in den vergangenen Tagen gefallenen Schnee. Manchmal waren einzelne Flocken in der Luft, ohne dass man hätte sagen können, woher sie kamen, und manchmal wehte eine Böe einen sanften Pulverhauch über die Fahrbahn und wedelte ihn träge hin und her wie einen sich weit in die Ferne erstreckenden Schleier. Über viele Kilometer begegnete uns kein anderes Auto, der Highway

war leer, wie ich es liebte, ab und zu ein verirrter Wohnwagen, dann wieder eine Herde von riesigen Trucks. In
unsere Richtung überholten sie uns hupend, und ich
musste mein flatterndes Lenkrad mit beiden Händen
festhalten und hupte zweimal kurz und einmal lang
zurück.

Solange ich auch auf meinen Tacho stierte, Matthew
überschritt nie die Fünfundvierzig-Meilen-Marke, die
er sich offensichtlich als Höchstgeschwindigkeit gesetzt
hatte. Ich überholte ihn und fuhr ein Stück voraus, in
der Hoffnung, dass er in meinen Sog geraten und sich
mitziehen lassen würde, verlor ihn aber nur aus dem
Rückspiegel und musste auf einem Parkplatz warten,
bis er in seiner staatstragenden Manier an mir vorbei-
zog. Es hätte nur gefehlt, dass das Zeug auf der Ladefläche mit einer amerikanischen Flagge bedeckt gewesen
wäre, und man hätte denken können, wir würden einem
Kriegstoten das letzte Geleit geben, der auf seinem Weg
von Afghanistan in den Hades noch einmal durch die
heimatlichen Berge kutschiert wurde.

Wir hatten kaum die Grenze nach Montana über-
quert, da überholte uns ein Polizeiwagen mit zucken-
dem Blaulicht und dirigierte den Pick-up an den rechten Rand. Als auch ich hielt, wollte der Sheriff mich
weiterscheuchen, aber dann wies er mich zuerst an, im
Auto sitzen zu bleiben, und gleich darauf, auszusteigen
und ihm zu folgen, damit er uns beide im Auge behalten konnte. Er war ein untersetzter Mann mit buschi-

gen Augenbrauen und einer Narbe quer über dem Mund, hatte seinen Hut tief in den Nacken geschoben und baute sich, beide Hände schwer am Koppel, vor Matthew auf, als er fragte, was er geladen habe, und ich erinnerte mich später immer daran, wie der kleine Kerl zeremoniös auf mich gezeigt und, fast ohne die Lippen zu bewegen, »Seinen Freund« gesagt hatte.

Der Sheriff kaute an einem Lachen herum, aber sosehr er sich bemühte, es wollte ihm nicht gelingen. Die Papiere, die Matthew ihm reichte, drehte und wendete er und hielt sie dabei immer weiter von seinem Körper weg, als könnte er sie anders nicht lesen. Dann gab er sie ihm angewidert zurück.

»Seinen Freund?« sagte er. »Sehr witzig.«

Er hustete die Worte regelrecht hervor.

»Ich würde ihn einen verdammten Toten nennen.«

»Da will ich Ihnen nicht widersprechen. Als er noch gelebt hat, war er Professor. Was er jetzt ist, kann ich nicht beurteilen. Dafür ziehen Sie besser einen Pastor zu Rate.«

»Einen Pastor?«

Der Sheriff war erkennbar nicht einer von denen, die leicht die Geduld verloren, so wie er sich an dem Wort den Mund zerbiss.

»Als ob ich dafür einen Pastor brauchen würde«, sagte er. »Warum sollte einer in der Hölle nicht auch Professor sein, wenn er es in seinem verdammten Leben gewesen ist? Ich beneide ihn da wie dort nicht darum.

Können Sie mir irgend etwas nennen, das ein Professor hat und das ich nicht habe oder auch nur haben wollte?«

Er ging um den Pick-up herum, rüttelte an den Metallteilen, als würde er kontrollieren, ob sie trotz ihres ganzen Gewichts nicht vom Wind davongetragen werden könnten, und machte sich absurderweise daran, Reifen und Lichter zu überprüfen. Es war offensichtlich, dass er mit der Geschichte nichts zu tun haben wollte und nur überlegte, wie er sie am schnellsten hinter sich bekäme, ohne sich seine Autorität untergraben zu lassen. Er warf auch einen Blick auf den Rücksitz, wo immer noch der Mantel lag, zeigte darauf und hatte offenbar genau den gleichen Verdacht, wie ich ihn schon am frühen Morgen gehabt hatte.

»Wenn ich Sie frage, was Sie darunter verborgen haben, sagen Sie Witzbold sicher, einen Schießprügel.«

Matthew nickte, und der Sheriff mümmelte kaum hörbar und wie von sich selbst schon ein halbes Leben gelangweilt sein müdes »Sehr witzig« und schien plötzlich doch genug von dem Theater zu haben.

»Dann lassen Sie einmal sehen.«

»Es ist nur ein Spiel.«

»Halten Sie den Mund und lassen Sie sehen!«

Matthew drehte sich langsam um und schob ebenso langsam den Mantel beiseite, unter dem zwei Krocketschläger zum Vorschein kamen, einer mit rotem, der andere mit blauem Griff, sowie die beiden Holzkugeln in den entsprechenden Farben. Einen Waffenschein brauchte man sicher nicht dafür, aber zur Not konnte man auch mit ihnen jemandem den Schädel einschlagen. So, wie Matthew lächelte, schien er genau das sagen zu wollen.

»Sehen Sie!«

Jetzt war es der Sheriff, der nickte, aber es war ein grimmiges Nicken, das er allem Anschein nach nicht unter Kontrolle hatte.

»Hören Sie mir gut zu«, sagte er schließlich und deutete mit einer weiten Armbewegung den Highway hinunter. »Ich kann Ihnen Schwierigkeiten machen, die Sie sich nicht einmal vorstellen wollen. Hier ist die Richtung, Sie Witzbold! Sie fahren unverzüglich, ohne anzuhalten und ohne dieses erbärmliche Rentner-Tempo, bis Sie aus meinem County verschwunden sind, und lassen sich besser nicht mehr erwischen.«

Er raste mit quietschenden Reifen und einem kurz aufjaulenden und sofort wieder erstickten Heulen der Sirene davon, und wir nahmen unseren Treck wieder auf, keinen Deut schneller, als ginge es dabei für Matthew um eine Frage der Ehre. Eine halbe Stunde später brauchte er schon wieder etwas zum Essen, und ich brachte keinen Bissen hinunter beim Blick auf den Parkplatz direkt vor dem Fenster des Diners, wo der Professor auf der Ladefläche des Pick-ups wie ein Versandartikel eines Kaufhauses auf eine möglichst reibungslose Weiterlieferung wartete. Ich konnte mir noch so oft sagen, er hätte Freude an der skurrilen Situation gehabt, am Ende wusste ich es nicht, weil ich nicht wusste, wie es war, als Toter im kalten Licht eines Wintertages in Montana zu liegen.

Matthew bestellte noch einmal ein Frühstück, und es kam mit einem Haufen von halb verbranntem und fetttriefendem Speck. Er machte sich systematisch darüber her und schwieg mürrisch, und er schwieg auch, als wir später, nach gerade hundert Kilometern, vom Highway abfuhren und uns eine Weile auf kleinen, zum Teil nicht asphaltierten, zum Teil kaum mehr richtig befestigten Nebenwegen weiterbewegten und schließlich in einem winzigen Ort haltmachten, mit einer aufgelassenen Tankstelle am Ortseingang, ein paar verlorenen Gebäuden links und rechts von der Straße, als wären es nur die Fassaden, und einer Kneipe mit Neonbeleuchtung am Ortsausgang, auf die wir zusteuerten. Dort hatte er angeblich einmal eine Kellnerin gekannt, und wir saßen eine geschlagene Stunde an der Theke, bis er endlich nach ihr fragte und die Auskunft erhielt, er müsse sich täuschen, es habe in der Bar nie jemanden mit diesem Namen gegeben. Er schien darüber nicht unglücklich zu sein und schaute hinaus auf den Pick-up, den er wieder direkt vor dem Fenster geparkt hatte und der jetzt in der Sonne stand und glänzte, als würde das Glänzen ganz von ihm selbst oder seiner Ladung ausgehen.

Es war schon mitten am Nachmittag und längst keine Rede mehr davon, wir könnten die ganze Strecke an nur einem Tag schaffen. Matthew sagte, die Toten hätten alle Zeit der Welt, und solange wir nur die Hälfte hinter uns brächten, seien wir im Plan, und kurvte mit einer Gelassenheit durch immer neue, halb verlassen wirkende Orte, die mich verrückt machte, bis wir wieder auf den Highway zurückfanden. Einmal hielt er am Straßenrand und ließ eine Autostopperin einsteigen, aber er fuhr keine fünfhundert Meter weit, bis er den Pick-up abrupt von neuem zum Stehen brachte und die junge Frau herausstürzte, ihre Tasche an nur einem Griff hinter sich herschleifte und sich erst nach ihm umwandte, als sie sich über einen Zaun in Sicherheit gebracht hatte. Er stellte den Blinker aus, als wäre nichts geschehen, und lenkte geradezu stoisch auf die Straße zurück, seinen Arm trotz der Kälte aus dem Fenster hängend, und als ich ihn bei unserem nächsten Halt fragte, ob er ihr gesagt habe, wen oder vielmehr was er auf der Ladefläche hatte, rieb er nickend seine Fingerknöchel aneinander.

Wir waren immer noch in Montana, schon Richtung Westen unterwegs, kurz bevor wir wieder nach Idaho hineinmussten, als die Dunkelheit hereinbrach, schnell und undramatisch. Das Licht verglomm in einem gräulichen Violett über der durchgehenden Schneedecke bis hin zu den Berggipfeln, dann war es grau, und dann war es kein Licht mehr und auch noch nicht die Finsternis, und ich folgte unter einem fliehenden Gewölbe, in dem schnell die ersten Sterne aufblinkten, den Hecklichtern des Pick-ups. Die Scheinwerfer der Trucks tauchten wie aus dem Nichts in der Ferne auf, kamen über die weite Distanz langsam näher und rauschten mit einem Windstoß vorbei, als würden sie nichts Materielles, sondern nur eine Idee hinter sich herziehen, und wenn danach wieder über eine lange Strecke kein künstliches Licht zu sehen war, keine menschliche Ansiedlung, nicht einmal eine Ahnung davon, schien die Entfernung zwischen Ortschaft und Ortschaft ins Unendliche zu wachsen. Irgendwo hier war die nördlichste Route für die Planwagen der Siedler verlaufen, und wir fuhren auf der gekrümmten Erde unter dem riesigen Himmel, als würden wir nicht im geringsten vorankommen und in Wirklichkeit für immer auf der Stelle treten.

Matthew blieb für eine Pinkelpause auf einer Anhöhe stehen, weit und breit war nichts, nur die ein Stück in die Dunkelheit leuchtenden Scheinwerfer unserer Autos und das Aufglimmen der Zigarette, die er im Mund behielt, während er seinen Hosenstall aufknöpfte. Ich suchte nach einem Sender im Radio und fand die letzten Klänge eines Streichorchesters, öffnete die Tür auf meiner Seite, so weit ich konnte, und drehte die Lautstärke für den Professor fast bis zum Anschlag. Als das Stück zu Ende ging und ich den Ton wieder ausmachte, stand Matthew noch eine Weile vor dem Pick-up, die Hände jetzt in die Hüften gestützt, seinen Blick in die Ferne gerichtet, während seine untere Gesichtshälfte Zug um Zug alle paar Sekunden aus der Nacht gerissen wurde und wieder verlosch. Dann kam er zu mir und fragte mich, ob ich beten wolle, und ich verstand ihn zuerst nicht und konnte mich danach nicht entscheiden, ob er es ernst meinte oder sich einen Scherz erlaubte, aber er hatte schon mit dem Vaterunser angefangen. Natürlich war es auf englisch, und weil ich auf englisch so vieles wieder konnte, was ich auf deutsch längst verlernt hatte und nie mehr gekonnt hätte, stimmte ich ein, Matthew sprach eine Zeile vor, ich sprach sie ihm nach, und genau an diesem Punkt im Kosmos, irgendwo im Nirgendwo, mit dem kleinen, drahtigen Kerl an meiner Seite, den ich erst vor ein paar Stunden kennengelernt hatte und der sonst sicher auch kein großer Beter war, hörte sich das schön und richtig an.

Wir nahmen die nächste Ausfahrt und fanden schnell ein Motel zum Übernachten. Sein Neonlicht hatte unten in der Ebene weit in die Ferne geleuchtet, wir waren in langen Kurven darauf zugefahren, und obwohl uns schon eine Zeitlang kein Auto mehr begegnete, war der Parkplatz davor voll. Unsere Fahrzeuge stellten wir wieder so ab, dass wir beim Essen den Pick-up mit dem Professor auf der Ladefläche im Blick hatten, und wir entschieden uns, abwechselnd Wache zu halten. Wir würfelten darum, wer zuerst schlafen sollte, und so kam es, dass Matthew mich um halb zwei am Morgen aus dem Bett scheuchte und ich mich in meinen Wagen setzte und mit laufendem Motor in die Dunkelheit starrte. Es war eine frostklare Nacht, und der Betrieb vor dem Motel hörte nicht auf, ein Auto, das sich näherte, eines, das davonfuhr, zwei, die beinahe gleichzeitig ankamen. Dann sprangen ein Mann und eine Frau heraus, flogen federnd aufeinander zu, fielen sich wie ungebremst in vollem Lauf in die Arme und hätten sich ganz offensichtlich am liebsten noch im Freien die Kleider vom Leib gerissen.

Eine Weile standen sie, sich unaufhörlich küssend, zwischen meinem Wagen und dem Pick-up, und ich, der gerade noch vor sich hin gedöst hatte, war plötzlich hellwach. Der Mann drückte die Frau gegen die Ladefläche, dass ihr Kopf nach hinten über die Metallteile gebeugt war, und je nachdem, wie man den Professor gelagert hatte, wo sein Kopf und wo seine Füße waren, hätte er sich nur von der Verpackung befreien müssen und sie an der Schulter berühren können. Danach stieß die Frau den Mann spielerisch von sich, er ließ sich gegen meine Seitentür fallen, und sie stürzte über ihn her, dass ihr Haarschweif wie eine Garbe über meine Windschutzscheibe flog. Es dauerte ein paar Augenblicke, bis sie den laufenden Motor wahrnahmen, und dann starrten sie zuerst beide entsetzt in mein Gesicht, das im fahlen Licht, das von einer einsamen Straßenlampe kam, bleich wirken musste, und brachen in der nächsten Sekunde in wildes Lachen aus, bevor sie Hand in Hand zum Eingang eilten.

Ich stieg aus und ging um den Flachbau herum, der nur Zimmer zu ebener Erde hatte, und von draußen beobachtete ich, wie sie sich an der Theke der Bar gegenübersaßen, Arme und Beine ineinander verschränkt, ein einziges Knäuel von Gliedern. Sie küssten sich immer noch fast ohne Unterbrechung, hielten nur inne, um an ihren Drinks zu nippen, und dann leuchteten ihre Gesichter, von Wärme und Kälte gerötet und glücklich. Ich hielt mich in der Dunkelheit, gab acht, dass ich nicht in das Licht trat, das aus den Fenstern fiel, und behielt sie im Auge, bis sie aufstanden und ohne sich loszulassen zur Tür gingen. Danach stieg ich den kleinen Hügel hinter dem Gebäude hinauf, allem Anschein nach eine Aufhäufung von Bauschutt und Müll, und auf der anderen Seite hinunter, von wo aus das Motel nicht mehr zu sehen war, und befand mich mit ein paar Schritten in der offenen Prärie. In der Ferne war noch kurz der Lärm eines Lastwagens zu hören, bevor es still wurde, nur mehr der Wind über der Schneedecke, der ein pfeifendes Geräusch machte.

Um fünf am Morgen brachen wir schon wieder auf. Matthew kam eine halbe Stunde eher als verabredet aus dem Eingang und beklagte sich, wir müssten da wohl versehentlich in ein Bordell geraten sein, er habe kein Auge zugetan. Dabei zündete er sich gewiss nicht die erste Zigarette des Tages an.

»Neben mir haben zwei herumgefuhrwerkt, als wollten sie ihr Zimmer zu Kleinholz verarbeiten«, sagte er. »Ich schwöre dir, es war zum Gotterbarmen.«

Damit drehte er sich zum Pick-up um und klopfte unter den Metallteilen in einer Weise auf den Karton mit dem Professor, die etwas sanft Beschwichtigendes hatte.

»Hast du eine Ahnung, wie viele Arten zu stöhnen es gibt?«

Er lachte ein gackerndes Lachen.

»Auf der ganzen Welt existiert sicher kein Lexikon, in dem man auch nur annähernd genug Wörter dafür findet. Es hat sich schlimmer angehört als das Röcheln eines Sterbenden. Aber so ist die Liebe nun einmal, wenn man jung ist und in den Himmel will.«

Ich wunderte mich über diese längere Ausführung, doch bevor ich etwas sagen konnte, hatte er schon die Tür zum Pick-up geöffnet, war eingestiegen und fing noch einmal an.

»Jung sollte man schon sein«, sagte er, als hätte ich ihm widersprochen. »Komm mir nur nicht mit den Alten. Die treten heutzutage wie eine richtige Landplage auf und reden sich ein, sie könnten auch als Hundertjährige noch die wahre Liebe finden. Da sind die Toten schon verständiger. Sie haben wenigstens so viel Vernunft, dass sie nicht auf die Idee verfallen, sich einzubilden, sie seien noch am Leben.«

Wir fuhren die Kurven zurück aus der Ebene hinauf und erreichten Minuten später den Highway, und an diesem Tag verzichtete Matthew auf alle Mätzchen, nur ein Tankstopp, ein Stopp zum Essen und statt der enervierenden fünfundvierzig Meilen als Richtgeschwindigkeit jetzt wenigstens fünfundsechzig oder siebzig, so dass wir bereits am Nachmittag in Seattle eintrafen. Ich verabschiedete mich vor dem Eingang zum Bestattungsunternehmen, mit dem er alles weitere für das Begräbnis regeln sollte. Er wollte sich danach sofort auf den Rückweg nach Jackson begeben, und ich nahm ein Zimmer in einem Hotel und schlief zwei Stunden, bevor ich die Frau des Professors aufsuchte. Sie hatte mich in ihr Restaurant eingeladen und empfing mich mit der Frage, ob wir ihren Mann heil nach Hause gebracht hätten, an der buchstäblich jedes einzelne Wort falsch war, angefangen mit »meinen Mann« über »heil« bis wahrscheinlich »nach Hause«.

Wir aßen den Lieblingsfisch des Professors, dessen Namen ich vergaß, noch während sie ihn aussprach, irgendeine Spezialität, selbstverständlich auf mährische Art, die ich ohne Zweifel zuwenig würdigte, und mich hielt nur das Begräbnis in Seattle. Es war für zwei Tage später anberaumt, auf dem katholischen Calvary-Friedhof, und außer den beiden Totengräbern und einem Pfarrer, der wohl kein richtiger Pfarrer war, sondern ein arbeitsloser Schauspieler, der aber immerhin ein paar letzte Worte perfekt einstudiert hatte, standen nur die Frau und ich am offenen Grab. Natürlich kam Aura nicht, und natürlich hatte ich das nicht erwartet, auch wenn ich mich die ganze Zeit umblickte, als könnte noch im letzten Moment jemand auftauchen und sagen, dass alles nur ein Missverständnis sei, oder, wenn schon nicht das, die ganze Farce mit seiner oder vielmehr ihrer Anwesenheit erträglicher machen. Die Bedienstete der Friedhofsgärtnerei, die eine Weile etwas abseits innegehalten und zu uns herübergeschaut hatte, mochte von ihrem Aussehen zwar als Latina und vielleicht sogar als Puertoricanerin durchgehen, drehte sich aber um, als ich ihr zunickte, und eilte mit ihrem Kübel und ihrer Schaufel davon.

Das Testament sollte in der Woche darauf eröffnet werden, aber obwohl die Frau des Professors mich drängte, die paar Tage abzuwarten, und noch einmal sagte, ich sei schließlich der nächste Mensch ihres Mannes gewesen, konnte es mir auf einmal nicht schnell genug gehen, dass ich selbst wieder nach Jackson zurückkam. Es war früher Abend am Tag nach dem Begräbnis, als ich die Passhöhe erreichte und nach Wyoming hineinfuhr und nur eine halbe Stunde später vor meinem Motel parkte und ungesehen in mein Zimmer schlich. Ich legte mich in den Kleidern auf das Bett und schlief augenblicklich ein, und als ich nach Mitternacht wach wurde, ging ich noch aus, und es war dann tatsächlich der Hilfssheriff, den ich gleich in der ersten Bar traf und der mich einweihte, in welcher Gesellschaft ich gewesen war.

»Hol dich der Teufel, Franz«, sagte er ein ums andere Mal. »Du warst mit Matthew Hildebrand in Seattle?«

»Warum sollte ich nicht mit ihm dort gewesen sein?«

»Mit dem Leichen-Hildebrand?«

»Ich nehme an, es gibt nur den einen.«

»Dann hat es sich aber um eine schöne Landpartie gehandelt, der Professor, der Leichen-Hildebrand und du.

Ich bin nicht einmal sicher, ob er überhaupt den Staat verlassen darf. Du scheinst der einzige zu sein, der die Geschichte nicht kennt.«

Im nächsten Augenblick vertraute er sie mir schon an, und während er sagte, der Gute habe ein paar Jahre lang die Kinos in drei Staaten unsicher gemacht, bekam ich den kleinen, drahtigen Kerl nicht aus dem Kopf, wie er am Morgen vor dem Motel in der Prärie von der Liebe gesprochen hatte. Der Hilfssheriff lachte in einem fort, als ich ihm davon erzählte. Er sah mich an, als könnte ich es nicht ernst meinen, und hörte nicht auf zu feixen.

»Der Leichen-Hildebrand hat über die Liebe gesprochen?«

»Ja«, sagte ich. »Beinahe wie ein Dichter.«

»Der Leichen-Hildebrand muss es ja wissen.«

Der Hilfssheriff hatte Geburtstag, war außer Dienst und schon nicht mehr ganz nüchtern, und das brachte ihn dazu, sein »Sogar in Kyoto Sehnsucht nach Kyoto« über die Tische zu schmettern. Manche von den Anwesenden kannten den Spruch schon und verballhornten ihn auf ihre Art, »Einmal Toyota, immer Toyota«, kam es aus einer Ecke, »Unter Kojoten bin ich Kojote« aus einer anderen. Das ging eine Weile so, bis ihn jemand einen verdammten Japsen nannte und ihm sagte, er solle endlich mit seinem Kamikaze aufhören, worauf er sich auffallend still fügte. Ich hatte es kommen sehen, aber als ich ihm beispringen wollte, hielt er mich mit einem

Griff um mein Handgelenk zurück und wandte sich selbst an die Runde.

»Schon gut, Freunde, schon gut«, sagte er. »Ihr habt Glück, dass es nach zwölf ist. Da nehme ich es mit eurem rassistischen Zeug nicht mehr so genau, und ihr könnt mich nennen, wie ihr wollt. Sonst müsste ich meine Waffe holen.«

Ich war also wieder in Jackson, wo es solche Auswüchse nicht nur gab, sondern sich die wenigsten daran stießen, und in den folgenden Tagen erfuhr ich, dass sich die Verdächtigungen gegen den Professor in Luft aufgelöst hatten. Der Sheriff hatte mit insgesamt sechs Leuten gesprochen, die in den vergangenen Jahren an der Rezeption seines Hotels Dienst getan hatten, und sie alle bestätigten ihm, es sei ausgeschlossen, dass jemand an ihnen vorbei Mädchen aus dem Reservat in sein Zimmer hätte lotsen können, ganz und gar ausgeschlossen, und bei einem Gast, wie der Professor einer gewesen sei, nicht einmal denkbar. Der Sheriff informierte mich persönlich darüber, und wieder verstand ich nicht recht, warum auch er mich wie einen Angehörigen behandelte, als er an meiner Tür klopfte, in der üblichen Weise mit einem Blick in alle Ecken eintrat und dabei ein Kopfschütteln nicht ganz vermeiden wollte. Ich konnte noch so sehr darauf bestehen, der Professor sei nur ein Schüler von mir gewesen wie viele andere, er nahm es nur als Bestätigung dafür, wie nahe ich ihm gestanden war.

»Ich bin der Meinung, Sie müssen die Details kennen«, sagte er. »Diese Schmutzgeschichten sollen nicht Ihre Erinnerungen trüben.«

Der Professor vermachte mir merkwürdigerweise genau die fünfundzwanzigtausend Dollar, die mir seine Frau in Aussicht gestellt hatte, wenn ich auf alle Ansprüche verzichtete. Es fiel mir nicht ein, dem weiter nachzugehen. Das Geld hatte ich beklemmend nötig, seit mein Vater vor zwei Jahren gestorben war und seine monatlichen Zahlungen an mich ausblieben und ich in den Sommermonaten, in denen ich keine regelmäßigen Einkünfte hatte, manchmal von der Hand in den Mund lebte. Über die Jahre hatte ich alles mögliche gemacht, um mir im Frühjahr und im Herbst ein paar Wochen als geduldeter Gasthörer an einer Universität oder einem College zu erkaufen, in Missoula, in Laramie oder Moscow, und wenigstens vor mir selbst so zu tun, als wäre ich immer noch Student oder hätte meine akademischen Ambitionen jedenfalls nicht ganz begraben. Ich war Feuerbeobachter in Idaho gewesen, ich hatte Touren für Camping-Urlauber zusammengestellt, die dann mit mir als Guide in riesigen Wohnwagen durch die Wildnis kurvten, ich hatte gemeinsam mit einem Kompagnon, der kein Wort mit mir gesprochen hatte, die Zäune des Elchrefugiums ausgebessert, ich hatte nach dem Winter geholfen, die Wege im Nationalpark wieder gangbar zu machen, und in den letzten beiden Jahren hatte ich im Oktober und im November einen

Job in einem Kaufhaus in Denver gehabt und als angepriesener österreichischer Experte in einem türkisfarbenen Trainingsanzug oft bis in die Nacht hinein Skier verkauft. Meistens waren es Männer gewesen, ihre Kinder an der Hand, die wissen wollten, welches Modell ich empfahl, und ich hatte ein Paar vom Ständer genommen, daran herumgedrückt und -gebogen wie ein Verrückter, es gegen das Fenster ins Licht gehoben und die Kanten entlanggeschaut, als müsste ich überprüfen, ob sich zwei Parallelen im Unendlichen schnitten. Ich hatte ihnen gesagt, dass der Schnee in Tirol anders sei als der in Wyoming, und von seiner Körnigkeit, seiner Sanftheit, seiner Pulvrigkeit, seiner Weichheit und Flauschigkeit geschwärmt, bis es mir gelang, ein Leuchten in ihre Augen zu zaubern, und ich ihnen alles hätte unterjubeln können und es am Ende selbst nicht mehr erwarten konnte, dass die Skisaison wieder begann und ich mit meinen Brettern in den ersten Schnee hinausging.

Den größten Teil seines Vermögens hinterließ der Professor dem Gymnasium in Mähren, das seine Schwester zum Zeitpunkt ihres Todes besucht hatte, und auf den Stufen vor seinem Eingang fand ich mich an einem Vormittag im Mai desselben Jahres wieder. Es war nur eineinhalb Stunden von Wien entfernt, mit einer direkten Zugverbindung, und ich war am frühen Morgen hingefahren und hatte zuerst nach dem Grab gesucht, auf dem ich die Haarlocke ablegen sollte. Der Friedhof befand sich in dieser Stadt, gerade ein paar Kilometer jenseits der Grenze, und nachdem ich eine Weile zwischen den Gräbern auf und ab gegangen war, erkundigte ich mich bei einem anderen Besucher. Er war ein alter Mann, sprach leidlich Deutsch und verstand mein Anliegen doch nicht oder wollte es nicht verstehen. Ich sagte ihm deutlich, ich suchte nach dem Grab einer Familie Moravec, und erzählte ihm sogar von dem Unfall, aber er erwiderte nur, so hießen viele, ja, im Grunde genommen fast alle hier in der Gegend, aber wenn ich nach einem deutschen Grab suchte, müsse er mich enttäuschen, der deutsche Teil des Friedhofs sei nach dem Krieg eingeebnet worden. Dabei griff er sich zweimal und dann noch ein drittes Mal mit der rechten Hand auf die linke Schulter und schwenkte den Arm, die Handfläche nach oben gekehrt, in einer langsamen Bewegung, die tatsächlich etwas ein für alle Mal Planierendes hatte, weit von seinem Körper weg. Ich konnte nicht sagen, ob es eine triumphierende Geste oder eine Geste der Vergeblichkeit war, aber ich bedankte mich und entschied, meine Suche später fortzusetzen und zuerst lieber in die Stadtmitte zu spazieren und mich dort umzuschauen.

Der Unterricht war gerade im Gang, als ich auf die Schule mit den riesigen Lettern GYMNASIUM direkt unter dem Giebel zuging. Es war ein Jahrhundertwendebau, wie es ihn in jeder österreichischen Bezirkshauptstadt als Amtsgebäude gab, am Rand eines Parks im Zentrum gelegen. Da und dort standen die Fenster offen, weil es ein warmer Frühlingstag war, und im Näherkommen hörte ich Stimmen, und gleich darauf war da ein Singen, das mich daran erinnerte, wie der Professor in Jackson einmal für Kathy und mich das tschechische Lied angestimmt hatte. Ich blieb auf dem Kiesweg stehen und ging erst weiter, als die Melodie verstummt war. Dann stieg ich die paar Stufen zum Eingang hinauf und setzte mich dort in die Sonne.

Der Mann auf dem Friedhof mit seinen deutschen Gräbern wollte mir nicht aus dem Kopf gehen. Ich war immer noch nicht sicher, ob er mich nur falsch verstanden oder es absichtlich auf ein Missverständnis angelegt hatte. Er war so zielgerichtet in seinem Vorgehen gewesen und so sicher in der Annahme, wofür ich mich allein schon wegen meiner Sprache interessieren müsste, dass ich an einen Zufall nicht glauben wollte. Vielleicht waren die nicht mehr existierenden deutschen Gräber eine touristische Attraktion in der Gegend, und er hätte mich für ein paar Euro in ein Gewölbe geführt, wäre ich nur zugänglicher gewesen, und mir dort die wenigen vor der Zerstörung geretteten Grabsteine oder auch Überreste von Grabsteinen oder vielleicht gar nur Nachbildungen von ihnen mit deutschen Namen gezeigt.

Die Tür hinter mir ging auf, und ein Mädchen und ein Junge kamen heraus, vierzehn- oder fünfzehnjährig, setzten sich zwei Stufen unter mir auf die Treppe und begannen sich zu unterhalten. Sie trugen beide die gleichen kurzen Hosen und Sandalen und hatten ihre Schultaschen neben sich gestellt, holten Hefte heraus und verglichen offenbar Ergebnisse. Das Mädchen drehte sich zu mir um und stellte eine Frage, und als ich zuerst auf deutsch antworten wollte, dann aber auf englisch sagte, dass ich sie nicht verstehen würde, entschuldigte sie sich für die Störung, wiederholte die Frage aber nicht, sondern versuchte es mit einem neuen Anfang.

»Sind Sie Amerikaner?«

Ich zögerte einen Augenblick und sagte ja.

»Von wo?«

Ich sagte: »Aus Jackson«, obwohl ich natürlich wusste, dass es mehr als ein Dutzend Orte mit demselben Namen gab, in mehr als einem Dutzend Bundesstaaten, und dass das deshalb nicht viel bedeutete. Das Mädchen zuckte mit den Schultern und lachte, und es war ein einladendes Lachen, um das ich den Jungen an ihrer Seite ein wenig beneidete. Er hatte sich mit ihr zu mir umgedreht und ihre Hand in seine genommen.

»Ihr müsst es nicht kennen«, sagte ich. »Es ist ein kleines Nest in Wyoming, wo sich Fuchs und Hase gute Nacht sagen.«

Sie wollten wissen, was mich nach Mähren gebracht habe, und ich fing gerade an zu erzählen, als ein bärtiger Mann in Anzug und mit einer dicken Aktentasche auf das Gebäude zueilte. Er klatschte zweimal laut in die Hände, als er sie wahrnahm, aber sie waren schon aufgesprungen und hatten sich dem Eingang zugewandt, um ihm zu entwischen, bevor er sie erreichen konnte. Dabei taten sie so, als würden sie seine Rufe nicht hören, und zogen die Tür hinter sich zu, während er in Laufschritt verfiel. Am Fuß der Treppe blieb er stehen und grüßte mich mit einem neugierigen Nicken, bevor er umkehrte und den Weg, den er gekommen war, wieder zurückging. Seinen Priesterkragen hatte ich im ersten Augenblick nicht gesehen, aber im Davongehen hatte er etwas Prälatenhaftes, er wandelte, ja, schwebte fast, so dass ich meine Augen nicht von ihm lassen konnte, bis er verschwunden war.

Ich hatte das Kuvert mit der Haarlocke in meiner Jackentasche und holte es heraus. In all den Wochen, die ich es in meinem Zimmer in Jackson aufbewahrt hatte, war ich nie auch nur auf die Idee gekommen, den Inhalt zu begutachten, aber jetzt schlitzte ich es mit dem Fingernagel auf und kippte ihn auf die oberste Stufe der Treppe. Es war nur ein dünnes Büschel, ohne einen Tropfen Blut, und schon der kleinste Windhauch würde genügen, es in alle Himmelsrichtungen zu verteilen. Ich wusste instinktiv, dass das der bessere Ort als der Friedhof war, und überlegte, ob ich warten solle, bis die Schule aus wäre und ich zusehen könnte, wie die Füße der Schüler darüber hinwegstoben, die Füße der Schülerinnen. Dann stand ich aber auf und ging davon, und als ich mich nach ein paar Schritten umdrehte, war ich schon so weit entfernt, dass ich nicht zu unterscheiden vermocht hätte, ob die Haarlocke bereits nicht mehr da war oder ob ich sie nur nicht sehen konnte.

ELFTES KAPITEL

Der Kommissar kam erst nach Mitternacht, und davor war die Hochzeit Aslan Karas mit der Tochter des Anwalts eine der schönsten oder jedenfalls am wenigsten beklemmenden Hochzeiten, die ich je erlebt hatte. Sie hörten nicht auf sich zu küssen, vom ersten Moment, in dem ich sie in den Blick bekam, bis zum Ende, als ich ins Bett ging. Allein schon der Fototermin mit ihnen war ein Ereignis. Das Entspannungszimmer stand ihnen natürlich nicht zur Verfügung, weil ich darin wohnte, und also machte ich auch keine Unendlichkeitsbilder, ging mit ihnen nicht auf die Lichtung wie mit allen anderen und stellte sie nicht an den Rand des Abgrunds, sondern nahm die Bilder direkt auf der Wiese neben dem Mutterhaus der Barmherzigen Schwestern auf. Die Braut hatte gerade erst ihr Rechtsstudium abgeschlossen und arbeitete nicht nur in einer Anwaltskanzlei in Wien, sondern schrieb zudem an einer philosophischen Dissertation. Sie musste niemandem etwas beweisen, es sei denn, sich selbst, und zwar, dass sie tun und lassen konnte, was sie wollte, und vielleicht erklärte sich so, dass sie ihren Mann immer von neuem in ihr Spiel hineinzog und mit ihren kleinen Volten auf Trab hielt.

»Willst du mich nicht küssen, Aslan?«

Er wandte sich mit einer entschuldigenden Geste an mich und unterdrückte ein Stöhnen.

»Der Fotograf sieht uns zu, Kira.«

Sie lachte.

»Der Fotograf ist doch kein Kind mehr.«

Damit drehte sie sich zu mir.

»Sie sind doch kein Kind mehr, nicht wahr?«

Ich fing nur kurz ihren Blick auf, da hatte sie ihn bereits wieder auf ihren Mann gerichtet und drängte ihn.

»Siehst du, Aslan«, sagte sie. »Was sage ich dir? Der Fotograf kann das aushalten. Nun sei schon kein Langweiler und küss mich endlich.«

Schon flog sie mit theatralisch in der Luft herumrührenden Händen auf ihn zu und schlang ihm die Arme um den Hals.

»Der Fotograf soll ein Foto machen, wie wir uns küssen.«

Sie presste ihren Mund auf seine Lippen, riss sich im nächsten Augenblick wieder los und sah mich über ihre Schulter hinweg an.

»Haben Sie das?«

Ich nickte, und sie küsste ihn noch einmal.

»Und das?«

Sie war einen halben Kopf größer als er, und das hatte gereicht, dass manche der Umstehenden, die bei der Ankunft des Paares auf dem Plateau warteten, einander irritierte Blicke zuwarfen, ein Türke, zwei Nummern zu klein, mit einem vorspringenden Bauch und auch sonst ein paar Kilo zuviel, und ausgerechnet er hatte dieses Wunderwesen bekommen, das immer gleiche Maß- nehmen, wer wen verdient und wer wen nicht verdient hatte, als wären sie alle Experten bei einer Viehausstel- lung. Statt eines Hochzeitskleides trug sie das schlich- teste Sommerkleid, das man sich denken konnte, weiß, gerade geschnitten, im Grunde ein überlanges, bis über die Knie reichendes T-Shirt, wenn auch aus offensicht- lich teurem Stoff. Ihr Haar war schulterlang, glatt und schwarz, nicht in eine der raffinierten Frisuren gezwun- gen, die üblich waren, eine einzige Demonstration, dass es nichts brauchte, wenn man alles hatte. Und dann ihre Aufgeregtheit, wie sie jeden Satz mit einem hellen »Aslan« begann, ihre offensichtliche Verliebtheit und sein immer noch nicht ganz abgelegtes Staunen über das, was ihm da widerfuhr, obwohl er sie seit Monaten kennen musste. Sie lispelte ein bisschen, und als mich aus dem Nichts ihre Frage erreichte, die mir beinahe bis auf den Wortlaut gleich auch die tote Braut gestellt hatte, lauschte ich ein paar Augenblicke nur ihren S-Lau- ten nach.

»Seit Sie bei Hochzeiten fotografieren, wie oft ist es da vorgekommen, dass eine Frau es sich in letzter Sekunde anders überlegt hat?«

Sie schien selbst überrascht zu sein, was da aus ihr hervorsprudelte, aus Überdrehtheit, aus schierem Über- schwang, aus all den Möglichkeiten auch diese Möglichkeit, und hielt sich eine Hand vor den Mund, lachte dann aber gleich wieder.

»Aslan, was rede ich da?«

»Du bist eine freie Frau, Kira.«

Für mich war nicht zu erkennen, ob er ihre Frivolität als Spaß nahm oder ob sie ihn kränkte, aber als sie sagte, sie sei weder Frau noch frei, sie sei ein Mädchen und habe gerade auf dem Standesamt ihre Unterschrift geleistet, reagierte er mit nüchterner Distanzierung.

»Wenn wir uns beeilen, haben sie dort vielleicht noch offen«, sagte er. »Wir könnten zu dem Beamten sagen, es sei alles nur ein Irrtum, und ihn bitten, unsere Daten zu löschen. Zum Glück haben wir uns die Kirche erspart. Sonst müssten wir höhere Instanzen bemühen.«

Er hatte etwas ganz und gar Gewinnendes mit seinem Charme und seiner Art, nicht nur wenn er mit ihr sprach, sondern auch bei allen anderen, denen er nie herablassend und schon gar nicht auftrumpfend begegnete. Natürlich wusste er, dass er ein brillanter Mann war, aber er ließ es niemanden spüren, mehr noch, er schien keinen Begriff davon zu haben, dass die meisten nicht so waren, und man konnte sich ihn vorstellen, wie er seine ganze Klugheit vergaß und mit zwei jüngeren Verwandten in einem Hinterhof ein Fahrrad reparierte, mit ihnen über Fußball sprach oder ihre Musik hörte. Ich hatte seine beiden Bücher gelesen und wusste jetzt, was gelehrte Liebesromane sein sollten. Wann und wo immer es ging, zitierte er islamische Gelehrte aus dem

Mittelalter mit Kalendersprüchen über die Liebe, und auch wenn das nicht mein Fall war und ich lieber seine eigenen Gedanken darüber gehört hätte, verstand ich, dass es dankbare Leser gab, die in der Gewissheit dahinschmolzen, mit ihm an den großen Strom der Zeiten angeschlossen zu sein. Sie konnten sich von ihm im warmen Gefühl an die Hand nehmen lassen, dass alles nur eine Frage ihres guten Geschmacks sei, ja, dass in seinem Gefolge alles zu etwas Erlesenem werde, dass sie nicht einmal mehr für die Liebe ihren Lehnsessel verlassen müssten, nicht einmal für Sex, und wenn sie Glück hätten, würde er ihnen nicht nur das Leben, sondern auch das Sterben mit ein paar schönen Sentenzen abnehmen, die er in alten Handschriften fand.

Ich beobachtete ihn und fragte mich, ob ich ihn neidisch beobachtete, wies das aber sofort von mir, sobald mich sein Blick traf. Er schien meine Gedanken zu erraten und nahm lächelnd wahr, wenn ich Kira vielleicht einen Augenblick länger anschaute, als es für das Fotografieren nötig war. Ich war mir dessen gar nicht richtig bewusst und hatte mich jeweils unbeobachtet gewähnt, aber selbstverständlich sah er es und hob einmal sogar den Zeigefinger, wie um mir einen Verweis zu erteilen.

»Als Fotograf müssen Sie einen Blick für das Schöne haben«, sagte er lachend. »Halten Sie es nur richtig fest, damit wir uns auch später noch daran erfreuen können.«

Wir waren mit den Aufnahmen gerade fertig, als Schwester Antonia zu uns trat und ich ihr mit einem Blick auf die beiden, die sich wieder zu küssen begonnen hatten, unheilschwanger zuraunte: »Die in den Flammen büßen.« Dafür strafte sie mich mit kalter Nichtbeachtung. Sie war vielleicht die ganze Zeit schon in der Nähe gestanden und hatte uns beobachtet und so lange gewartet, bis sie alles gesehen hatte und es nichts mehr zu sehen für sie gab und sie endlich aus ihrer Deckung hervorkam.

»Aber, aber«, sagte sie. »Meine Lieben!«

Damit zeigte sie zu den Fenstern des Mutterhauses hinauf, hinter denen aber niemand zu sehen war.

»Ich verstehe Sie ja. Die Liebe wird den Liebenden vom Herrn geschenkt und ist eine Gnade. Aber ich muss doch um ein bisschen mehr Respekt bitten. Die Schwestern halten gerade ihre Nachmittagsgebete.«

Ihr Gesicht war hart und verschlossen, als sie sich vor die beiden hinstellte, und wieder suchte ich vergeblich nach einem Zeichen von Ironie. Sie stand so nah bei ihnen, dass ich einen Augenblick fürchtete, sie könnte ihren Rausschmeißer- oder Türsteherkörper zum Einsatz bringen, zwischen sie treten wie zwischen zwei Streitende und sie trennen. Ihr Habit schien noch enger zu sitzen und noch kürzer zu sein als die anderen Male, die ich sie in ihm gesehen hatte, und sie sprach jetzt etwas aus, das ich in meiner Jugend oft gehört hatte, wenn zwei nicht voneinander lassen wollten, in der

Regel eine harmlose, wenn auch aufdringliche Frage, die aber von einer Schwester ausgesprochen wie die schlimmste Rohheit klang.

»Habt ihr zu Hause kein Bett?«

Dann wandte sie sich an mich.

»Was ist mit dem Entspannungszimmer? Tagsüber werden Sie es kaum brauchen, Franz. Könnten Sie es nicht für die beiden Täubchen räumen?«

Es schien ihr selbst aufzufallen, wie unangemessen das war, so schnell ging sie darüber hinweg und flüchtete sich in neue Gemeinplätze.

»Mit der Liebe ist es wie mit dem Leben«, sagte sie, die Hände gefaltet, als könnte sie allein damit alles wiedergutmachen. »Der Herr gibt sie, der Herr nimmt sie.«

Die beiden hatten sich längst voneinander gelöst, und während Aslan Kara sich entschuldigte, blieb Kira das Lachen im Hals stecken. Sie schien sich der Drohung durchaus bewusst zu sein, die aus Schwester Antonias Worten sprach, und eine klare Empfindung dafür zu haben, welche Grenze überschritten war. Deshalb klang ihre Stimme auch schneidend.

»Haben Sie nichts anderes zu sagen, Schwester?«

Sie reckte ihr herausfordernd das Kinn entgegen.

»Der Herr gibt sie, der Herr nimmt sie«, griff sie bissig ihre Worte auf. »Kann schon sein, aber solange die Liebe da ist, ist sie da, und dagegen helfen auch keine Verwünschungen.«

Dabei sah sie Schwester Antonia an, die unwillkürlich einen Schritt zurücktrat und ihre Arme hinter dem Rücken verschränkte.

»Niemand verwünscht Sie«, sagte sie. »Ich bete für Sie.«

Damit verlegte sie sich auf einen sanfteren Ton.

»Sie wissen, welches Unglück hier geschehen ist?«

»Ich weiß, Schwester.«

»Sehen Sie, und deswegen bete ich.«

»Dann beten Sie schön, Schwester, aber wenn ich Sie bitten darf, suchen Sie sich jemand anderen, der Ihre Hilfe braucht, und lassen uns lieber in Frieden.«

Ich sah, dass Kira fröstelte, und als sie ihren Mann jetzt eilig wegzog, fürchtete ich, die ganze Hochzeit könnte wegen dieser Begegnung in ein Desaster kippen, aber wenig später war ihr Unmut wieder verflogen. Es war eine Ungehörigkeit von Schwester Antonia gewesen, Kira an die tote Braut zu erinnern, doch niemand würde sich von dieser finsteren Gestalt mit noch finstereren Ansichten den Tag verderben lassen. Kira nannte sie eine Blockwartin und sagte, das einzige, was sie selbst in ihren vier Jahren als Klosterschülerin gelernt habe, sei, dass man solchen Monstern mit aller Entschiedenheit in den Weg treten müsse.

»Was meinen Sie?«

Sie hatte sich wie Schutz suchend am Arm ihres Mannes untergehakt und wandte sich von einem Augenblick auf den anderen an mich.

»Haben Sie nicht auch bei der Hochzeit der toten Braut fotografiert? Wie sehen Ihre Prognosen aus, dass ich den Tage heute überlebe? Muss ich mich vor der Hölle fürchten?«

Ich brauchte nicht zu antworten, aber ich nutzte ein paar unbeobachtete Augenblicke, um im Restaurant das Kreuz zu entfernen, das Viktor angeblich auf Wunsch ihres Vaters dort aufgehängt hatte. Niemand sollte damit brüskiert werden, und niemand vermisste es, als die Hochzeitsgesellschaft wenig später in den Saal strömte, nicht einmal mein Bruder, den ich zwar dabei beobachtete, wie er auf die leere Stelle starrte, der sich dann aber offensichtlich keine weiteren Gedanken darüber machte. Das Fest kam schnell in Fahrt, und all die Dinge, die mich beim Fotografieren in meiner Jugend zunehmend gestört hatten, meine Abneigung gegen das hundertmal kopierte, hundertmal vervielfachte und ausgelaugte Glück, waren bei diesem Paar vergessen, ja, ich schaute um Mitternacht, als alle ins Freie traten und unter Ohs und Ahs das Feuerwerk auf dem Schlossberg bestaunten, mit ihnen in den Nachthimmel und wünschte mir, dass für diese zwei alles gutgehen möge. Keine Sekunde dachte ich, jemand müsste die Braut retten, wie ich es damals mehr und mehr getan hatte, ein strahlender Held müsste auftauchen und sie von alldem erlösen, ein Ritter, oder nein, kein Ritter, vor dem müsste sie ja wieder gerettet werden, ein Märchenprinz auch nicht, und schon gar keiner wie mein Vater, ein

Mann einfach, der anders wäre als alle anderen Männer und anders als ich.

Kiras Vater hielt eine Rede, und man konnte den Eindruck gewinnen, der übergewichtige Mann habe absichtlich in jeden zweiten oder dritten Satz ein pathostriefendes »Mein Kind« eingebaut. Dabei hatte er schon nach der ersten Erwähnung Tränen in den Augen und tupfte mit dem riesigen weißen Taschentuch, das er zunächst wieder hervorgeholt hatte, um sich den Schweiß von der Stirn zu wischen, unkontrolliert in seinem Gesicht herum. Seine Frau hatte ihn ein halbes Jahr nach Kiras Geburt verlassen, um mit ihrem Liebhaber auf Nimmerwiedersehen zu verschwinden, und ihm war das Kind geblieben.

»Ich habe fünfundzwanzig Jahre mit meiner Tochter gehabt«, sagte er am Ende. »Wenn ich etwas für sie gefürchtet habe, so immer nur, dass sie an den falschen Mann geraten könnte, und dabei hätten all meine Befürchtungen dem richtigen gelten müssen.«

Damit hob er sein Glas in Richtung seines Schwiegersohnes, nickte ein paarmal, schluckte und rang vergeblich um Worte. Dann blickte er seiner Tochter in die Augen, stammelte noch einmal: »Mein Kind«, und brach in ein alles wegschwemmendes Schluchzen aus. Er war jetzt nicht nur ihr Vater, er war auch ihre Mutter und wahrscheinlich in Personalunion zudem eine Horde von Onkeln und Tanten, die sie auch alle nie gehabt hatte und wahrscheinlich gar nicht vermisste.

Als Aslan Karas Vater aufgefordert wurde, auch ein paar Worte zu sagen, erwiderte er in gutem Konversationsdeutsch, er wolle nicht hier, sondern in Istanbul reden, wo es später im Jahr noch eine Feier geben sollte. Dann wandte er sich doch an den Brautvater und versicherte ihm feierlich, er habe nicht eine Tochter verloren, er habe einen Sohn gewonnen. Auch er hatte Tränen in den Augen und rezitierte regelrecht.

»Mein Kind ist Ihres«, sagte er. »Ihr Kind ist meines.«

Er betrieb in Innsbruck ein Import-und-Export-Geschäft mit Filialen in ganz Österreich, und außer ihm waren von Seiten des Bräutigams neben einer Handvoll Freunde nur die beiden Brüder da. Sie hatten zuerst ein bisschen grimmig gewirkt, bis sich herausstellte, dass ihre Grimmigkeit Schüchternheit war. Die Mutter war krank, schickte aber Glückwünsche und ihren Segen, und auf dem Tisch vor dem für sie vorgesehenen Platz stand ein gerahmtes Foto von ihr, das Bild einer Matrone mit Kopftuch, fast eine Madonnenfigur, die so alles im Blick hatte. Darauf deutete der Vater jetzt.

»So Gott will, werden wir in Istanbul alle vereint sein.«

Die beiden Brüder stimmten ein.

»So Gott will!«

Nur Aslan Kara selbst machte sich darüber lustig. Ich stand direkt neben ihm und konnte hören, wie er auf Kira einflüsterte. Dabei gelang es ihm fast nicht, sein Kichern zu unterdrücken.

»Lass dich davon nicht aus der Ruhe bringen«, sagte er. »Am besten nimmst du es einfach als ständiges zusätzliches Satzzeichen und hörst weg. ›So Gott will‹ steht für irgend etwas zwischen Doppelpunkt und Semikolon. Vielleicht ist es aber auch einfach nur ein Fragezeichen.«

Der Eröffnungstanz war zu Schostakowitsch, dieselben Klänge, die ich vor dreizehn Jahren Sarah in der Kapelle spielen gehört hatte, und Kira und Aslan Kara jetzt tanzen zu sehen ließ mich alles um mich vergessen. Die ersten Schritte waren Walzerschritte, aber nur die allerersten, ihre Haltung entsprechend, dann löste Kira ihre Hand aus der ihres Mannes, hatte im nächsten Augenblick beide Hände auf seinen Schultern und legte ihm schon ihre Arme um den Hals, zog ihn an sich, presste sich im Ziehen gegen ihn und verlangsamte die Bewegung, bis sie engumschlungen und ohne die geringste Regung mitten auf der Tanzfläche standen und sich küssten. Es ging alles von ihr aus, so schien es zumindest, und Aslan Kara wehrte sich nicht dagegen, hob einmal sogar seine Arme zu den Umstehenden, als wollte er sagen, er könne nichts dafür, bevor er sie wieder sinken ließ.

Kira schien mit jedem einzelnen der anwesenden Männer tanzen zu wollen und suchte dabei immer den Blick ihres Mannes, egal, wo er sich aufhielt, sie sah ihn über den ganzen Saal hinweg an. War sie mit den anderen ein einziger Wirbelwind, Arme und Beine in ständiger Bewegung, so kam sie jedesmal, wenn sie ihn wieder ins Getümmel zog, augenblicklich zum gleichen Stillstand und küsste ihn. Sie tanzte mit ihrem Vater, und der dicke Mann rang sich für sie eine Gelenkigkeit ab, die halsbrecherisch aussah, sie tanzte mit ihren beiden Schwägern, die an ihr vorbeischauten und peinlich darauf zu achten schienen, sie nur nicht falsch zu berühren, und sie tanzte sogar mit Viktor, der sich aus der Affäre zu ziehen versuchte, am Ende aber nicht anders konnte und, von Johanna gedrängt und geschoben, in einem der Dreiteiler unseres Vaters hinter ihr herscharwenzelte und mit einer Drehung um dreihundertsechzig Grad loslegte wie ein Animateur auf einem Kreuzfahrtschiff, das hier in den Bergen gestrandet war.

Als Kira zuerst ihren Zeigefinger auf mich richtete und dann an meiner Hand zog, deutete ich auf meine Krücken, aber sie bestand darauf, ich solle mich nicht so anstellen, schließlich hätte ich die Dinger beim Fotografieren auch nicht gebraucht, hätte sie auf die Wiese gelegt und sei beim Suchen eines passenden Blickwinkels frei herumgegangen.

»Sie können mir das unmöglich verwehren«, rief sie. »Oder wollen Sie der einzige sein, der mir am schönsten Tag meines Lebens einen Korb gibt?«

Ich tat jedoch nur zwei Schritte hinter ihr her, dann knickte mein Knie ein. Wenigstens fühlte es sich so an, ein grelles Auflodern, ein spitzer Stich. Ich hatte die Krücken in den letzten Tagen und im Grunde genommen schon in den letzten Wochen nicht mehr wirklich nötig gehabt und trotzdem nicht von ihnen lassen wollen, weil sie mein Halt waren, aber jetzt musste ich mich beim Aufstehen gegen die Gehrichtung bewegt und so mein Bein verdreht haben. Ein paar Schritte humpelte ich noch, aber schon ließ ich Kiras Hand los, stützte mich auf einen zufällig neben mir Stehenden und entschuldigte mich, obwohl sie nicht aufhörte zu drängen.

»Einen Tanz nur!«

Zum Glück kam ihr Mann mir zu Hilfe.

»Siehst du nicht, dass er nicht kann, Kira?«

»Einen einzigen Tanz!«

»Aber Kira!«

»Es bringt Unglück, wenn er mir einen Korb gibt. Wenigstens zwei oder drei Takte, oder wir können uns gleich wieder scheiden lassen! Er kann ja seine Krücken nehmen, wenn es anders nicht geht.«

Am Ende absolvierte ich ein paar gequälte Tapser mit ihr, obwohl der Schmerz kaum auszuhalten war. Ich spürte jetzt nicht mehr nur das Knie, ich glaubte auch, die gerade erst wieder verheilten Knochen in meinem Gesicht zu spüren, als Kira mich ansah, ihre Blicke allein dazu da, meine Scham zu vergrößern. Sie entließ mich mit einer spöttisch huldvollen Geste, und ich hatte mich schon wieder auf meinen Stuhl am Rand der Tanzfläche gesetzt und wandte meine Augen nicht von ihr ab, als plötzlich der Kommissar neben mir saß beziehungsweise ich ihn wahrnahm, weil er mich ansprach.

»Alle Achtung, wie Sie sich zum Narren machen.«

Er musste sich lautlos auf den Platz an meiner Seite geschoben haben und bereits eine Weile dagesessen sein, so wie er jetzt lächelte. Es war dieses wissende und gleichzeitig vermeintlich ahnungslose Lächeln, mit dem Leute seinesgleichen Überlegenheit demonstrierten und trotzdem Neugier bekundeten. Er trug einen zu großen Anzug und hatte ein Einstecktuch mit dem Logo einer Fluggesellschaft in der Brusttasche, das er wahrscheinlich auf seiner letzten Urlaubsreise irgendwo ergattert hatte.

»Der Türke ist ein großer Küsser«, sagte er, weil Kira ihren Mann auf der Tanzfläche gerade wieder zum Stehen gebracht hatte. »Sind Sie neidisch?«

Das Wort traf mich, weil ich es selbst schon im Kopf gehabt hatte, aber er registrierte das gar nicht und kniff nur, wie um Maß zu nehmen, die Augen zusammen.

»Der Türke küsst wie ein Weltmeister. Schauen Sie nur! Er schlabbert sie ab wie ein verdurstendes Pferd. So etwas bekommen Sie nicht alle Tage zu sehen! Der Türke küsst wie ein Vieh.«

Er stieß mir seinen Ellbogen in die Seite.

»Der Türke küsst wie ein Türke und nicht wie ein Gemüse.«

Als ich nicht antwortete, lachte er trocken. Ich hatte für mein Leben genug geküsst, nur keine Mädchen, aber das konnte ich ihm nicht sagen. Was wusste dieser Schwachkopf vom Küssen? Zehn, elf, zwölf Jahre war ich alt gewesen, als ich im Internat auf Befehl der älteren Schüler hatte antreten und mir von ihnen die Zunge in den Hals stecken lassen müssen, beinahe tagtäglich, Woche für Woche, all die Monate, mehr als zwei Jahre lang, ausgenommen vielleicht montags, wenn es mir gelungen war, mich mit den Süßigkeiten, die ich aus dem Wochenende von zu Hause mitgebracht hatte, wenigstens für einen Tag freizukaufen. Ich hatte genug fremden Speichel geschluckt, als dass ich ihm etwas erklären musste, und was sich da an meinem Gaumen festgesaugt und sich tief in meinen Rachen vorgearbeitet hatte, hätten auch Blutegel sein können, die mir wenn schon nicht den letzten Tropfen Blut, so doch den letzten Hauch Leben ausgesaugt und mich als Zombie in die Zukunft entlassen hatten. Ich konnte ihm nicht sagen, dass ich in all den Jahren danach selbst nie jemanden zu küssen versucht hatte und dass die Geschichte mit Sarah die einzige Ausnahme war, weil eine Ausnahme genügte und er offensichtlich ohnehin nichts anderes im Sinn hatte, als mich in die Enge zu treiben, so wie er mit seinen Sticheleien nicht aufhörte.

»Man kann es an Ihrer Nasenspitze sehen.«

»Dass ich neidisch bin?«

»Sie wären auch gern so.«

»Ein großer Küsser?«

»Sie wären auch gern wie der Türke.«

Es gehörte zu seinem Beruf, ekelhaft zu sein, und nur weil ich ihn mir nicht ganz zum Feind machen wollte, ließ ich ihn nicht einfach sitzen. Er sagte »Türke«, wie andere »Schwuler« oder »Neger« sagten, die damit zeigen wollten, dass sie begriffen hatten, dass sie es nicht sagen sollten, und die es sich auf einer vermeintlich ironischen Ebene dann doch wieder herausnahmen, um sich selbst zu beweisen, dass sie den Kontakt zu einer von ihnen erträumten wilden und gesetzlosen Welt nicht verloren hatten, nach der sie sich insgeheim sehnten. Außerdem war er ein armseliger Glatzkopf ohne Mund und wusste sicher, wovon er sprach, wenn er sich wie ein Vollidiot gebärdete.

»Der Türke ist eine richtige Bestie«, sagte er, und das war auf perverse Art anerkennend gemeint. »Er lässt die Frau ja gar nicht zu Atem kommen.«

In Wirklichkeit war immer noch Kira die Treibende, und der Kommissar musste sehen, dass Aslan Kara gar nichts zu tun brauchte, so sehr hing sie an ihm. Soeben hatte sie wieder die Arme um ihn geschlungen und warf Blicke um sich, als wollte sie mögliche Spötter und Verächter herausfordern und ihnen erhobenen Hauptes zeigen, dass das alles um so wirklicher war, je weniger es ihnen vielleicht passte, und dass sie diesen Mann liebte, ob es ihnen in den Kopf ging oder nicht. Auf ihrer Stirn stand Schweiß, und als sie sich uns näherte, sah ich, dass ihre Oberlippe und ihr Kinn ganz gerötet waren, etwas, das auch dem Kommissar nicht entging und das ihn nur zu weiteren Anzüglichkeiten bewog.

»Sehen Sie sich das an!«

Er leckte sich ausgiebig die Unterlippe und vergaß, seine nasse Zunge wieder einzuziehen, während er Kira unverhohlen anstarrte.

»Schauen Sie, wie er sie zugerichtet hat!«

Einen Augenblick wirkte es, als ob sie den Satz gehört hätte. Sie hielt mitten im Schritt inne und fixierte ihn. Ich dachte, sie würde ganz zu uns herankommen und ihn damit konfrontieren, aber da hatte sie sich bereits wieder umgewandt und kehrte uns den Rücken zu, und er schien sie auch schon aus dem Kopf zu haben, so wie er sich von einer Sekunde auf die andere wieder auf mich konzentrierte.

»Sie küssen lieber Kinder.«

Er war mir so nahe gekommen, dass ich unwillkürlich ein Stück von ihm abrückte, obwohl das eigentlich gar nicht ging und ich mich am Ende nur ungeschickt gegen den Mann drückte, der auf der anderen Seite neben mir saß.

»Haben Sie das arme Mädchen auf dem Schlossberg auch so verunstaltet?«

Er hatte sich vorgebeugt und seinen Blick auf den Boden gerichtet, dass die Umstehenden denken mussten, er würde gar nicht mit mir sprechen.

»Ich hoffe sehr für Sie, dass es bei dem einen Kuss geblieben ist«, sagte er. »Sie können von Glück reden, dass die Frau schweigt. Wenn sie das Gegenteil sagen würde, würde Ihnen kein Mensch glauben. Wenn sie behaupten würde …«

»Hören Sie auf!«

»Wenn sie behaupten würde, Sie hätten sie auf den Waldboden gedrückt und sich über sie hergemacht …«

»Hören Sie auf!«

»Wenn sie behaupten würde, Sie hätten ihr zwischen die Beine gefasst und versucht, ihr das Kleid über die Hüften zu schieben …«

»Sie sollen aufhören!«

»Hat das Mädchen das zu Ihnen gesagt? Hat sie Sie gebeten aufzuhören? Hat sie Sie angefleht und Sie haben trotzdem weitergemacht?«

Es stimmte, es würde mir kein Mensch glauben, wenn Sarah auch nur irgend etwas davon behauptete, und deshalb sagte ich nichts mehr und wartete, bis er sich zu Ende erregt hatte und vielleicht wieder wie ein normaler Mensch mit mir sprach.

»Ich habe mir die Mühe gemacht nachzuforschen, wie alt genau sie gewesen ist«, sagte er schließlich außer Atem, aber triumphierend. »Sie war exakt dreizehn Jahre, zehn Monate und vierundzwanzig Tage alt. Wir sprechen also nicht von einem Kavaliersdelikt. Soll ich Ihnen sagen, wie hoch das Strafmaß dafür ist?«

Jetzt schaute er geradeaus auf die Tanzfläche und legte mir tastend seine Hand auf den Unterarm, bevor er ihn mit hartem Griff umfasste.

»Ein bis zehn Jahre, mein Lieber.«

Dabei lachte er, aber er lachte auf eine Art, die zeigen sollte, dass ihm nicht nach Lachen war.

»Leider haben die Richter heute eher wenig Verständnis für Ausreden. Sie können es natürlich mit einer schweren Kindheit versuchen, aber eine schwere Kindheit hat jeder gehabt, der mit dem Gesetz in Konflikt kommt. Das beeindruckt nicht einmal mehr die alten Damen in den Lesezirkeln, denen Sie sonst alles erzählen können.«

Während er seinen Blick auf mich richtete, hörte die Musik auf zu spielen. Die drei Musiker legten ihre Instrumente beiseite, und die eben noch Tanzenden gingen zurück zu ihren Tischen, Kira in Aslan Karas Arm eingehängt, versunken und innig, als wäre sie allein mit ihm auf der Welt. Bevor die ersten Klänge vom Band kamen, war es ein paar Augenblicke vollkommen still, auch die Gespräche schienen ausgesetzt zu haben, und der Kommissar nutzte die Gelegenheit, aufzustehen und sich von mir zu verabschieden.

»Vielleicht fangen Sie wenigstens an, darüber nachzudenken, dass es keine Bagatelle war«, sagte er so, dass alle in der Nähe es hören konnten. »Wir sprechen uns noch.«

Damit tätschelte er mir allen Ernstes die Wange. Er ging die paar Schritte zur Theke und stand dann dort, immer wieder in eine Unterhaltung mit jemandem vertieft, die aber jeweils nur so lange zu währen schien, bis er seinem Gegenüber gesagt hatte, wer er war. Seine Glatze glänzte im Deckenlicht, und wenn er mit dem Handballen darüberfuhr, erweckte er den Eindruck, er wolle sie noch zusätzlich polieren, so dass mir wieder der Gedanke kam, dass die Demütigung eines kahlen Schädels einen Mann, je nachdem, wo sein Ausgangspunkt war, entweder gläubig machen oder vom Glauben abfallen lassen musste.

Die Musik hatte wieder eingesetzt, als es plötzlich oder vielmehr gar nicht so plötzlich, weil sie sich langsam angebahnt hatte, zu der unschönen Szene kam, die am Ende das Gelingen der Hochzeit doch noch gefährdete. Ich hatte den Mann schon eine Weile beobachtet, wie er von einem Grüppchen zum anderen gegangen war und dort entweder Gelächter, eher betretenes als gelöstes Gelächter, oder konsternierte Blicke hinterlassen hatte, ein offensichtlich Betrunkener, der mit einem Weinglas in der Hand und traurig aufgeknüpfter Krawatte allem Anschein nach etwas loswerden musste. Schließlich stand er auch vor mir, stellte sich als ehemaliger Schulfreund der Braut vor und erkundigte sich, ob er mir eine Frage stellen dürfe. Sein aufgedunsenes Gesicht und die tief in ihren Höhlen herumirrenden Augen ließen mich nichts Gutes ahnen, und ich hätte am liebsten nein gesagt, aber er hatte schon angefangen und war nicht mehr zu bremsen.

»Sie müssen mir helfen«, sagte er. »Es geht um eine Einschätzung. Wenn ein kleiner, dicker und zudem auch noch glatzköpfiger Mann sich immer in großgewachsene Blondinen verliebt und von ihnen allen abgewiesen wird, ist das dann ein statistisches Problem, oder ist es Rassismus? Keine leichte Sache.«

Entweder hatte er Aslan Karas Romane gelesen und war dadurch auf diesen Unsinn gekommen, oder es war noch schlimmer und er meinte es als direkte Anspielung auf ihn. Auf jeden Fall schwitzte er nichts Gutes aus. Er hatte eine schwere Zunge und merkte nicht, dass er beim Sprechen gestikulierte und den Wein aus seinem Glas verschüttete.

»Nun?«

Ich antwortete nicht, und er bellte mir sein Lachen ins Gesicht, so dass mich ein feiner Sprühregen seines Speichels traf.

»Die Lösung ist einfach«, sagte er. »Solange die großgewachsenen Blondinen nicht auf einem Kongress den Entschluss fassen, dass keine von ihnen jemals einen kleinen, dicken und zudem auch noch glatzköpfigen Mann erhören wird, hat der Arme einfach Pech gehabt und muss damit leben, auch wenn ihn womöglich tausend abgewiesen haben.«

Die Freude darüber hatte ihm Tränen in die Augen getrieben, und obwohl es längst nur mehr ein Lallen war, arbeitete er sich Schritt für Schritt durch seine Pointe.

»Entscheidend ist immer die tausendunderste. Verstehen Sie? Die tausendunderste hätte sich womöglich in ihn verliebt, wenn er nur ein bisschen mehr Geduld gehabt hätte.«

Am Ende gab es niemanden in der ganzen Hochzeitsgesellschaft, der die Geschichte nicht kannte, und es war vier am Morgen, und der Kommissar hatte sich endlich aufgemacht, als ich selbst auch ging. Er hatte seinen Weg an mir vorbei gesucht und seine Hand grüßend zur Stirn erhoben, ohne etwas zu sagen. Ich wartete ein paar Minuten, damit ich ihm nicht noch einmal begegnete, falls er irgendwo aufgehalten wurde, verabschiedete mich von Kira und Aslan Kara und sah ein letztes Mal zu, wie sie ihm die Arme um den Hals schlang und ihn küsste, die Augen geschlossen, während er die seinen weit offen hielt.

Ich war schon ins Freie getreten, als Johanna hinter mir herkam und von mir wissen wollte, was ich von alldem hielte. Außer in dem Augenblick, in dem sie Viktor auf die Tanzfläche geschoben hatte, hatte ich sie den ganzen Abend kaum gesehen und nahm sie erst jetzt richtig wahr. Sie trug ein Dirndl, das mir vorher gar nicht aufgefallen war, immerhin eines der weniger bombastischen Modelle, und als ich sie von oben bis unten musterte, erkundigte sie sich, ob ich ein Problem damit hätte, und meinte, es sei nur für die Gäste, es sei nur für das Geschäft.

»Was sagst du zu der ganzen Küsserei?« fragte sie dann unumwunden. »Findest du sie nicht ein bisschen übertrieben?«

Ich hatte mir keine Gedanken darüber gemacht und lag bereits im Bett, als ich die Geschichte mit dem Schauspieler in Jackson plötzlich nicht mehr aus dem Kopf bekam, bei der es genau darum gegangen war. Sie war mir über die Jahre immer fremder geworden und hatte sich zu guter Letzt so sehr verselbständigt, dass ich mir kaum mehr vorstellen konnte, dass ich sie selbst einmal erlebt hatte. Geschehen war es in meinem ersten Jahr in Wyoming, und Kathy, die mit ihrer Blockhütte damals gerade ihr fünfjähriges Jubiläum feierte, hatte noch ihren alten Freund gehabt, den Vorgänger des Englischdozenten aus Missoula, einen gröberen Knochen, von dem keiner genau wusste, was er tat, außer dass er mit Pferden umgehen konnte und dass er im Sommer manchmal auf einer Ranch aushalf. Niemand hätte gewagt, offen etwas Abfälliges über ihn zu sagen, aber das Geraune, das es gab, ließ darauf schließen, dass manches in seinem Leben nicht mit rechten Dingen zuging und er mit wenigstens einem Bein in einem zwielichtigen Milieu stand. Deshalb war es nur um so verwunderlicher, dass ausgerechnet er mir in den Arm fiel und mich vor Schlimmerem bewahrte, als ich mich eines Tages vergaß und mir allen Ernstes einbildete, ich müsse die Dinge mit meinen Fäusten regeln.

Es war in der Woche der Hollywood-Leute, und der Schauspieler wurde in der Zeitung als Schauspieler der A-Kategorie bezeichnet, was eine mächtige Aufwertung war, weil er in Wirklichkeit eher in B- oder C-Streifen spielte und auch in denen nicht häufig und nicht unbedingt in Hauptrollen. Es begann damit, dass er eines Abends bei Kathy an der Theke saß und mit einer Selbstverständlichkeit mehr Aufmerksamkeit von ihr verlangte, die sie ihm nicht durchgehen lassen wollte, einem eigentlich gar nicht weiter auffälligen Mann in genau der Cowboy-Aufmachung, die sie den Einheimischen zugestand, die bei Leuten von auswärts aber immer den Verdacht in ihr weckte, sie hätten gar nichts verstanden, gegen den sie dann nur noch schwer ankamen. Er hatte bereits zweimal sein Bier mit der Bemerkung zurückgehen lassen, es sei zu warm, und als er sich jetzt zu seiner Begleiterin vorbeugte und sich mit seinem Gesicht dem ihren näherte, ganz offensichtlich um sie zu küssen, hatte er sie kaum berührt, als Kathy sich vor ihm aufbaute.

»Ab fünfzig wird bei mir nicht mehr herumgeknutscht.«

Er war noch keine vierzig, aber sein Haar lichtete sich bereits, und sie hatte instinktiv erfasst, dass er vielleicht Probleme mit dem Älterwerden hatte.

»Ob es dir passt oder nicht, ich habe meine Regeln.«

Er trug Stiefel mit überhohen Absätzen, und ich wusste nicht, ob ihn das gefährlich machte oder nicht, allen Klischees nach ja, in Wirklichkeit aber wohl eher nicht. Kathy hatte einmal gesagt, ich solle mich vorsehen, nur in keinen Streit zu geraten, sie gehe jede Wette ein, dass zwei von drei Besuchern ihrer Bar bewaffnet seien. Das hinderte sie selbst nun nicht daran, dem Mann weiter zuzusetzen.

»Hast du einen Ausweis dabei?« sagte sie. »Bei mir bekommen Senioren keine Vergünstigung, und wenn einer ohne Genehmigung körperlich wird, fliegt er hinaus.«

Er lachte nervös und machte eine Geste zu seiner Begleiterin, als wollte er sie fragen, ob er ihr zuviel versprochen habe. Dann griff er in die Innentasche seiner Jacke, holte sein Portemonnaie hervor und legte wie gelangweilt ein paar Geldscheine auf die Theke. Er nahm sie noch einmal in die Hand, zählte nach, wobei er seinen Daumen mit Speichel beleckte, und packte schließlich zwei weitere obendrauf.

»Ich trinke aus, und dann will ich verdammt sein, wenn ich Ihre versiffte Klitsche noch einmal betrete.«

»Du trinkst nicht aus«, sagte sie. »Du gehst!«

»Ich gehe, wenn ich ausgetrunken habe.«

Er wandte sich wieder seiner Begleiterin zu, aber in derselben Sekunde hatte Kathys Freund ihn am Oberarm gepackt, und ehe ich darüber nachdenken konnte, was ich da tat, ergriff ich ihn von der anderen Seite. Wir beförderten ihn so zur Tür, dass er mit seinen Füßen kein einziges Mal den Boden berührte, und draußen genügte ein Schub, dass er in den Schneehaufen taumelte, den der Pflug dort erst am Nachmittag zusammengeschoben hatte. Er richtete sich sofort wieder auf und stand uns mit hängenden Armen gegenüber, ein bisschen wie ein Revolverheld in einem Western, der im nächsten Augenblick nach der Waffe an seiner Hüfte greifen würde. Stattdessen beschränkte er sich darauf, uns zu drohen, und erst eine Woche später, als ich mir zwei seiner Filme besorgt hatte, fand ich heraus, dass er den Satz, den er richtiggehend zelebrierte, schon einmal wortwörtlich als kleiner Möchtegern-Mafioso in einer nicht weiter erwähnenswerten Gaunerkomödie gesagt hatte. Genauso klang er auch, genauso halbstark und lächerlich.

»Ihr könnt eure Gebete sprechen, ihr Schwuchteln!«

Ein Schlag traf ihn mitten ins Gesicht.

»Wer spricht hier seine Gebete?«

Ich war es, der schlug, und *ich* war es, der ihm die Frage stellte wie bei einem Verhör, und dann schlug ich noch einmal, kräftiger, rücksichtsloser, mit einer Wut, die ich eben noch gar nicht in mir gespürt hatte, und das Blut sprang ihm aus der Nase.

»Wer ist hier die Schwuchtel?«

Im Film hatte er geschossen, hatte seine Gegner gar nicht antworten lassen, die Pistole auf sie gerichtet und abgedrückt, aber jetzt hob er beide Hände in die Luft, auch das eine automatische Geste aus seinem Repertoire.

»Mann!« sagte er. »Mann!«

Dann nuschelte er, als fehlten ihm ein paar Zähne.

»Bist du verrückt?«

Er blickte an sich hinunter, und im orangen Licht

der Parkplatzbeleuchtung sah ich, dass er sich schon sein Rodeohemd vollgeblutet hatte. Es war ein wahres Kunstwerk, hellblau und silberdurchwirkt, mit komplizierten Mustern, und ich hatte gehört, wie er seiner Begleiterin an der Theke stolz erklärt hatte, dass es das Geschenk eines lokalen Champions sei. Deshalb kümmerte er sich jetzt auch gar nicht als erstes um seine Nase, sondern lamentierte, dass ich ihm das Hemd ruiniert hätte.

»Schau, was du angerichtet hast.«

Ich war einen Schritt zurückgetreten, und als ich mich noch einmal auf ihn werfen wollte, ging Kathys Freund dazwischen. Er legte mir beide Hände auf die Schultern, und ich ließ mich gegen seinen Körper sinken, während er auf mich einsprach und der Mann sein Halstuch abnahm und damit über seine Brust zu wischen begann, obwohl ihm immer noch Blut aus der Nase tropfte. Es waren nur ein paar Sekunden vergangen, und jetzt stürzten seine Begleiterin und hinter ihr Kathy aus der Tür, und sie war es, die mich wieder zurück in die Wirklichkeit brachte.

»Was ist los mit dir, Franz?« rief sie, und es war das erste Mal, dass sie meinen Namen aussprach, das erste Mal auch, dass ich den Spalt zwischen ihren Schneidezähnen richtig wahrnahm. »So kenne ich dich gar nicht.«

Ihr hatte ich es auch zu verdanken, dass sich die Sache nicht zu einer richtigen Affäre auswuchs, die mich bereits nach den ersten Wochen im Land die Aufenthaltserlaubnis hätte kosten können. Sie stellte den Schauspieler noch einmal zur Rede und gab ihm zu verstehen, dass er die Polizei aus dem Spiel lassen solle oder sie müsse ihre Version der Geschichte erzählen und könne auch nicht verschweigen, dass er mit seiner Begleiterin immer wieder auf die Toilette verschwunden sei und dass sie keine andere Erklärung dafür habe, als dass sie sich dort die Nasen gepudert hätten. Ich wusste nicht, ob sie wirklich etwas gegen ihn in der Hand hatte oder ob sie nur leer drohte und zufällig einen Treffer landete, aber ich kam ohne weitere Folgen aus dem Ganzen heraus. Niemand rief den Sheriff, und auch in den Tagen darauf, als ich jederzeit auf ein Klopfen an der Tür oder einen Anruf wartete, passierte nichts, bis ich aufzuatmen begann. Den Schauspieler sah ich noch einmal auf der Piste, aber als ich mich ihm näherte, um mich zu entschuldigen, kreuzte er seine Skistöcke gegen mich wie gegen den Satan und sagte, ich solle mein Glück nicht überstrapazieren. Er hatte zwei Freunde dabei, beide mit den unangenehmen Kurzhaarfrisuren und verspiegelten Sonnenbrillen von halbgaren Kerlen, die keinem Krawall auswichen, und als sie sich mit einem Blick auf ihn auf mich zubewegten, hatte ich allen Grund, das Weite zu suchen.

Mit Kathy war durch den Vorfall eine neue Vertrautheit entstanden. Natürlich hatte sie mich davor schon wahrgenommen, weil ich von Anfang an fast täglich zu ihr hinausgepilgert war, aber jetzt merkte ich manchmal, dass ihr Blick auf mir ruhte, wenn ich an der Theke saß. Sie suchte von sich aus das Gespräch mit mir, was bei einer Frau hinter der Bar, die von jedem Dahergelaufenen angesprochen wurde, keine Selbstverständlichkeit war, und in den drei Wochen zwischen ihrem Rancherfreund und dem Englischdozenten aus Missoula, der eines Abends wie ein Heilsbringer auftauchte, ging ich zweimal mit ihr essen, und beim zweiten Mal fragte sie mich im Auto, ob ich sie nicht küssen wolle.

Ich presste meine Lippen auf ihren Mund.

»Das nennst du küssen, Franz?«

Sie hatte ihren Kopf zurückgebeugt, und als sie sich noch einmal näherte, roch ihr Atem nach dem Kaugummi, den sie immer nur für eine oder zwei Minuten kaute und ausspuckte, bevor sein Geschmack sich verlor.

»So kannst du deine Tochter küssen.«

Ihre Lippen waren weich, und ich spürte ihre Zähne, spürte den Spalt zwischen ihren Schneidezähnen, als sie sich in meine Lippen verbiss, und ja, da war auch Blut.

»So macht man das«, sagte sie. »So, Franz!«

Sie beugte sich noch einmal vor.

»Nicht zu weich und nicht zu hart.«

Ihre Hand schon an der Tür, lachte sie, und jetzt war es wie drei Ausrufezeichen, dreimal noch das langsame

Näherkommen ihres Gesichts, dreimal die plötzliche Berührung der Lippen.

»So!«

Ich schloss die Augen.

»So!«

Ich hielt den Atem an.

»So! So! So!«

II

DIE NICHT ERZÄHLTE
GESCHICHTE

Genau zwei Tage vor seinem Tod hatte der Professor zu mir gesagt, er sei überzeugt, dass jeder Mensch wenigstens eine Geschichte in seinem Leben habe, von der er nicht wolle, dass jemand anderer sie zu hören bekomme, es gebe bei jedem ein Zentrum des Schweigens, ein Zentrum der Scham, an das er sich selbst kaum heranwage. Wir seien immer nur einen Schritt davon entfernt, aus unserem Alltag hinauszukippen, zwei Schritte davon, eine ganz andere Richtung einzuschlagen, ob wir uns für sie entschieden oder ob sie uns aufgezwungen würde, und drei von einer Existenz am Rande der Gesellschaft oder einer kriminellen Karriere und womöglich, wenn wir Glück hätten und ein paar zusätzliche Voraussetzungen erfüllt wären, auch nur gezählte Schritte mehr von einem Höhenflug mit allen Würden und Ehren, so lächerlich uns vielleicht gerade der erscheinen möge. Was sich ein bisschen beliebig angehört hatte, wie die Westentaschenphilosophie eines redseligen älteren Herrn, hätte wohl der Anfang davon sein können, dass er mehr von sich preisgab, wäre ich nur aufmerksamer gewesen, hätte ich nachgefragt, statt sofort mit einer eigenen Geschichte zu kommen, meiner Geschichte mit Eileen, die ich außer dem Professor noch niemandem anvertraut hatte und die mir selbst bei jedem Gedanken daran Gänsehaut verursachte.

Ich erinnere mich noch, wie er mich ansah, als ich am Ende sagte, ich hätte, in den Tagen nachdem ich sie zum ersten Mal gesehen hatte, die Zeitung gelesen, als müsste ich darin einen Bericht darüber finden.

»Was willst du damit sagen?«

»Nichts«, sagte ich. »Gar nichts.«

Aber im nächsten Augenblick sagte ich doch, ich hätte Eileen nicht angerührt, hätte bei unserer ersten Begegnung nicht einmal mit ihr gesprochen, und er hob eine Hand, wie um mich am Weitersprechen zu hindern.

»Warum machst du dann ein solches Gewese darum?«

Er ruckte zweimal mit dem Kopf, anscheinend seine Art, den Blick scharfzustellen, schaute aber an mir vorbei in die Ferne.

»Weißt du überhaupt, was du mir da erzählst?« sagte er auf eine Weise unentschieden, als wartete er nur darauf, noch mehr davon zu hören zu bekommen, und hätte gleichzeitig am liebsten seine Ohren verschlossen. »Wenn ich dich nicht kennen würde, müsste ich auf der Stelle den Sheriff verständigen.«

Die Rede war von meinem zweiten Winter in Jackson. Ich war in jenem Jahr schon Anfang Oktober, lange vor der Saison, in das Städtchen gekommen und arbeitete aushilfsweise bei einem Maler und Anstreicher, der von Dezember bis April auch Skilehrer war und mich als Kollegen schwarz angestellt hatte. Wir weißelten

Stockwerk für Stockwerk die Zimmer zweier Hotels in Teton Village, fingen früh am Morgen an, hörten früh am Nachmittag auf, und danach saß ich gewöhnlich bei Kathy. Damals war alles noch so jung und frisch für mich, dass die Fotos, die ich von der Landschaft machte, meine Sehnsucht nur vergrößerten, nicht nur darin zu leben, was ich ja tat, sondern regelrecht in ihr zu verschwinden. Bei offenem Fenster konnte ich morgens die Kojoten hören, und seit meiner Kindheit war nach dem ersten Schnee das Scharren des Pflugs beim Wachwerden nicht mehr so voller Versprechen gewesen, dass die Welt, in die ich nach dem Aufstehen hinaustreten würde, neu und ungeschaut für mich wäre.

Ich hatte Eileen zum ersten Mal in dem Schnapsladen gesehen, der ein Stück außerhalb des Städtchens direkt an der Straße zum Flughafen lag. Es war einer der Orte, die ich bei meinem Herumfahren manchmal aufsuchte, und so war es auch an dem Tag, ob Zufall oder Notwendigkeit. Sie stand zwischen den Regalen, schlank, in der leicht vorgebeugten Haltung großer Frauen, die sich automatisch kleiner machen, und noch bevor ich richtig hingeschaut hatte, hatte etwas an ihr meine Aufmerksamkeit erregt. Sie erinnerte mich an niemanden, aber obwohl ich das auf Anhieb zu wissen glaubte, hörte ich paradoxerweise nicht auf, mich zu fragen, an *wen* sie mich erinnerte. Der Schild ihrer Kappe, unter der nur ein paar blonde Rastalocken hervorragten, verdeckte ihre Augen, die erst zu sehen waren, wenn sie sich aufrichtete, ein verschreckt wirkender, dann ruhiger, dann wieder unsicherer Blick, und sie trug eine auffällige Camouflage-Jacke mit Namen über der Brusttasche.

Zwei Weinflaschen in den Händen, schien sie das Etikett einer dritten zu studieren, bevor sie die beiden wieder auf ihren Platz stellte. Dann ging sie ein paar Schritte zwischen den Stellagen, holte zwei neue Flaschen hervor und hob sie nacheinander dicht vor ihre Augen, näherte sich, wenigstens hatte es den Anschein, mit ihrer Nase den Korken, um daran zu riechen. Gleich darauf stand sie bei den Whiskeyflaschen, nahm eine in die Hand und stellte sie wieder zurück, griff nach noch einer, ließ sie aber in einem plötzlichen Impuls stehen und klemmte sich schließlich doch zwei unter ihre Achseln.

Im selben Moment traf mich ihr Blick, als hätte sie die ganze Zeit schon gemerkt, dass ich sie anstarrte, und sie hob die rechte Hand, den Mittelfinger gestreckt, den Zeigefinger nur halb, ein Zeichen mit offener Bedeutung. Ohne zu überlegen, ob ich dadurch nicht erst recht auffiel, stürzte ich hinaus auf die Straße und schaute ihr von draußen weiter zu. Geschützt in der Dunkelheit beobachtete ich sie in dem hell erleuchteten Laden, wie sie zu guter Letzt mit einer Flasche zur Kasse ging, sie auf das Laufband stellte und lange in ihrem Portemonnaie nach dem passenden Betrag suchte. Offenbar kannte sie den Mann, der ihr eine braune Tüte reichte, sie sprach eine Weile mit ihm, und als sie sich dem Ausgang näherte, rief er ihr noch ein paar Worte nach, worauf sie innehielt und sich lachend zu ihm umdrehte. Kaum hatte sie die Tür aufgestoßen, stand sie zwei oder drei Augenblicke nur wenige Schritte von mir entfernt, konnte mich aber nicht sehen, weil ich mich hinter einen Müllcontainer geduckt hatte, und ließ ihre Blicke über den Parkplatz schweifen, auf dem Autos im Minutentakt kamen und davonfuhren und die übliche Gruppe von Trinkern in den unterschiedlichsten Alkoholisierungszuständen um die zertretenen Blumenrabatten lagerte.

Als sie in meine Richtung blickte, blieb mir die Luft weg. Doch schon überquerte sie im Laufschritt den Parkplatz, leichtfüßig, x-beinig, mit klobigen Schuhen. Ich dachte, sie würde auf ein Auto zugehen, aber dann verschwand sie in dem Gebüsch am Rand, hinter dem eine meterhohe Betonmauer den Durchgang versperrte. Eine Minute verstrich, zwei Minuten, vielleicht drei, in denen ich darauf wartete, dass sie wieder daraus hervorkommen würde. Währenddessen wagte ich nicht, mich zu rühren, starrte nur hinüber zu den auf einmal bedrohlich wirkenden Sträuchern und stellte mir vor, was sie machte, stellte mir vor, dass sie die Flasche geöffnet hatte und, unsichtbar im Finsteren sitzend, daraus in gierigen Schlucken trank. Ich wusste nicht, wie mir geschah, aber plötzlich war ich von einer reißenden Sehnsucht erfasst und sah zu, dass ich mich so schnell wie möglich entfernte.

Das nächste Mal traf ich auf sie in der Buchhandlung der alten Angelica, die es in dem Jahr noch gab, ein umgebauter Heuschober mit einem wildwüchsigen Angebot auf drei Etagen, in dem ich Stunden verbrachte und mich durch das Sortiment blätterte. Ich wusste nicht, ob sie mich erkannte, aber ich erkannte sie sofort. Sie stand zwischen den Bücherregalen, wie sie erst ein paar Tage davor zwischen den Regalen mit den Weinflaschen gestanden war, die gleiche gebeugte Haltung, dieselbe Schildkappe, dieselbe Camouflage-Jacke. Es war kurz vor dem Zusperren, aber sie hielt ein Buch in der Hand, hatte sich offensichtlich festgelesen und hob kaum den Kopf.

Die alte Angelica, wie sie von allen genannt wurde, um sie von ihrer Enkelin, der jungen Angelica, zu unterscheiden, saß wie gewöhnlich hinter ihrem Tischchen, einen weißen Handschuh an der rechten Hand, als müsste sie jederzeit bereit sein, nach einer bibliophilen Kostbarkeit zu greifen, und ließ sie nicht aus dem Blick. Sie war in ihren Achtzigern und zwischen den Weltkriegen als Mail-Order-Braut von der Ostküste nach Wyoming gekommen. Ich hatte den Begriff noch nie gehört, aber sie nannte sich selbst so und meinte, ihr Mann habe sie nur wegen ihrer blauen Augen aus dem Katalog der Vermittlungsagentur bestellt und ihr schnell einen Schuppen mit den ersten Büchern eingerichtet, als er gesehen habe, dass sie für die Arbeit mit den Tieren nicht tauge. Damals habe er zu ihr gesagt, sie lebten in der Realität und nicht in ihren Träumen, aber die Erfahrungen seither hätten sie gelehrt, dass man an der Realität hier draußen in der Wildnis nur zugrunde gehen könne. Mich forderte sie immer auf, nach Belieben zu stehlen, sie schaue für ein paar Minuten nicht hin, ich solle in der Secondhandabteilung aus den Regalen nehmen, was ich wolle, und wenn ich mich weigerte, protestierte sie, ich dürfe im Leben alles sein, bloß kein bescheidener Dummkopf, und drückte mir wahllos Exemplare in die Hand. Sie hatte mich mehrmals einen sehr netten jungen Mann genannt und beklagt, dass ich allein sei, und das verstohlene Gestikulieren, mit dem sie jetzt auf die Frau deutete, auf die ich längst aufmerksam geworden war, hatte beinahe etwas Slapstickhaftes.

Eileen stand bei den Romanen von Louis L'Amour, die mehrere Regalmeter füllten. Dort hing auch ein Porträtfoto des Cowboy-Präsidenten, der erst vor zwei Jahren seine Alzheimer-Erkrankung öffentlich gemacht hatte und einer der größten Bewunderer dieses Schriftstellers gewesen war, und darunter war mit roter Farbe wie als Kommentar das Zitat A LOT REMAINED TO BE EXPLAINED aus einem der Bücher auf ein Brettchen gepinselt. Ich trat näher, und mir fiel nichts Besseres ein, als sie zu fragen, was sie da lese, und dann, ob es gut sei, und, als sie es verneinte, warum sie sich die Mühe mache und es nicht einfach seinlasse.

»Keine Ahnung«, sagte sie. »Stört es dich?«

Damit blickte sie auf und sagte ihren Namen.

»Sag bloß nicht, dass er schön ist.«

»Er ist es aber«, sagte ich. »Er ist wunderschön.«

Ich sprach ihn mit einem sanft in die Länge gezogenen »i«, das in der Luft hängenblieb.

»Hörst du es nicht?«

»Das habe ich mir gedacht«, sagte sie. »So etwas kann auch ein Rindvieh sagen, vorausgesetzt, man trichtert ihm die dafür nötigen Wörter ein. Bei mir hat jeder drei dumme Sätze frei, bevor er auf meine schwarze Liste kommt. Das könnte dein erster gewesen sein, und strenggenommen waren es bereits zwei.«

Als die junge Angelica ihre Großmutter abholen kam, hatte ich mich mit Eileen schon für den nächsten Tag verabredet. Wir standen vor der Bücherscheune und schauten zu, wie das Mädchen, noch keine achtzehn, den schweren, silberfarbenen Pick-up wie alle in der Gegend mit laufendem Motor am Straßenrand abstellte, der alten, kaum mehr gehfähigen Frau einsteigen half und mit ihr in die Dunkelheit davonbrauste, hinaus in die Prärie. Ich hatte sie schon öfter dabei beobachtet und mir jedesmal vorgestellt, wie es dort aussah, wo sie hinfuhren, ein Wohngebäude, vielleicht nie ganz aus dem Rohbau gekommen, ein paar Ställe, ein paar Einzäunungen für die Tiere und der nächste Nachbar nur mit dem Auto erreichbar, aber als ich das Eileen nahezubringen versuchte, lachte sie.

»Du bist mir ein schöner Träumer«, sagte sie. »Das

klingt ja ganz so, als würdest du es auch noch romantisieren. So kannst du nur reden, weil du nichts davon weißt. Du würdest es nicht einen Tag aushalten.«

Es stellte sich heraus, dass sie eine Bleibe suchte, und Kathy konnte ihr helfen. Angeblich hatte sie die letzten Sommerwochen im Reservat verbracht und dort in einem notdürftigen Zelt im Vorgarten einer Indianerfamilie kampiert und war weitergezogen, als es ihr zu kalt wurde, und Kathy bot ihr an, gegen Schlafen und Essen ein paar Wochen bei ihr zu bleiben, wenn sie sich nützlich mache. Sie sagte, sie arbeite an einem Oral-History-Projekt, aber ich hätte geschworen, dass sie das nur erfand und in Wirklichkeit auch gar nicht studierte, sondern einfach in den Tag hinein lebte und so bei uns gelandet war. Meine Frage, ob sie der Armee entlaufen sei, die ich ihr mit einem Hinweis auf ihren soldatischen Aufzug stellte, beantwortete sie mit der Gegenfrage, ob mir das gefallen, ja, ob mich das anmachen würde, und meinte, ich solle in mich gehen oder meine Phantasien überhaupt von einem professionellen Klempner überprüfen lassen. Als ich sie zum ersten Mal ohne ihre Camouflage-Jacke und ohne ihre Schildkappe sah, trug sie zu ihren Rastalocken ein verfärbtes Sweatshirt mit der Aufschrift PEACE in allen Regenbogenfarben, das ihr Kathy aber nach dem Waschen von der Leine klaute und heimlich in den Müll warf, damit sie von den Leuten ernst genommen wurde. Kathy hatte ihre Erfahrung damit, was man von sich ausstellen konnte und was nicht, sie war insgeheim Vegetarierin und hätte in diesem Land der Viehzüchter und Fleischfresser den Teufel getan, das zuzugeben, eine Vorsichtsmaßnahme, eine Überlebensstrategie.

Ich gewöhnte mich schnell an Eileens Anwesenheit in der Bar. Sie wusch ab, sie wischte die Tische, sie half in der Küche aus, aber was sie in diesen Wochen, in denen noch kaum etwas los war, vor allem tat, war lesen. Aus der Bücherscheune brachte sie immer neue Louis L'Amours mit, und wenn ich später an sie dachte, sah ich sie, je nach den Lichtverhältnissen, einmal da, einmal dort in dem Lokal in eine Ecke gelümmelt. Ihre Zunge im Mundwinkel, hatte sie ein großes Glas Limonade vor sich und die Rastalocken aufgetürmt über den immer gleichen plakativen Einbänden mit Postkutschen, Indianern und einsamen Reitern in der Prärie. Zwischendurch verschwand sie manchmal für ein paar Minuten in ihrem Zimmer und kam mit glänzenden Augen und kaugummikauend daraus zurück, und wenn ich nicht meine Mutter im Kopf gehabt hätte und ihre Gänge in den Keller, hätte ich mir keine Gedanken darüber gemacht. Denn sooft jemand Eileen auf ein Bier oder einen Whiskey einladen wollte, lehnte sie strikt ab, und unsere Begegnung im Schnapsladen hätte nie stattgefunden haben können, ich sprach sie nicht darauf an, und sie ließ niemals erkennen, dass sie sich auch nur daran erinnerte.

Von dem Geld, das ich mit dem Ausmalen verdiente, hatte ich mir ein Auto gekauft, das kaum den Namen rechtfertigte, so zusammengestoßen und marod, wie es war, und die ersten beiden Male, die ich sie einlud, mich auf meinen Ausfahrten zu begleiten, sagte sie nein, aber schließlich willigte sie ein, allerdings nur unter der Bedingung, dass ich es nicht für ein Date hielte, sie habe schon genug Geschichten am Hals und könne nicht auch noch eine Liebesgeschichte gebrauchen. Sie war bereits aufgestanden, als sie das aussprach, und ich musste es ihr schwören, hob erst zwei Finger in die Höhe, legte mir dann die Hand aufs Herz und sah zu guter Letzt zu, dass ich beides gleichzeitig hinbekam, wie sie es verlangte. Dass zielloses Herumfahren hier für ein Rendezvous gelten konnte, hatte ich schon in meinem ersten Jahr in Wyoming begriffen, weshalb mich ihre Bedenken nicht weiter wunderten. Sie hatte ihre Rastalocken abgeschnitten, unter den Resten der strohblonden Strähnen war ihr Haaransatz rot, und als ich mich danach erkundigte, meinte sie, ihr sei nichts anderes übriggeblieben, als den ganzen Schlamassel ein bisschen zu übertünchen, wenn sie nicht wolle, dass immer noch ein Idiot sie frage, ob ihre Vorfahren aus Irland kämen, ob sie ein Hitzkopf sei, nur in den Farbtopf gefallen, ein Klischee oder alles zusammen, und im Grunde genommen beginne das schon mit ihrem Namen.

»Halt lieber den Mund«, sagte sie, als ich erwidern wollte, das Rot sei wunderschön. »Du läufst nur Gefahr, wieder wie der üblichste aller üblichen Trottel daherzureden.«

Es wurden drei längere Ausfahrten, die wir hatten, und wenn sie schon in der Bar nicht viel von sich erzählte, brachte ich auch da kaum etwas aus ihr heraus. Einmal, in der einbrechenden Dunkelheit, sprach sie immerhin davon, dass sie als Kind ihren Vater habe begleiten wollen, sooft er morgens noch vor dem Hellwerden in die Fabrik gegangen sei. Sie war wach geworden, wenn ihre Mutter ihm Frühstück gemacht hatte, und hatte ihm von ihrem Fenster aus zugeschaut, wie er den Weg den Hang hinunter genommen hatte, auf das in der Ferne sichtbare Stahlwerk mit seinen qualmenden und feuerspeienden Schloten zu. Für sie hatte sich mit dem Fabriktor das Tor zu einer geheimnisvollen, finsteren Männerwelt hinter ihm geschlossen, und wenn es nur nach ihr gegangen wäre, hätte sie allein schon aus Neugier, wie es dort war, unbedingt mitkommen müssen. Als ich mich jedoch erkundigte, wo das gewesen sei und ob ihre Eltern noch lebten, erwiderte sie, das spiele keine Rolle, und ich stieß wieder auf die alte Verschlossenheit.

»Vergiss es«, sagte sie in der Formulierung, die man wie auf Knopfdruck von ihr haben konnte. »Wenn ich dir meine Geschichte erzählen würde, würdest du sie nicht mögen, und ich wäre nur mehr diese Geschichte für dich.«

Sie antwortete, solange es beliebig genug war und solange sie ausweichen konnte, und wenn ich weiterfragte, warnte sie mich, ich solle entweder aufhören oder sie auf der Stelle aussteigen lassen. Dann versank sie in ihrem Sitz und strahlte bei weit offenen Augen eine Schläfrigkeit und Abwesenheit aus, die etwas Mystisches hatten, und ich wunderte mich immer, wenn sie mich auf Dinge aufmerksam machte, eine kaum merkliche Erhebung in der Ferne, eine Wolkenformation. Wir fuhren nach Idaho hinüber, wir fuhren auf ihren Vorschlag hin nach Thermopolis, und ich fotografierte sie, im Hintergrund die Prärie, und wenn ich später auf die Bilder schaute, glaubte ich in ihrem Gesicht die vom allerersten Hauch des allerersten Schnees weiß- und golddurchwirkte Weite mit dem milchig weißen Blau darüber, das Licht und die Schatten zu sehen, auf die ihr Blick gefallen war.

Beim dritten Mal blieben wir irgendwo in der Wüste liegen. Wir waren ganz in den Süden gefahren, beinahe bis zur Grenze nach Colorado, waren lange an einem Fluss gestanden, der schon Eis mit sich geführt hatte, winzige Splitter, ein helles Geklingel, das aus dem Himmel zu kommen schien, so weit wir dann seinem Lauf folgten, und sie hatte gehört, dass es in der Gegend Wildpferde gebe, und wollte unbedingt dorthin. Die Dunkelheit war nicht mehr fern, aber ich konnte sie nicht enttäuschen und hatte längst schon die Orientierung verloren bei all den Schotter- und Sandpisten, die von der Hauptroute abzweigten, und begann mir Sorgen zu machen, wie wir wieder auf eine richtige Straße zurückfinden sollten, als sich plötzlich auch noch die

Lenkung schwammig anfühlte und ich gleich danach feststellen musste, dass der linke Vorderreifen Luft verlor.

Ich stieg aus, und in alle Richtungen erstreckte sich grasdurchsetztes Staubland, weit in der Ferne vom Gezack kaum aus der Ebene herausragender Bergspitzen begrenzt, da und dort mit einem ersten Gesprenkel von Schnee. Hätte es nicht die Piste gegeben und die kreuz und quer verlaufenden Lastwagenspuren, wahrscheinlich von den Methan-Leuten, es hätte außer uns weit und breit auch keine Menschen geben müssen. Es war eine der Situationen, vor denen Kathy mich gewarnt hatte. Sie hatte gesagt, in den abgelegenen Gegenden könne es Tage dauern, bis jemand zufällig vorbeikomme, man sei auf sich allein gestellt, und als Eileen jetzt auch ausstieg, sich umblickte und fragte, ob ich glaubte, dass die Blicke an manchen Stellen wirklich hundert Meilen weit reichten, wie die Leute behaupteten, war es, als hätte sie meine Gedanken erraten.

Bis auf einen Wagenheber war alles da, ein aufgepumpter Reservereifen und die richtigen Schraubenschlüssel, und ich stützte den Wagen notdürftig mit der Werkzeugkiste ab und versuchte mit dem Spaten, den ich zum Glück auch dabeihatte, ein Loch um den platten Reifen zu graben, um ihn so abnehmen zu können, stieß aber bald auf einen Stein, der sich nicht bewegen ließ. Ich schüttete das Loch wieder zu, aber als ich ein paar Meter vorfahren wollte, rutschte der Reifen ab, fraß sich in den Sand daneben, und mein zuerst vorsichtiges, dann immer hektischeres Vor- und Zurückruckeln machte nichts besser, wir saßen fest. Eileen, die sich ein Stück vom Auto entfernt hatte, um mir zuschauen zu können, kam auf meine Seite, lehnte sich an die offene Wagentür und lamentierte, in was für eine Katastrophe ich uns da hineingeritten hätte, wir hätten noch zwei Flaschen Wasser und nichts zu essen und könnten uns am Ende wahrscheinlich nicht einmal aussuchen, ob wir entweder verhungern, verdursten oder doch lieber erfrieren würden.

»Was willst du machen?« sagte sie. »Zu Fuß gehen?«

Ich ließ den Motor laufen, und die Heizung verbreitete eine leidliche Wärme. Erfrieren würden wir fürs erste nicht. Der Tank war noch mehr als ein Viertel voll, was eine Weile reichen sollte. Als es dunkel und gleichzeitig merklich kälter wurde, bat ich Eileen einzusteigen, die bis dahin das Auto unruhig umkreist hatte, und schaltete die Scheinwerfer und die Alarmblinkanlage an. Im Handschuhfach fand ich eine Kerze und klebte sie mit ihrem Wachs auf dem Armaturenbrett fest, und in ihrem Schein saßen wir in unserem einsam seine Signale aussendenden Wagen.

»Ich gehe ein Stück und schaue, ob ich jemanden finde«, sagte ich schließlich. »Nur so weit, wie ich die Lichter noch sehen kann, dann komme ich zurück.«

Sie ließ es sich nicht nehmen, mich zu begleiten.

»Du glaubst doch nicht, du kannst mich allein hierlassen«, sagte sie, als ich sie bat, beim Auto zu bleiben. »Soll ich den Mond anheulen? Wenn ich schreie, hört mich kein Schwein. Soll ich Lieder singen?«

Wir gingen zuerst Richtung zwölf, schnurstracks voraus, kehrten um und wärmten uns im Auto auf, dann nach Viertel vor neun, wieder zurück zum Aufwärmen, und als wir Richtung Viertel nach drei unterwegs waren und schon fast den äußersten Punkt erreicht hatten, an dem wir nicht mehr sicher sein konnten, ob wir das Blinken überhaupt noch sahen, zerschnitt in der Ferne ein Lichtkegel die Dunkelheit.

»Schau«, sagte sie. »Da kommt jemand.«

Das Licht bewegte sich auf unser blinkendes Auto zu.

»Was sollen wir tun?«

Ich wollte schon loslaufen, als sie mich noch einmal zurückhielt und ich mich ihr wieder entwand und sie im Laufen dann hinter mir ließ.

»Sollten wir nicht lieber vorsichtig sein?« rief sie mir nach. »Wir wissen nicht, wer das ist. Wer kommt schon mitten in der Nacht hier durch? Vielleicht rennen wir in unser eigenes Verderben.«

Es waren zwei Rancher, die von einem Fest kamen und die Abkürzung durch die Wüste kannten, und sie brauchten keine fünf Minuten, um den Reifen zu wechseln, nicht ohne sich dabei über unser seltsames Picknick in der Dunkelheit zu mokieren, bevor sie uns auf eine befestigte Straße zurücklotsten. Der Morgen graute schon, als wir Jackson erreichten und ich Eileen vor

Kathys Blockhütte aussteigen ließ, um nur möglichst schnell in mein Motel zu kommen. Als sie sich verabschiedete, hielt sie die Tür noch eine Weile offen, sah mich an, als wäre sie nicht sicher, was sie von mir zu halten hätte, und schnalzte mit der Zunge.

»Das ist endlich einmal ein richtiges Abenteuer gewesen«, sagte sie schließlich. »Nicht die übliche Ödnis, die man bei solchen Ausflügen sonst erlebt. Hätte ich dir nicht zugetraut. Ich bin schon gespannt, was du für unser nächstes Mal aushecken wirst.«

Dann schaute ich ihr zu, wie sie auf den Eingang zuging, sich nach ein paar Schritten umdrehte und winkte, und drei Tage später war sie verschwunden, ohne dass ich sie noch einmal zu Gesicht bekommen hätte. Ihre Worte klangen mir im Ohr, als hätte sie damit das Unglück auf sich herabbeschworen, aber es dauerte drei weitere Tage, bis überhaupt jemand es so nannte, und viele Tage mehr, bis auch dem letzten klar war, dass sie nicht mehr auftauchen würde. Da hatten mich längst schon die ersten zu fragen begonnen, was ich mit ihr angestellt hätte, scherzhaft natürlich, aber ganz harmlos waren solche Scherze nie, und ich sah mich vor, was ich sagte.

Kathy schien es als persönlichen Affront zu betrachten, als sie die leeren Whiskeyflaschen in Eileens Zimmer entdeckte. Sie fanden sich hinter dem Bett, eine ganze Batterie, und sie nahm eine nach der anderen in die Hand, als könnte sie auch nur irgendeine Erkenntnis daraus gewinnen. Ich stand daneben, und als sie mich fragte, ob ich das gewusst hätte, schüttelte ich nur den Kopf.

»Warum hat sie geglaubt, es vor uns verbergen zu müssen?« sagte sie. »Es hätte doch niemand etwas dabei gefunden, wenn sie manchmal ein Glas getrunken hätte.«

In der Kasse fehlte Geld, aber andererseits hatte Eileen all ihre Sachen zurückgelassen, wenn man bei den paar Besitztümern überhaupt davon sprechen konnte. Sie hatte immer gesagt, sie würde weiter nach Westen ziehen, wenn sie erst einmal mit den ganzen Louis L'Amours durch wäre, dann gebe es für sie in Jackson nichts mehr zu tun, aber niemand hatte das ernst genommen. Es war nur ein Spruch gewesen, und Kathy meinte, am Ende wäre das noch die beste Version, die kleine Betrügerei sei ihr im Grunde genommen egal, wenn sie nur sicher sein könnte, dass Eileen nicht in Schwierigkeiten war.

»Das hat sie von ihrem elenden Versteckspielen«, sagte sie. »Wir haben weder eine Adresse noch eine Telefonnummer, und ich wüsste nicht einmal, an wen ich mich wenden sollte.«

In den ersten Tagen merkte ich nicht, dass ich sie vermisste. Meine Reaktion war ein paradoxes Schuldbewusstsein, das ich nicht verstand, geradeso, als hätte ihr Verschwinden mit unserer Panne in der Wüste zu tun und als wäre sie nie mehr von dort zurückgekehrt und in jener Nacht schon verschwunden und nicht erst drei Tage später. Ich fuhr in meinem Auto herum und ertappte mich dabei, dass ich hinter jeder Kurve, hinter jeder Hausecke und hinter jedem Hügel nach ihr Ausschau hielt, und als mich eines Tages die alte Angelica ansprach und sich erkundigte, ob ich tatsächlich nichts über Eileens Verbleib wisse, musste ich mich daran erinnern, dass ich es mit einer Dame zu tun hatte, um ihr nicht mit groben Worten zu antworten.

»Du bist ein sehr netter junger Mann«, sagte sie wieder einmal, als ich sie fragte, wie sie darauf komme. »Das macht die Sache nicht einfacher.«

Der Sheriff fragte ein bisschen herum, eher lustlos als pflichtschuldig, und es war schon Mitte Dezember, als eines Abends Eileens Bruder in Kathys Blockhütte erschien, sich an die Theke stellte und zuerst eine Weile nichts sagte und dann alles im Detail wissen wollte, vom Tag, an dem sie aufgetaucht war, bis zum Tag ihres Verschwindens. Robuster gebaut zwar, stämmiger, hatte er dennoch die gleichen roten Haare wie sie und ihr Gesicht, unverkennbar, ihre Abwesenheit, ihre Schläfrigkeit. Mir war aufgefallen, dass er mich nicht aus den Augen ließ, und als er am nächsten Abend wieder hereinkam, steuerte er auf mich zu, fragte, ob er mir einen Drink spendieren dürfe, und erkundigte sich direkt nach meinen Ausfahrten mit seiner Schwester.

»Das letzte Mal war, als ihr die Panne in der Wüste gehabt habt?« sagte er schließlich, obwohl ich ihm das gerade erst anvertraut hatte.»Danach seid ihr nicht noch einmal ausgefahren?«

»Nein«, sagte ich.»Sie war ja dann nicht mehr da.«

»Du meinst, sie ist verschwunden.«

»Jedenfalls habe ich sie nicht mehr gesehen.«

»Drei Ausfahrten insgesamt?« sagte er. »Die erste nach Idaho hinüber, die zweite nach Thermopolis, die dritte in die Wüste? Korrekt? Keine vierte?«

Ich wollte darauf gar nichts erwidern, aber er sah mich so lange an, bis ich »Korrekt« sagte, und schon fragte er mich, ob er sich mein Auto anschauen dürfe.

»Es dauert nur ein paar Minuten«, sagte er, als ich zögerte.»Ich will mir ein Bild machen.«

Nachdem er einen Blick in den Innenraum geworfen hatte, bat er mich, den Kofferraum zu öffnen, und dann beugte er sich tief hinein und tat zumindest so, als würde er jeden Fleck inspizieren.

»Hattest du etwas mit ihr?«

Ich antwortete nicht, und er drehte seinen Kopf zu mir und sog die Luft zwischen den Zähnen ein.

»Du glaubst doch nicht, dass mir das verborgen bleibt?« sagte er.»Wenn du etwas mit ihr gehabt hast, sag es mir lieber.«

Bereits am Tag darauf war er wieder verschwunden, nicht ohne vorher anzukündigen, er werde zurückkommen, was durchaus als Drohung gemeint war. Ein Besucher der Bar hatte ihm einen Hinweis gegeben, seine Schwester habe von einem der Reservate in Montana gesprochen, und obwohl er nicht viel in der Hand hatte, kaum mehr als ein paar Ortsnamen und ihr Schwärmen, was sie dort alles zu finden hoffte, machte er sich früh am Morgen und noch in der Dunkelheit auf den Weg. Ich hatte schon gedacht, dass ich ihn jetzt eine Weile um die Füße haben würde, dass er mir jeden Tag mit weiteren Fragen in den Ohren liegen könnte, und wurde beim Gedanken, was er in meinem Kofferraum gesucht hatte, welche Fingerzeige, welche Indizien, welche Beweise, so fahrig, dass ich mir über Tage nicht anders zu helfen wusste, als stundenlang im Auto herumzufahren.

Das war die ganze Geschichte. Eine Zeitlang hoffte ich noch jedesmal, wenn die Tür zu Kathys Blockhütte aufging, Eileen könnte hereinkommen und uns schlüssig erklären, warum sie eine Woche, einen Monat, ein Dreivierteljahr abgängig gewesen war und nichts von sich hatte hören lassen, eine Zeitlang fürchtete ich noch mehr, es könnte ihr Bruder sein, der zurückgekehrt war und seine Nachforschungen dort fortsetzen würde, wo er mit ihnen aufgehört hatte, aber weder er noch sie ließ sich jemals wieder blicken. Diesen ganzen ersten Winter nach ihrem Verschwinden konnte ich bei meinem Herumfahren keine Bar in keinem Ort betreten, ohne dass augenblicklich die Erwartung da war, die Hoffnung, sie könnte sich, warum auch immer, gerade hier versteckt halten, aber auch später noch, sogar nach Jahren, traf es mich manchmal wie ein Schlag. Ich machte nach einer langen Fahrt unter widrigen Bedingungen, die ich mir zwar nicht aussuchte, die mir aber recht waren, wenn sie eintraten, in einem windverblasenen Präriennest Pause und kam nicht gegen den unsinnigen Gedanken an, warum sie mich nicht mitgenommen hatte, wenn sie schon verlorengegangen war. Der Name Eileen war ein Name, der sich wie kein anderer in den Wind sprechen ließ, und ich ging in meiner Haltlosigkeit so weit, dass ich mir ein Leben mit ihr in einem dieser Orte vorstellte, die sich mit ihren paar Gebäuden unsicher an die Erdoberfläche krallten und für die es keinen Sturm brauchte, dass sie von der Landkarte gefegt wurden.

Ich weiß nicht, warum ich dem Professor bei unserem Gespräch zwei Tage vor seinem Tod diese Geschichte erzählte, obwohl ich sie sonst immer für mich behalten hatte, und warum auch noch in aller Ausführlichkeit. Eigentlich hätte er in den Jahren, die er nach Jackson gekommen war, längst davon gehört haben müssen, aber in seinen Reaktionen deutete nichts darauf hin. Er stellte Fragen und wirkte dennoch nicht sehr neugierig oder bemühte sich, seine Neugier zu kaschieren, und als er schließlich mit Sarah kam, als er wissen wollte, ob Eileen mich an sie erinnert habe, reagierte ich unwillig, weil es nur bedeutete, dass er wieder in seinen eingefahrenen Bahnen dachte.

»Warum sollte sie mich an Sarah erinnert haben?«

Darauf sagte er, das sei nicht abwegig.

»Sarah ist doch deine Liebste.«

Dann kam das, was mir in dem Augenblick gar nicht sonderlich aufstieß, was mich später aber um so mehr beschäftigen sollte.

»Sofern sie überhaupt existiert.«

Er sprach leise, jedes Wort abwägend. Wann immer er Sarah erwähnt hatte, war es schnell einmal auch um ihre Phantomhaftigkeit gegangen, aber auf die Idee, sie könnte gar nicht existieren, war er bis dahin noch nicht gekommen. Was er danach sagte, klang wie ein notwendiger logischer Schluss.

»Sofern nicht auch sie verschwunden ist.«

Ich hörte nicht richtig hin, weil ich es nur für einen rhetorischen Schlenker hielt, eine automatische Blüte, wie solche Gespräche sie nun einmal trieben, und tat es lachend ab.

»Wenn du dich schon zu derartigen Spekulationen versteigst, solltest du die Reihenfolge beachten«, sagte ich. »Um verschwinden zu können, muss sie vorher wenigstens existiert haben.«

Ich hätte sicher aufgehorcht, wenn ich zu dem Zeitpunkt schon von seiner Schwester und von seiner Obsession hinsichtlich der verschwundenen Mädchen gewusst hätte, aber davon sollte mir seine Frau erst eine knappe Woche später erzählen, als er schon tot war. Sonst hätte ich seine Anspielungen anders gedeutet und sein Verhalten besser einzuschätzen vermocht. Denn auf einmal schien er nicht mehr zu wissen, wohin schauen, und blickte angestrengt an mir vorbei. Was auch immer für ihn in seinen Sätzen mitgeschwungen sein mochte, für mich konzentrierte sich später alles in unserem Wortwechsel, nachdem ich ihm von der Sehnsucht erzählt hatte, die mich erfasst hatte, als Eileen auf dem Parkplatz vor dem Schnapsladen ins Gebüsch verschwunden war und ich buchstäblich vor mir selbst davonlief.

Er fragte mich, wovor ich Angst gehabt hätte, und ich wusste im selben Moment, dass es sich noch ganz anders verhielt, als er behauptet hatte, nämlich dass nicht nur jeder Mensch wenigstens eine Geschichte in seinem Leben hatte, von der er nicht wollte, dass jemand anderer sie zu hören bekam, sondern dass es auch Geschichten gab, die man nur erzählte, um andere Geschichten nicht erzählen zu müssen.

»Du wolltest ihr doch nicht etwa ins Gebüsch folgen?« sagte er. »Was hast du in dem Augenblick gedacht?«

»Ich wollte sie beschützen.«

»Unsinn!«

»Doch«, sagte ich. »Das ist, was ich gedacht habe.«

»Aber du bist weggelaufen.«

»Ich bin weggelaufen, ja.«

»Du meinst, deswegen.«

»Ja«, sagte ich. »Was hätte ich anderes tun sollen?«

Als ich dort auf dem Parkplatz gestanden war, hatte ich kein Wort dafür gehabt, nur eine Empfindung, und auf einmal fiel es mir ein, aber ich hütete mich, es ihm zu sagen. Die Ungeheuerlichkeit, wie ausgesetzt sie trotz

ihrer Verborgenheit keine dreißig Meter von mir entfernt in der Dunkelheit saß, war so plötzlich in mich
gefahren, dass ich mir nicht zu erklären vermochte,
warum ich darauf mit einem Anfall von Sehnsucht reagiert hatte. Sie war mir vorgekommen wie ein verwun-
detes Tier, das sich im Gebüsch verkrochen hatte, und
wenn ich das akzeptierte, konnte ich mir meiner eigenen Rolle nicht mehr sicher sein. Allein die Sprache,
allein die Tatsache, wie sich in der Sprache die Wirklichkeit verfestigt hatte, zeigte dann ganz andere Möglichkeiten auf, als dass ich ihr Beschützer war, und auch
wenn ich das nicht ausdrücklich gedacht hatte, war ich
ohne Zweifel davor davongelaufen. Denn in einer dieser Möglichkeiten hätte es sich bei ihr um leichte Beute
gehandelt, und ich wäre eine Art Jäger gewesen, Worte,
alles nur Worte, aber sowie ich diese Worte einmal hatte,
war ich sicher, dass ich dem Professor unter keinen Umständen davon erzählen wollte.

III

SARAH FLARER

Mein Entschluss, zu Sarahs Konzert in Luzern zu fahren, reifte allmählich, oder vielmehr war es gar kein Entschluss, ich wusste eines Tages einfach, dass ich hinfahren würde, und glaubte es bis dahin nicht einmal in Erwägung gezogen zu haben. Obwohl ich beim Googeln natürlich ihren neuen Namen verwendete, eine Zeitlang sicher wenigstens einmal täglich »Clara de Winter« in meinen Computer tippte, hielt ich, wenn ich an sie dachte, an ihrem alten Namen fest. Ihr Auftritt sollte Ende November sein und wurde unter anderem damit beworben, dass sie Schostakowitsch spielen würde und zum ersten Mal seit ihren mysteriösen Ohnmachtsanfällen auch wieder das *Forellenquintett*. Tickets konnte man online buchen, aber ich hatte keine Kreditkarte und wollte ohnehin nicht zu der Aufführung, wollte Sarah bloß sehen, auf dem Weg vom Hotel zum Konzertgebäude vielleicht, und wären es nicht mehr als die paar Sekunden, während sie aus einem Taxi stieg und auf den Eingang zuging.

Ich hatte die Worte des Kommissars im Ohr, dass ich sie nur nicht zu kontaktieren versuchen solle, und seit er mir bei dem Hochzeitsfest auf den Tag genau ihr Alter gesagt hatte, war ich von anhaltender Unruhe erfasst. Denn in meiner Erinnerung manifestierte sich jetzt deutlich, dass ich augenblicklich gedacht hatte, sie

könne kaum sechzehn sein, als sie bei unserem Spazier-
gang auf den Schlossberg behauptet hatte, sie werde in
ein paar Monaten siebzehn, und ich konnte die Frage
nicht mehr abstellen, wie dehnbar dieses »kaum sechzehn« war. Auf fünfzehn kam ich damit allemal, auf
unter fünfzehn vielleicht, also vierzehn, und am Ende
landete ich bei den dreizehn Jahren, zehn Monaten und
vierundzwanzig Tagen des Kommissars.

Die Wahrheit war, dass ich mich nicht darum gekümmert hatte. Es hatte sicher Signale gegeben, dass sie
noch ein Kind war. Eine erwachsene Frau hätte ihr hellrosafarbenes Kleid mit dem großen, weißen Spitzenkragen und der weißen Schürze kaum getragen, und wahrscheinlich auch kein Teenager, der selbst bestimmte, was
er trug. Sie war angezogen gewesen wie ein Mädchen,
dem die Mutter die Sachen herauslegte und das gegen
den kindlichen Aufzug vielleicht noch nicht einmal
protestierte. Dagegen standen ihre Klugheit, meinetwegen ihre Altklugheit, und die Art, wie sie über die Liebe
gesprochen hatte, aber es war schnell einmal gesagt, die
Liebe zwischen Mann und Frau werde überschätzt, und
brauchte auf keiner Erfahrung zu beruhen, sie konnte
es irgendwo aufgeschnappt und einfach nachgeplappert
haben, um mich Studenten mit ihrer Abgeklärtheit zu
beeindrucken.

Als ich zum ersten Mal das Wort »Kindesmissbrauch«
in den Computer tippte, war das wie ein Geständnis,
und ich hätte mich nicht gewundert, wenn ein paar

Stunden später die Polizei vor meiner Tür gestanden wäre. Der Kommissar hatte mir das Strafmaß schon gesagt, und jetzt bestätigte es sich, ich konnte mir nichts vormachen, es war keine Bagatelle, es war kein Kavaliersdelikt oder was sonst der Worte sein mochten, ich hatte nicht einfach nur ein Mädchen geküsst, das zu jung dafür gewesen war, ich hatte sie nicht nur gegen ihren Willen geküsst, ich hatte etwas getan, das mit einer Freiheitsstrafe von ein bis zehn Jahren geahndet wurde, und allein das ließ für Ausreden keinen Spielraum. Verjährt war ein solches Vergehen, auch das hatte ich mir schnell zusammengegoogelt, nach fünf Jahren, aber die Verjährungsfrist begann erst mit Vollendung des achtundzwanzigsten Lebensjahres der Geschädigten, und Sarah war jetzt siebenundzwanzig.

Der Kommissar hatte mich also wohl nicht nur aus einer Laune heraus damit konfrontiert, sondern weil er womöglich daran arbeitete, einen Fall daraus zu machen, und ich bekam nicht aus dem Kopf, wie er schon vor der Hochzeit gesagt hatte, noch werde nicht gegen mich ermittelt. Zwar lud er mich nicht vor, aber er war zwei weitere Male gekommen, um mich aufzusuchen, und ich war beide Male nicht zugegen gewesen. Das war kein Zufall, ich kannte seine Vorliebe für die frühen Morgenstunden und hatte es mir zur Gewohnheit gemacht, noch früher aus dem Haus zu gehen und trotz meiner Krücken und der jetzt wieder auftretenden Beschwerden im Knie erst nach einer ausgiebigen Runde durch den Wald gegen Mittag zurückzukehren. Johanna hatte mich beide Male wissen lassen, dass er dagewesen war, und nach dem zweiten Mal sagte sie, er habe sie gefragt, warum ich überhaupt aus Amerika heimgekommen sei, wenn mich dort alle für einen so tollen Hecht gehalten hätten, wie Viktor ihm erzählt habe.

Die Frage war wahrscheinlich harmlos gemeint, aber ich steigerte mich ein paar Tage lang in die Phantasie hinein, er könnte sich mit dem Sheriffbüro in Jackson in Verbindung setzen und Erkundigungen einholen, ob dort etwas gegen mich vorliege. Nicht, dass ich das zu fürchten hatte, aber es sagte etwas über den Zustand aus, in dem ich mich befand, dass ich mir ausmalte, wie ein übereifriger Mitarbeiter, der die Anfrage negativ bescheiden müsste, sich dann doch daran erinnerte, dass es in der Vergangenheit eine unklare Geschichte gegeben habe. Das war ein abwegiger Gedanke, aber wenn ich mir vorstellte, wie jemand dem Kommissar vom Verschwinden Eileens erzählte, sah ich mich augenblicklich in einem Verhör, bei dem ich mich in hundert Widersprüche verstricken würde und hundertmal sagen könnte, sie sei erst drei Tage später verschwunden, drei Tage nachdem ich sie zum letzten Mal gesehen hatte, und am Ende würde nur das Bild bleiben, wie wir mitten in der Wüste eine Panne gehabt hatten und wie sie mir dort auf Gedeih und Verderb ausgeliefert gewesen war.

Die Geschichte mit der toten Braut bekam noch einmal eine neue Wendung, aber die war jetzt mein kleinstes Problem. Es hatte damals, drei Jahre nach dem Vorfall, den Verdacht gegeben, Michael »Michi« Mattlinger könnte in den zwei Stunden vor ihrem Tod noch bei ihr auf dem Schlossberg gewesen sein, er könnte sich mit ihr dort verabredet haben, was erklärt hätte, warum sie überhaupt hinaufgestiegen war, und auch eine Begründung für den Befund des obduzierenden Arztes wäre, sie müsse da noch Champagner getrunken haben, sowie für die lange Dauer zwischen dem Augenblick, in dem sie zum letzten Mal gesehen worden war, und dem Zeitpunkt ihres Todes. In dieser Version wäre Michael »Michi« Mattlinger mit den anderen Verehrern zuerst in ihr Hotel gefahren und dann heimlich mit dem eigenen Wagen noch einmal zurückgekehrt, den er irgendwo im Wald versteckt vor den letzten Hochzeitsgästen abgestellt hätte. Das Hotel hatte keinen Nachtportier, sein nochmaliges Ausgehen wäre deshalb ungesehen geblieben, und der Portier, der um sieben seinen Dienst antrat, hatte die Aussage gemacht, Michael »Michi« Mattlinger, den er aus dem Fernsehen kenne, sei erst um elf zum Frühstück heruntergekommen und davor weder herein- noch hinausgegangen. Das bewies oder widerlegte nichts, er hätte sein Auto ja in der Garage abgestellt und den Lift direkt in sein Stockwerk genommen haben können, wurde aber zu seiner Entlastung herangezogen.

Diese ganzen mutmaßlichen Verstrickungen hatte damals eine Geliebte von ihm in die Welt gesetzt. Sie war eines Tages bei der Polizei aufgetaucht und hatte angegeben, er habe ihr das alles selbst erzählt, er habe gesagt, er habe der Braut beim Abschied ins Ohr geflüstert, er würde sie in einer Stunde auf dem Schlossberg erwarten, er habe ihr etwas Wichtiges zu sagen, sie solle unbedingt kommen. Die Frau hatte ihre Aussage später allerdings wieder zurückgezogen, sie habe damit nur Möglichkeiten aufzeigen wollen, und Michael »Michi« Mattlinger hatte sie immer schon als Hirngespinst erbittert abgetan. Er hatte gefragt, was er der Braut auf dem Schlossberg hätte sagen können, das er ihr nicht auch so sagen konnte, und hatte gegen alle Skeptiker die Haltung eingenommen, selbst wenn er sich mit ihr verabredet hätte, selbst wenn er auf den Schlossberg gegangen wäre, würde das noch nichts heißen, und schon gar nicht, dass er sie hinuntergestoßen habe. Am Ende verlief sich das alles und gehörte eher zu den Apokryphen der Geschichte, in der er vielleicht eine unklare Rolle spielte, mehr aber nicht.

Als er noch einmal zu Besuch kam, ließ ich mich verleugnen. Ich beobachtete ihn, wie er auf dem Parkplatz mit Johanna gestikulierte, und als Schwester Antonia zu ihnen trat, machte es den Anschein, als würde es ihm nur gerade noch gelingen, sich zurückzuhalten und nicht handgreiflich zu werden. Er hatte sich seinen Schnurrbart abrasiert und sah wieder zivilisierter aus, umgänglicher und natürlich glatter. Johanna sagte mir danach, er habe Schwester Antonia gewarnt, nicht weiter Unwahrheiten über ihn zu verbreiten, wenn sie es nicht mit ihm zu tun bekommen wolle. Dabei hatte er sich angeblich zu dem Ausspruch hinreißen lassen, er schlage keine Frau, aber er sei sich nicht sicher, ob sie überhaupt eine Frau sei, und sie solle sich vorsehen.

Kaum dass er gegangen war, musste ich wieder an Schwester Antonias Verdikt denken, ein Mann müsse nicht an Ort und Stelle sein, um eine Frau zu schubsen, im Gegenteil, wo auch immer er wäre, er sei ein potentieller Schubser. Hätte sie gewusst, dass ich genau dort wenige Wochen davor ein junges Mädchen gegen seinen Willen geküsst hatte, wo später die Braut ums Leben gekommen war, hätte das in ihre grimmige Theorie gepasst. Für sie hätte ich damit nur den Stab angenommen, den mir irgendein Vorläufer übergeben hatte in diesem ewigen Staffellauf der Abscheulichkeiten, den wir Männer nun einmal vollführten, und hatte ihn dann an einen Unbekannten weitergereicht oder, wenn es diesen Unbekannten nicht gab, eben an das Schicksal, das die tote Braut mit nur um so größerer Gewissheit ereilt hatte.

Viktor nahm meine Ankündigung, ich würde vor Weihnachten ausziehen und mir etwas anderes suchen, mit kaum unterdrückter Freude auf. Ich hatte ihm vom Gespräch erzählt, zu dem mich eine der Schulen, die ich angeschrieben hatte, einladen wollte, und sagte, wenn daraus nichts werde, gebe es eine Möglichkeit in Wien. Zwar stimmte das nicht, aber ich versuchte, ihm die

Sache zu erleichtern. Er fragte auch nicht weiter nach, brachte jedoch wieder seinen Schweinskopf ins Spiel, mit dem wir feiern würden, wenn ich irgendwo unterkäme. Zweimal hatte er mir Geld zugesteckt und, als ich protestierte, lachend gemeint, ich bräuchte mir keine Gedanken zu machen, es sei schwarz und er wisse ohnehin nicht, wie er es unter die Leute bringen solle. Meine Verlegenheit wurde nur durch seine Verlegenheit übertroffen, und als er eines Tages ankündigte, er nehme mich jetzt mit zu einem Arzt, er könne das Gehumpel nicht länger sehen, wussten wir schon nicht mehr, wohin wir unsere Blicke richten sollten, wenn wir uns begegneten.

Die Schmerzen im Knie waren seit meiner falschen Bewegung bei der Hochzeit nicht mehr weggegangen, und mein langes Umherstreifen im Wald trug zu einer ständigen Verschlechterung bei. Ich hatte nichts anderes erwartet, war aber doch getroffen, als ich hörte, dass ein neuerlicher Eingriff nötig sein würde. Die Ärzte in Jackson hatten mir erst bei der Entlassung aus dem Krankenhaus gesagt, es sei eine Weile auf der Kippe gestanden, ob sie mir das Bein nicht würden abnehmen müssen, wenn sie die Sepsis nicht trocken bekämen, und das hatte ich jetzt wieder vor Augen.

Viktor munterte mich auf und sagte, ich könne in dem Entspannungszimmer bleiben, so lange ich wolle, ich solle meine Pläne aufschieben und nicht weggehen, bis ich das alles gut hinter mich gebracht hätte. Er trug mir die Krücken hinterher, als wir vom Arzt nach Hause kamen und ich ohne sie ausstieg und auf den Eingang zuhumpelte, als müsste ich mir gerade jetzt etwas beweisen. Sein Blick ging kreuz und quer in die Landschaft, wie ich es seit unserer Kindheit nicht mehr bei ihm gesehen hatte, während er dastand und nicht wusste, ob er sie mir überreichen sollte oder warten, bis ich selbst danach griff.

»Es ist besser, wenn ich mich jetzt davonmache«, sagte ich sarkastisch. »Sonst wirst du mich nie wieder los.«

»Niemand will dich loswerden, Franz.«

Er vollführte einen wahren Hickhack mit seinen Augen, und ich konnte es nicht lassen, ihn noch weiter in Bedrängnis zu bringen.

»Ich weiß«, sagte ich. »Du schaffst es ja so schon nicht, mich auf die Straße zu setzen. Wie willst du es dann erst mit einem Einbeinigen tun? Mach dich nicht lächerlich.«

Für die Fahrt nach Luzern überließ er mir einen Wagen, nicht sein neues Auto und auch nicht den Jeep, den unser Großvater den Amerikanern abgekauft hatte und mit dem Viktor gerade noch zu seinem Stammtisch ins Nachbardorf fuhr, sondern den Variant unseres Vaters, der über dreihunderttausend Kilometer auf dem Tacho hatte und den er sich immer noch zum Müllführen hielt. Auch stattete er mich mit einem seiner geerbten Anzüge aus, der mir zwar nicht richtig passte, den ich bei meiner Abfahrt aber anzog, um ihm zu zeigen, dass ich die Geste zu würdigen wusste. Er gab mir auch wieder Geld, das ich ungesehen in meiner Jackentasche verschwinden ließ. Ich hatte eine Tasche mit Wäsche gepackt und dazu ein paar von den Dingen hineingesteckt, die mir geblieben waren und an denen mir lag, geradeso, als wollte ich nicht nur für zwei oder drei Tage weg. Da war meine Leica, natürlich, aber da war auch das kleine Buch mit den Schwarzweißabbildungen von Schneeflocken, das ich in meinem ersten Jahr in Jackson in der Buchhandlung der alten Angelica gefunden hatte, und da war das Edelweiß-Abzeichen unseres Vaters mit seinem eingravierten Namen, der auch mein Name war, und der Inschrift STAATLICH GEPRÜFTER SKILEHRER. Johanna hatte es mir eines Tages überreicht und fast entschuldigend gefragt, ob ich Verwendung dafür hätte, und obwohl ich keine hatte, legte ich es jetzt zu den anderen Sachen.

Das Bowie-Messer, das ich in all den Tagen aus Gewohnheit bei mir getragen hatte, wenn ich in den Wald gegangen war, hielt ich eine Weile unschlüssig in der Hand. Ich hatte es schon vor meiner Rückkehr aus Amerika in Denver liegenlassen wollen, zu guter Letzt aber doch in meinem Gepäck verstaut und überlegte jetzt wieder, was ich damit tun solle und ob es nicht am besten wäre, es ein für alle Mal loszuwerden. Denn wenn es in Wyoming vielleicht noch als Werkzeug hatte durchgehen können, war es hier unmissverständlich eine

Waffe. Schließlich schob ich es unter die Matratze, holte es dann aber doch noch einmal hervor und steckte es mit seinem ganzen Gewicht in die Innentasche meiner Anzugjacke.

Johanna drückte mir am Morgen meines Aufbruchs ein Lunchpaket in die Hand, und beide standen sie vor dem Haus, um sich zu verabschieden, Viktor und sie. Ich hatte ihnen erzählt, ich sei nach dem Wochenende wieder zurück, und sie schwankten zwischen der Fürsorglichkeit, mich gar nicht erst aufbrechen zu lassen, und der Erleichterung, mich endlich aus dem Haus zu haben. Der Motor war schon an, und ich drückte im Leerlauf ungeduldig aufs Gas, als Viktor mich fragte, ob ich ihre Telefonnummer hätte, ich könne jederzeit anrufen, wenn etwas sei, und Johanna wissen wollte, wohin ich eigentlich führe.

Ich hatte mit nur drei Anrufen ausfindig gemacht, wo Sarah in Luzern untergebracht war, und als ich am Nachmittag dort ankam, wurde schnell klar, dass ich mir gar keine besseren örtlichen Gegebenheiten hätte wünschen können, wollte ich eine zufällige Begegnung herbeiführen. Ihr Hotel lag in der Bahnhofstraße, und wenn es nicht regnen würde, wonach es nicht aussah, würde sie auf ihrem Weg zum Auftritt aller Wahrscheinlichkeit nach die paar hundert Meter am Flussufer entlang zum See vorgehen, wo sich das Konzertgebäude direkt neben dem Bahnhof befand. Auf der Fahrt hatte ich noch überlegt, ob ich sie nicht vielleicht doch ansprechen solle, aber dann hatte ich mir ihre möglichen Reaktionen ausgemalt, hatte mir sogar vorgestellt, dass sie mich sofort damit konfrontieren würde, was ich mit ihr damals auf dem Schlossberg gemacht hätte, und war wieder davon abgekommen. Ich war also auf Warten eingestellt und dachte, ich hätte noch zwei Stunden, bevor ich frühestens meinen Platz einnehmen müsste, und um mir die Zeit zu vertreiben, spazierte ich ein wenig in der Umgebung herum. Die große Holzbrücke war nicht nur für Touristen eines der allerersten Ziele in der Stadt, auch ich steuerte sofort auf sie zu, und kaum dass ich sie betreten hatte und um den zweiten Knick gegangen war, sah ich sie.

Ich weiß nicht, ob ich sie sofort erkannt hätte, hätte sie nicht ihren Stock gehabt, und ja, eigentlich war es das Tocken ihres Stocks auf dem Holz der Brücke, auf das ich aufmerksam wurde, und dann nahm ich das Hinken wahr, ein leichtes Nachziehen des Fußes. Im selben Augenblick war mir klar, dass ich ihr mit meinen Krücken auffallen musste, aber weil sie mich nicht an dem Ort erwartete und ich einen Bart trug und die Haare länger als damals, bestand kaum Gefahr, dass ich mich verriet. Sie musterte mich, als wir aneinander vorbeigingen, und schaute mir für den Bruchteil einer Sekunde direkt in die Augen. Ich deutete ein Nicken an, und sie musste denken, dass es der weithin bekannten Violinistin galt. Sie war in Begleitung, ein junger Mann, will sagen, jüngerer Mann, als ich es war, schwarz in schwarz gekleidet, mit einer Baskenmütze. Im Passieren schnappte ich ein paar Worte auf, die ich nicht verstand. Sie sprachen italienisch, und als ich mich nach ihnen umdrehte, sah ich, dass er ein paar Schritte rückwärts vor ihr herging und einen richtigen Affentanz für sie vollführte. In seinem lachenden Gesicht erkannte ich ihr lachendes Gesicht, als wäre es darin gespiegelt. Dann standen sie eine Weile am Geländer und blickten Richtung See, wechselten die Seite, um in die Gegenrichtung zu blicken, und ich war die ganze Zeit keine zwanzig Meter von ihnen entfernt und wagte kaum, mich zu rühren.

Als sie eineinhalb Stunden später in der Bahnhofstraße an mir vorbeikam, war ihr Blick auf mich neugierig, und sie ahnte vielleicht, dass ich mich dort nicht zufällig plaziert hatte. Der Begleiter war wieder an ihrer Seite, sie trug einen knöchellangen Mantel, und so, wie ich mit meinen Krücken an einer Hausecke stand, fehlte nur ein Hut vor mir auf dem Boden, und sie hätten mich für einen Bettler halten können. Auf der Holzbrücke hatte sie eine Skimütze aufgehabt, tief in die Stirn gezogen, und ich sah ihr Gesicht erst jetzt richtig, weicher, entspannter als auf all den Fotos, die ich im Internet gefunden hatte, glaubte sogar noch einen Anflug von den Sommersprossen zu sehen, die sie damals Fliegenschisse genannt hatte. Die Zeitungsschreiber hatten recht, wenn sie sich angesichts ihrer Erscheinung überschlugen, aber nichts an ihr wirkte kühl, nichts unnahbar. War »ungebrochen« das Wort, oder war das nur meine Hoffnung, und war ausgerechnet ich es, der es ins Spiel bringen konnte? Ich hatte außer ihr nie ein Mädchen geküsst, und sie hatte dreimal »Nicht!« gesagt, was mich eher nicht in die Lage versetzte, ein Urteil über sie abzugeben.

Ich ließ die beiden ein Stück vorausgehen und folgte ihnen. Vor dem Eingang zum Konzertgebäude standen zwei Polizisten, und als ihr Blick auf mich fiel, hatte ich den Eindruck, sie überlegten, ob sie auf mich zusteuern sollten. Sarah und ihr Begleiter waren schon eingetreten, und ich lenkte meine Schritte um und humpelte ganz vor an den See. Ein Mann war mir gefolgt und fragte mich, ob ich Tickets bräuchte, und einen Augenblick war ich gewillt, das für einen Wink des Schicksals zu halten. Dann stellte ich mir jedoch vor, dass ich mit zweitausend anderen im Auditorium säße und plötzlich in der Dunkelheit der Lichtkegel eines Scheinwerfers auf mich fiele und allen in derselben Sekunde klar würde, dass ich nicht hierhergehörte, und ich lehnte dankend ab.

Zwei oder drei Stunden, ungefähr so lange, bis das Konzert zu Ende sein musste, verbrachte ich vor dem Gebäude am See, ging ein paar Schritte am Ufer entlang und wieder zurück, war, anders gesagt, die ganze Zeit in Sarahs Nähe, während sie Schostakowitsch spielte, vielleicht sogar dasselbe Stück wie an dem Nachmittag, an dem ich sie gesehen hatte und der Schönheit ihres Spielens verfallen war. Dreizehn Jahre waren seither vergangen, und ich konnte jetzt nichts mehr machen, konnte mich nicht einmal entschuldigen oder würde auch mit einer Entschuldigung nicht der Verdammung entkommen. Sie würde mich nur als neue Bedrohung empfinden, wenn ich vor der Tür auf sie wartete und zu ihr sagte, ich hätte ihr unrecht getan, sagte, dass es mir leid tue, sagte, ich würde alles hinnehmen, was sie mir auferlegte, um für sie die damalige Begegnung mit mir aus der Welt zu schaffen.

Als ich mich auf den Weg machte, traten die ersten Besucher bereits wieder ins Freie. Ich holte das Auto aus der Parkgarage, fuhr ein Stück aus der Stadt hinaus und suchte einen Platz, wo ich es abstellen und ein paar Stunden im Wagen schlafen könnte. Obwohl ich kein Auge zubrachte, mühte ich mich bis vier am Morgen damit ab und begab mich dann erst auf die Autobahn. Es brauchte keinen Plan und keinen Entschluss, das Schild ST. GOTTHARD zu sehen genügte, und noch vor dem Hellwerden hatte ich den Pass hinter mich gebracht und fuhr nicht lange danach im ersten Licht dieses trüben Novembertages nach Italien, wie ich von Jackson aus so oft nach Idaho gefahren war, ohne Ziel, und je nachdem, welche Richtung ich später eingeschlagen hatte, nach Utah oder Montana oder weiter in den Westen nach Oregon.

Ich war nicht auf der Flucht, aber wenn ich an einer Raststätte stehenblieb und einen Kaffee trank, stellte ich mir jedesmal gegen alle Logik vor, wie der Kommissar ein paar Tage später dort durchkommen, ein Foto von mir herumzeigen und fragen würde, ob jemand mich gesehen habe, und wie alle nur den Kopf schütteln und den armen Kerl mit seiner Glatze und seinem Trauermund bemitleiden würden, wenn er sich nicht überhaupt ein lächerliches Toupet übergestülpt hätte. Die ersten Stunden kam ich kaum aus dem Nebel heraus, später war der Himmel grau, und die Sonne brach nur augenblicksweise durch, eine verwaschene Scheibe, von der unmöglich Licht, unmöglich Wärme ausgehen konnte. Am frühen Nachmittag schlief ich irgendwo, und als ich wach wurde, sah ich auf dem Parkplatz einer jungen Mutter zu, die ein Modellauto aus ihrem SUV hievte und lange wie unermüdlich hinter ihrem vier- oder fünfjährigen Sohn herging und ihn mit der Fernsteuerung zwischen den abgestellten Autos durchdirigierte, während er das sinnlose Lenkrad seines Plastikgefährts nach links und nach rechts riss und sich in eine richtige Trance hineinbrummte.

Wie so oft, wenn ich auf einem Parkplatz schlief, war ich aus dem Schlaf geschreckt, als wäre es ein Traum und ich würde in Wirklichkeit noch fahren und in diesem Augenblick nach einem Sekundenschlaf in die Leitplanken krachen, und im Weiterfahren plagten mich Gedanken an meine eigene Mutter. Ich stellte mir vor, ich hätte den Plan wahr gemacht und wäre unterwegs mit ihr ans Meer, sie säße neben mir, und ich wagte kaum, zur Seite zu blicken. Es war mir nie eingefallen, sie damit zu behelligen, aber jetzt würde ich sie fragen, ob unser Vater auch etwas Liebenswertes gehabt habe, und, noch bevor sie antworten könnte, sofort nachsetzen, ob er gewesen sei wie ich, ob ich sei wie er und ob ich etwas Liebenswertes hätte. Es waren, drei Wochen zu spät, richtige Allerheiligengedanken, die ich kaum zu verscheuchen vermochte, und eine Weile drehte ich am Radio herum auf der Suche nach einem Sender, der mich mit seinem Geträller ablenken würde.

Als das Meer zum ersten Mal auftauchte, war es genau gleich grau wie der Himmel, am Horizont durch eine schwarze Linie klar von ihm geschieden, aber ich war endgültig im Süden. Trotz der Kälte kurbelte ich das Fenster herunter, und der Geruch schien weit über das Wasser zu kommen, ein Geruch eher nach Rost und nach Eisen als nach Fisch oder Salz. Später im Landesinneren stand ich lange im Stau, obwohl es bis dahin kaum Verkehr gegeben hatte, Einsatzfahrzeuge mit Blaulicht zwängten sich durch, und als er sich auflöste, kam ich an einer ganzen Reihe Unfallautos vorbei, neben der Männer in gelben Warnwesten mit großen Besen noch immer herumliegende Teile von der Fahrbahn kehrten. Ich hielt an der nächsten Raststätte und aß dort zu Abend, im Fernsehen über der Theke Fußball und mir gegenüber hinter der Bar zwei Frauen, die sich aufgeregt miteinander unterhielten und meine Bestellung wie beiläufig aufnahmen, sich millimeterdünne Zigaretten mit goldenen Filtern in den Mund steckten und sie unangezündet ließen, als warteten sie darauf, dass sie keinen Beobachter mehr hatten.

Es war dunkel, als ich weiterfuhr, die Hecklichter der vor mir fahrenden Autos wie ausgeschnitten in der Nacht. Das Meer tauchte rechter Hand wieder auf und verschwand wieder, im Landesinneren war es stellenweise so finster, dass ich das nächste Licht kaum erwarten konnte, und dann führte die Autobahn von neuem lange am Wasser entlang, das jetzt schwarz unter schwarzen Wolken lag. Über ein Ziel hatte ich mir immer noch keine Gedanken gemacht, doch das Ende meiner Ziellosigkeit konnte nur Sizilien sein. Ich hatte das Geld, das Viktor mir gegeben hatte, nicht gezählt, aber ich hatte schon dreimal getankt, ohne in Verlegenheit zu kommen, und waren es gerade noch zweihundert und danach hundert Kilometer bis zur Fähre gewesen, konnten es irgendwann nur noch knapp fünfzig sein. Es ging schon wieder gegen Mitternacht, und weil ich nicht wusste, ob die Überfahrten in den toten Stunden nicht eingestellt wurden, und eine plötzliche Müdigkeit mich überkam, nahm ich die erstbeste Ausfahrt.

Dass ich nicht die davor genommen hatte und nicht die danach nahm, war Zufall, und so konnte ich alles, was später geschah, auch als Zufall betrachten. Die Lastwagen drängten sich fast bis auf die Fahrbahn zurück, und der nicht allzu große Parkplatz war vollgestellt, so dass ich eine Weile manövrieren musste, bis ich eine Lücke fand. Schließlich gelang es mir, das Auto zwischen zwei Sattelzüge zu klemmen, und ich stieg aus, um mir die Beine zu vertreten. Es war ein ausnehmend finsterer Ort, die Laster standen dicht nebeneinander, Licht gab es nur von drei weit auseinanderstehenden Straßenlaternen, wenn in einer Fahrerkabine für Augenblicke die Innenbeleuchtung anging oder da und dort auf dem Asphalt von der Flamme eines Gaskochers, an der sich, kaum sichtbar in der Dunkelheit, ein Fahrer eine Dose warm machte. Zwischen Einfahrt und Ausfahrt waren es nicht mehr als zweihundert Meter, und die Grenze zum offenen Gelände dahinter bildete ein Maschendrahtzaun, an dem ein paar stinkende Bautoiletten aufgereiht waren. Manche von den Lastwagen hatten den Motor an, vielleicht um die Fracht zu kühlen, vielleicht um den Innenraum zu heizen, und einmal hörte ich flüsternde Stimmen, sah aber niemanden in der Richtung, aus der sie kamen. Der Lärm von der Autobahn, die hinter einer Buschhecke verlief, in der sich, wie fluoreszierend, Plastiktüten verfangen hatten, setzte ohnehin immer nur für wenige Sekunden aus und schlug sofort wieder mit aller Macht zu.

Ich kehrte zu meinem Auto zurück, um ein paar Minuten zu dösen und den unwirtlichen Ort möglichst schnell wieder zu verlassen, aber als ich aus meinem Dämmern auffuhr, waren zwei Stunden vergangen. Ein Geräusch hatte mich geweckt, und ich sah, wie an dem Laster direkt vor mir eine Frau aus der Kabine die Trittstufen herabkam und gleich noch einmal hinaufkletterte, um mit dem Fahrer zu sprechen. Sie beugte sich zu ihm hinein, und das Licht der Innenbeleuchtung fiel auf ihre überkniehohen Stiefel, ihr kurzes Röckchen, ihr Jäckchen aus weißem Kunstfell. Schon tastete sie sich wieder herunter, und beim Sprung auf den Boden verknackste sie sich den Knöchel. Sie tat ein paar Schritte, und als sie sich auf Höhe der Hinterreifen auf den Asphalt kauerte, dachte ich zuerst, es sei wegen der Schmerzen, aber je länger ich hinschaute, um so deutlicher sah es aus, als würde sie pinkeln. Dann richtete sie sich wieder auf und brauchte eine ganze Weile, um sich eine Zigarette anzuzünden, und zuletzt stand sie nur da, trotz des schwachen Lichts gut abgehoben vor der hellen Plane des Lastwagens, und rauchte, einen Arm vor der Brust, den anderen mit dem Ellbogen daraufgestützt, den Kopf in den Nacken gelegt.

Ich wartete, bis sie verschwunden war, und ließ ein paar Minuten verstreichen, bevor ich noch einmal ausstieg. Die Bautoiletten kamen nicht in Frage, also ging ich auf der Suche nach einer Stelle, wo ich mich erleichtern konnte, zum Maschendraht vor. Zuerst sah ich das Weiß ihres Jäckchens, schon sah ich, dass sie dort stand, nur ein paar Meter entfernt, und danach erst den Mann neben ihr, dunkel gekleidet, von gedrungener Statur. Er hatte gerade ein Stück des Zauns hochgehoben, um sie durchschlüpfen zu lassen, ließ es jetzt aber fallen und wandte seinen Blick mir zu. Die Arme hinter dem Rücken, kam er zwei Schritte näher und blieb einfach stehen, das Weiß seiner Augen weiß in der Nacht. Ich hätte zum Auto zurückgehen sollen, aber stattdessen wich ich ihm seitlich aus und bewegte mich am Zaun entlang. Die Krücken hatte ich im Wagen liegenlassen, doch gab ich mir Mühe, nicht zu humpeln, damit er nur nicht dachte, dass er leichtes Spiel mit mir hätte. Am Ende des Parkplatzes zog sich der Maschendraht einen Hügel hinauf, und ich folgte ihm, bis ich den höchsten Punkt erreicht hatte. Dann hielt ich inne und lauschte, ob Schritte hinter mir herkämen, bevor ich mich umzuschauen begann.

Es war ein richtiger Aussichtspunkt, von dem ich einen Blick hatte über die Autobahn in beide Richtungen weit in die Ferne, über den Parkplatz mit den Lastwagen und über die Brachfläche dahinter. Dort brannte in einer Senke, vielleicht zwei- oder dreihundert Meter vom Durchlass im Maschendraht entfernt, aber viel näher bei mir, ein Feuer, und in seinem Schein vermochte ich ein paar ärmliche Behausungen auszumachen, die geduckt zusammenstanden, Unterschlüpfe aus Zeltplanen, Brettern und Karton, notdürftig mit Steinen befestigt. Am Feuer saßen drei, nein, vier Gestalten und wärmten sich, alle mit Decken über den Schultern, und über das offene Gelände bewegte sich die Frau in dem weißen Kunstfelljäckchen auf sie zu.

So vorsichtig, wie sie daherstakte, konnte es nur sie sein, das Geröll zu ihren Füßen auf einmal wie ausgeleuchtet vom Mond, der hervorgekommen war. Als sie das Feuer erreichte, streifte sie das Jäckchen ab, übergab es einer der Gestalten, die aufgestanden war und ihr wie im Tausch ihre Decke in die Hand drückte. Dann setzte sich die eine, und die andere machte sich schon auf ihren Weg über das immer deutlicher als Schutthalde erkennbare Stück Land auf Zaun und Parkplatz zu.

Ich hatte das Geschehen so gebannt verfolgt, dass ich nicht darauf geachtet hatte, was um mich geschah, und als ich mich umdrehte und den Hügel wieder hinuntergehen wollte, richteten sich plötzlich zwei Männer vor mir auf. Ob der eine derjenige war, der vor dem Durchlass am Zaun gestanden war, hätte ich nicht sagen können, aber es war einerlei. Der Größere lachte, und der andere machte nervöse Zisch- und Sauglaute, als hätte er nicht nur eine Zahnlücke, sondern zudem einen gewaltigen Tick, und das Merkwürdige war, dass sie beide damit fortfuhren, als ich mein Messer hervorholte. Ich bemühte mich, es mit so viel Ruhe und Gelassenheit zu tun, wie mir nur aufzubringen gelang, hielt es ihnen hin, so dass sie es im Mondlicht nicht übersehen konnten, und wich ein paar Schritte zurück. Sie kamen nicht nach, aber ihre Blicke waren nicht mehr auf mich gerichtet, sondern gingen an mir vorbei, und während ich dachte, noch zwei Meter oder drei und sie wären in idealer Wurfdistanz, begriff ich, dass etwas in meinem Rücken sein musste. Im selben Augenblick traf mich von hinten ein Schlag auf den Kopf, und was ich dann noch an Empfindungen und Gedanken zu erhaschen vermochte, glich am ehesten einer paradoxen Dankbarkeit, dass es endlich jemand getan hatte.

Das Zimmer, in dem ich wach wurde, war weiß, weiß die beiden Betten, meines und das andere, in dem niemand lag, weiß und ohne jedes Bild die Wände, weiß die Schränke, weiß das Waschbecken, weiß auch die Mauer, auf die ich durch das offene Fenster blickte, und weiß sogar die Dielen des Bodens. Weiß war mein Kopfverband, der sich gelöst hatte, weiß mein Nachthemd, und weiß gekleidet war auch die Schwester, die zweimal durch den Türspalt schaute und beim dritten Mal, als sie sah, dass ich die Augen geöffnet hatte, schließlich hereinkam. Über mir hing ein Infusionstropf, den sie kontrollierte, und sie hielt mir eine Schnabeltasse mit Tee hin und forderte mich nickend auf zu trinken. Dann sagte sie etwas, das ich nicht verstand, aber ich bewegte brav meinen Kopf in die eine Richtung, sie sagte noch etwas, und ich bewegte ihn ebenso brav in die andere, bevor sie wieder verschwand und ich noch einmal einschlief.

Als ich von neuem erwachte, glaubte ich das Rauschen des Meeres zu hören. Sie stand mitten im Zimmer, und als ich sie danach fragte, zeigte sie auf die weiße Mauer vor dem Fenster und sagte, es liege dahinter, bis zum Strand seien es fünfhundert Meter, aber die Brandung könne sich unmöglich bis hierher bemerkbar machen. Ich wollte wissen, wo ich war, und sie gab mir Auskunft. Dabei deutete sie auf ihr eigenes Gesicht und machte mit dem Zeigefinger eine abwehrende Bewegung. Später erklärte sie mir, sie habe mir damit deutlich machen wollen, dass ich nicht in Afrika sei, und ich erwiderte, ich hätte nichts dagegen gehabt, ganz und gar nicht, wenn ich dort gelandet wäre.

Die ersten Fragen stellte mir ein junger Arzt, zuerst auf italienisch, dann auf englisch, weil ich auch mit der Schwester englisch gesprochen hatte, Fragen nach meinem Namen, Fragen nach meiner Herkunft. Man hatte mich bis auf die Unterhose entkleidet auf dem Parkplatz gefunden, und aus allem, was er sagte, setzte ich mir zusammen, dass entweder die beiden Männer mich dort deponiert hatten, nachdem sie mit mir fertig waren, oder ich noch einmal zu Bewusstsein gekommen war und genug Kraft gehabt hatte, mich von der kleinen Anhöhe hinunterzuschleppen. Nicht nur meine Kleidung war weg, sondern mit der Kleidung auch die Papiere, Pass und Führerschein, sowie der Autoschlüssel, und noch bevor ich dazu ansetzte, etwas zu sagen, ging mir durch den Kopf, dass aller Wahrscheinlichkeit nach das Auto nicht mehr auf seinem Platz stehen würde und deshalb wirklich niemand ohne meine Hilfe eruieren könnte, woher ich käme und wer ich sei.

Also antwortete ich nicht, und als der Arzt sagte, ich solle mir Zeit nehmen, ich sei erschöpft, nickte ich nur, wusste im selben Augenblick aber, ich würde so lange nichts sagen, wie ich annähernd damit durchkam. Dann trat die Schwester von neuem ein und öffnete das Fenster, das er geschlossen hatte, und von einer Sekunde auf die andere war das Rauschen wieder da, wie weit auch immer das Meer entfernt sein mochte. Sie stellte ein Tablett mit Essen auf dem Nachttisch ab, ging hinaus, war aber gleich noch einmal zurück, setzte mich auf und schüttelte mein Kissen aus. Ich sah dabei die ganze Zeit in ihre Augen, aber diesmal machte sie keine abwehrende Handbewegung, sondern lächelte nur.

Dann schlief ich wieder, und als ich von neuem wach wurde, war es dunkel, das Weiß in Weiß des Zimmers schwarz. Ich klingelte, und es war dieselbe Schwester, die erschien, ihr Gesicht leuchtend im Mondschein, der durch das offene Fenster fiel. Sie blieb auf der Schwelle stehen und schaltete das Licht an. Ich bat sie, mir einen Stift und Papier zu bringen, indem ich die Handbewegung des Schreibens machte und den Umriss eines Blattes andeutete, und als sie mir gleich danach Block und Bleistift brachte, schrieb ich ganz oben auf die erste Seite: »Schluss mit dem Selbstmitleid«, zuerst auf deutsch, gleich darauf aber, nachdem ich es unlesbar durchgestrichen hatte, auf englisch, und darunter einen falschen Namen. Das würde mir Zeit verschaffen, wenn ich am nächsten Tag oder spätestens am Tag danach wieder mit Fragen behelligt würde. Solange niemand etwas von mir wusste, konnte ich alles erzählen, und das war ein guter Anfang.

INHALT